老古板的小嬌妻 1

風 文創 1177

清棠 著

風文創 1177

目錄

序文

清棠

前些日子看了些社會新聞。

其中有許多當事人，是陷於不幸婚姻中的女性。

這些人，或許是怯於改變，或許是仍抱有希望，結果都困於泥淖中，不得脫身。

我當時想，若是有那麼一點文字，可以鼓舞她們、給予她們一些新的方向，是不是也挺好的？

劉震雲曾在《一句頂一萬句》中說過：「這世界本就沒有任何一句話，可以讓你醍醐灌頂，真正能讓你醍醐灌頂的，只能是一段經歷，而那句話，只是火藥倉庫內被劃燃的一根火柴。」

這也是我寫這篇文的初衷。

雖然是借了穿越的噱頭，讓女主角變得自強獨立，突破原有婚姻，尋找更廣闊的天地，但何嘗不是希望所有人都能在苦難中脫胎換骨，獲得重生呢？

當然，這是言情小說，還是要給女主角配一個更優秀的男主角的。

誠然，我的文只是閒暇讀物，沒有那麼深重的意義。若是能在將來的某一天，讓某個深陷泥沼的人看了，成為那火藥庫裡的火柴呢？

我希望，所有女孩都值得被愛，也懂得愛自己。

不管什麼處境、什麼年齡、遇到什麼困境，希望大家都可以鼓起勇氣，再次出發，尋找屬於自己的幸福。

第一章

「誰來了？」顧馨之頭也不抬，繼續蹲在河邊捏泥巴，竹青裙襬垂在濕軟的河泥上，洇出一片深綠。

貼身丫鬟香芹站在後頭，一手支著油紙傘遮陽，一手提著她的裙襬，試圖挽救一二，聽見稟報，分神看過去。

來傳話的僕婦小心翼翼。「是姑爺——不是，是謝家大公子。」

捏泥巴的手一頓，顧馨之終於捨得抬頭，疑惑不已。「妳是說，謝宏毅來了？」

僕婦誒了聲。「對對對，張管事正招呼著呢，就等您過去了。」

香芹驚喜不已。「當真？姑娘——」

顧馨之擺擺手制止她，皺眉道：「他來幹麼？孤男寡女不合適，讓他滾。」

僕婦想了想，補了句。「還有一位客人，但小的不認識。」

顧馨之蹲在那裡有些走神，心想莊子下人一年到頭都沒見過幾回客，稟事不周全也是正常，回頭還得調教一番。

香芹卻比她還著急，忙道：「姑娘，姑爺——謝公子肯定是後悔了，咱們趕緊回去換身衣服，別讓謝公子久等了。」

後悔個鬼！顧馨之翻了個白眼，拍拍手站起來。「換什麼換，沒得浪費時間……走，看看謝宏毅帶人過來搞什麼鬼！」

香芹連忙舉著傘追上去。「姑娘，還是回去收拾收拾吧，這般亂糟糟的如何能見客？喔不對，謝公子不是客——姑娘，不要再與謝公子置氣了……」

顧馨之聽而不聞，提著裙襬跨田穿埂，嬌小的身軀生生走出關二爺的氣勢。

挾著這股氣勢，她捲進待客的廳堂。跨過門檻，張嘴便開始罵道：「謝宏毅，你是不是吃飽了撐著過來找——」

突地對上一雙沈黑眼眸，顧馨之扔下裙襬，挑眉打量來客。「……罵。」

對方劍眉入鬢，高鼻薄唇，眼睛修長，單眼皮，看人的時候，依稀透著股涼意——

那雙眼睛突然微微垂下，顧馨之下意識往前，想看個清楚。

這時挨了罵的謝宏毅開口了。「顧馨之，妳不要太囂張，妳也不過——」

「宏毅，」陌生男人低沈的嗓音平穩無波。「出門時我說什麼了？」

謝宏毅頓住，不甘不願的住口，小聲嘟囔了句什麼。

顧馨之微詫，再次打量男人。身材高大，沒有尋常書生的文弱之感。身上穿著直裰，衣料上等，沒什麼花紋，頭髮整齊束著，長衫幾乎找不到皺褶，單手虛握，橫於身前……每一絲細節都透露著無趣和古板。

這人是誰？總不會是來打她的吧？謝宏毅應該沒這個狗膽。

她看了眼旁邊戰戰兢兢的莊子管事，想了想，揮手讓他離開。

等人出去了，她才看向謝宏毅，嘖了聲。「今兒還帶幫手？上次沒把你打服氣？」

謝宏毅大怒。「妳這潑婦——」

「宏毅媳婦。」高大男人突然開口。「今天我跟妳談。」

顧馨之雙手交叉環胸。「別，飯可以亂吃，名字不能亂叫，我現在跟你們謝家沒有任何關係。我姓顧，你們可以稱我為顧姑娘。」

高大男人聞言頓住，微微頷首。「抱歉，失禮了。我昨日才回京，得知消息便趕來……雖於禮不合，但事急從權，萬望理解。」

顧馨之挑眉。

謝宏毅嘟囔。「小叔叔您對她太客氣了。」

男人淡淡掃去一眼，謝宏毅縮了縮脖子。男人這才轉向顧馨之，語氣淡然。「顧姑娘，可否坐下詳談？」

顧馨之沒漏聽謝宏毅那聲小叔叔，她翻了下記憶，終於知道面前男人是誰了。

面前這位高大男人，乃是謝家家主，謝宏毅最小的叔叔，去年新上任的太傅，謝慎禮，亦是謝、顧兩家親事的牽線人。難怪她第一眼沒認出對方，原主以前壓根兒不敢抬頭看這位謝家家主，自然不記得他的樣子。

嘖，這位謝太傅的顏值很可以啊。

顧馨之皺眉，想了想，問：「謝大人今天是以什麼身分過來的？」

謝慎禮飛快看了她一眼。「今日只論交情。」

那就是跟她死去的爹的交情。顧馨之笑了笑，朝著主座左下首第一個位子伸手。「謝大人，請。」

謝宏毅震驚。「妳竟然讓小叔叔坐下首？」

顧馨之沒搭理他，只看著謝慎禮。她是主人家，讓客人坐下首怎麼了？

謝慎禮亦不吭聲，慢步上前，撩袍落坐，還想怒吼的謝宏毅頓時閉嘴。

顧馨之滿意點頭。「香芹，上茶。」

香芹驚喜過後已然冷靜許多，她看看左右，屋裡門窗開著，但她家姑娘只有一人……她想了想，快步走到門口，招手讓人送來茶水。

顧馨之施施然走到主位落坐，順手拽了拽沾著泥污的裙襬，發現鞋子也濕了，怪不得腳是冰的。

她掛念著一會兒回去換衣服換鞋，說話便單刀直入。「謝大人貴人事忙，大老遠跑到我這破地方，咱就別拐彎抹角，直接說事吧。」

站那兒無人搭理的謝宏毅臉黑了，踏著重重的腳步，「砰」地一下坐到謝慎禮下首。

謝慎禮瞟了他一眼，謝宏毅一僵，下意識坐直身體。

謝慎禮卻已挪開視線，避嫌般垂眸看著自己袖口，淡聲道：「顧姑娘，在下此番前來，是為妳和宏毅的親事——」

顧馨之打斷他，視線落在他臉上。「謝大人，聽說，你與我爹是過命的交情，所以我爹死了，你安排讓我嫁進謝家，好照顧我？」

謝慎禮道：「是。」他微微掀眸，視線落在右前方那片綠得深深淺淺、沾著星星點點的布裙上，委婉道：「雖說宏毅性子未定，但他是謝家長房長子，妳跟著他，雖無潑天富貴，也不至於——」

「謝大人。」顧馨之再次打斷他。「你知道謝宏毅幾歲嗎？」

謝慎禮頓了頓。「宏毅今年及冠。」

顧馨之卻換了話題。「聽說謝大人十七歲中探花，十八歲闖西北，二十歲斬敵首腦，二十三凱旋，二十四入朝堂，二十七得封太傅……謝大人幾歲定性的？」

謝宏毅臉上青一陣白一陣。

謝慎禮沈默了一會兒才再次開口。「顧姑娘，我們今日是來討論宏毅與妳的親事。」

顧馨之懶洋洋倚到小几上。「我的和離書是官府蓋章入冊了的，既然和離了，還有什麼可以討論？」

「不過是衝動之舉。」

顧馨之漫不經心。「哦，我是有責任心的人，我願意為衝動——負責。」

謝慎禮緩撫了下袖口，輕聲開口。「顧姑娘可否聽我一言。」

雖然這人沒什麼表情，顧馨之卻感覺他不高興了，她單手托腮。「好吧，你說。」

謝慎禮頓了頓，慢條斯理道：「宏毅不懂事，我已經教訓過，那幫子欺主的下人被發賣了，大嫂往後也不會再找妳麻煩……宏毅是長房長子，妳將來定會是謝家的當家主母，這番意外，便當是個搓磨歷練。回頭我會讓人把和離書撤了，妳依然是堂堂正正的謝家長媳。」

顧馨之好整以暇的聽著，見他停下來，還接了句。「然後呢？」

謝慎禮恍若明白了什麼。「妳若是猶覺得委屈……謝家在城南有幾家鋪子，回頭我讓人給妳兩間。」

謝宏毅震驚。「不是，小叔叔，那些鋪子——」

顧馨之笑了。「謝大人，不知道的，還以為是你跟我和離。」

謝慎禮愣了一下。「顧姑娘慎言。」

顧馨之挑眉。「那請問未定性、已及冠的謝宏毅，過來幹什麼？來吆喝助興的？還是走個過場？」

謝慎禮頓了頓，視線慢吞吞移向坐在下首的謝宏毅。謝宏毅不傻，立馬起身，拱著手站那兒哼哧半天。

謝慎禮半垂眼眸，叩了叩茶几。

謝宏毅打了個冷顫，朝上座的顧馨之拱手行禮。「往日是我不對——」

顧馨之毫不客氣的點頭。「嗯。」

謝宏毅臉有點僵。「妳大人大量，原諒我，往後我——」

顧馨之打斷他。「我是小女子，沒有大量。」

「我……定不負妳。」

「就這樣？」

謝宏毅看了眼謝慎禮，暗自磨牙。「妳想如何？只要我能做到，一定不會拒絕。」

顧馨之指了指地板。「來，負荊請罪會嗎？先跪一個我看看。」

謝宏毅大怒。「顧馨之，妳休要得寸進尺！」

顧馨之挑眉，扭頭看謝慎禮。「喏，你看到了，請罪的人比我還囂張呢。」

謝宏毅頂著右前方威嚴的注視，忍怒道：「顧馨之，我是真心賠罪，往日是我不對，以後——」

「沒有以後。」顧馨之嘖了聲。「我沒有吃回頭草的習慣，何況還是爛了根的毒草。」

謝宏毅臉都黑了，看了眼一旁的謝慎禮，沒敢吱聲罵回去。

謝慎禮那骨節分明的修長手指又在茶几上慢條斯理的輕叩，一聲接著一聲，敲得謝宏毅頭皮發麻。

敞開了門窗的廳屋冷風颼颼，還能聽到遠處孩童嬉鬧之聲。

顧馨之腳趾冰涼吹著風，又半天等不到人說話，不耐煩了。「好了，沒什麼事你們謝家以後不要——」

「顧姑娘，」淡漠無波的低沈嗓音慢慢道：「妳若是對和離時那場混亂有所忌諱，謝家可以雙倍聘禮，再次迎妳進門，復妳正妻之位。妳若有何想法，亦可以儘管提，只要我們謝家能做到，必不會拒絕。」

謝宏毅嘴角抽了抽，想說什麼，看了眼自家叔叔，又不吭聲了。

顧馨之卻對這鬼打牆的話不耐煩了，他們以為自己是在拿喬嗎？

「我說了我——」她的視線落在謝慎禮帥氣逼人的容顏上，到嘴的話突然轉了個彎。

「要我回謝家也行，但我要換個方式。」

謝慎禮面容沈靜。「請說。」

顧馨之的視線在他那劍眉薄唇高鼻梁上梭巡，笑吟吟道：「聽說謝大人喪妻數年……這樣吧，你娶我為妻，我就跟你回謝家。」

一通作死，把人嚇走，顧馨之愉快的回房換衣裙鞋子。

香芹怕她著涼，翻出暖爐子，燒得熱熱的給她烘腳。顧馨之頓時覺得這萬惡的封建社會還是有幾分可取之處的——人果然容易墮落！

她懶懶散散的靠在椅子上烘腳，香芹一邊給她端茶遞水，一邊不停叨念。

「聽奴婢一句勸，給謝公子服個軟。有五爺作保，謝家那幫奴才肯定不會再為難您。」

五爺就是謝慎禮，他在家中排行第五。

「女子立戶哪有那麼容易，謝公子再不濟，也能撐著場——」

顧馨之受不了，起身一把捂住香芹的嘴巴。「我的好姊姊，別念了，再念下去，我都要聾了。」

見香芹還想再說，顧馨之警告她。「我才是妳姑娘，妳再向著謝宏毅，我就把妳送去謝家。」

香芹頓時蔫了。

確認警告到位了，顧馨之才放開她。

香芹垮著臉。「可家裡只有您一個姑娘家，往後日子怎麼過？那些立戶的娘子，哪有幾個日子平順的。咱就算不惦記謝公子，也可以考慮別人啊——對，找個人家也行！」

顧馨之捂住耳朵。「行了行了，這事我自有主意。徐叔他們怎麼還沒回來呢？不是說三、五天就能到嗎？」

香芹瞬間被帶跑話題。「奴婢記得去荊州確實只要三、四天，以前老爺快馬兩天就能到呢……難不成是路上耽擱了？」擔心顧馨之著急，又連忙安慰她。「徐叔他們是跟著商隊一起去的，安全肯定沒問題，許是回來的時候沒遇到合適的商隊吧。」

顧馨之數了數日子，她仔細回想了一下，心裡大概有底了。「讓張管事來見我。」

這張管事，就是方才接待謝宏毅兩人，連茶都沒上的那位——當然，對謝宏毅來說，給進門就算禮遇了。

香芹應聲。「是。」

很快，張管事再次回到大廳。

顧馨之先不急著安排工作，她接過香芹遞來的茶，連著啜飲了幾口，緩了渴意，開始問事情。「張叔，上回讓你去找的東西，找到了沒有？」

張管事愣了下，支支吾吾道：「這，剛過冬，大家都不樂意把餘糧拿出來賣……暫時還沒買到……」

得，是壓根兒沒去找了。

顧馨之暗嘆了口氣，放下茶盞。「張叔，我喚你一聲叔，是念在你曾經伺候過我爹，沒有功勞也有苦勞。」她語氣一轉。「但是，我現在的情況你也知道，我沒有那個家底讓你們廝混不幹活，倘若你不能好好聽令幹活，我只能把你換下，或者……發賣出去。」

一個兩個，覺得她沒依沒靠，就想給她當二主子？這些人是不是忘了，他們一家老小，都捏在她手裡。

張管事苦著臉。「姑娘饒命，奴才並非廝混不幹活……只是，姑娘對農事不了解，那所謂的馬鈴薯，雖然產量還行，但沒幾家人會吃的，您一口氣要這麼多，還打算栽種，萬一出問題——」

顧馨之冷笑。「我吩咐的時候，你怎麼不給我說這些？再說，我辦事，還得給你解釋緣由，好讓你放心？究竟你是主子還是我是主子？」

這話說得重了，張管事撲通就跪下了。「奴才斷不會有這等想法！」

「不敢？我看你膽子大得很。我吩咐下去的事情，這麼多天，連句稟報都得不到……看來是我人微言輕，使喚不動你了。」

張管事伏地。「奴才不敢。」

顧馨之沒搭理他，歪頭問香芹。「我記得，張叔家裡有一對孫兒孫女？」

香芹福身答話。「是的，一個八歲、一個七歲。」

張管事心裡一突，偷偷抬眼看她。

顧馨之摸了摸下巴。「唔，咱家家底不厚，這小孩家家的，不能幹活還要吃飯裁衣……香芹，去找振虎他們過來。」

她爹離開家時，給她們留了幾名看家的護衛。這些護衛都是從小買回來，被她爹當民兵訓練長大的，別的不說，比這些一年見不上幾回的莊子刁奴靠譜多了。

她當初給母親留了四名，自己帶了四名當陪嫁。振虎幾個，就是跟著她出嫁又跟著她和離回家的護衛。前段時間她調了兩名跟張叔出門，剩下振虎兩人護著她。人是不多，嚇唬嚇唬這些莊子奴僕盡夠了。

香芹偷覷了眼顧馨之，應了聲是，腳步慢慢往外挪。

張管事聽話知音，瞬間冷汗就下來了，他急忙磕頭。「姑娘饒命，姑娘饒命，奴才不敢了。奴才的孫兒孫女還小，求姑娘開恩……」

顧馨之冷眼看著他磕頭，一聲不吭。

香芹已經到門口了，最後跟顧馨之對視一眼，麻溜踏出去。

眼看孫兒孫女就要被賣掉，張管事嚇得眼淚鼻涕都出來了，再顧不得那些下馬威、殺威棒，又磕頭又給自己打嘴巴。「姑娘饒命，奴才該死，奴才不該自作主張……但奴才的孫兒孫女還小，求姑娘開恩！」

顧馨之直等到他額頭磕出了血、都快腫成了饅頭，才慢條斯理開口。「行，我姑且給你一次機會。」她微微揚聲。「香芹，回來。」

在門外候著的香芹立馬進來，再次站到她身後。

張管事伏在地上緩了半天，才擦著眼淚鼻涕感恩道：「多、多謝姑娘開恩！」

顧馨之語氣淡淡。「我要的東西，現在能買齊嗎？」

「能能能，奴才這就去找。」

「去吧——哦，差點忘了，讓人準備好車馬草糧，明兒我要出趟遠門。」

張管事略有遲疑，見顧馨之眉一挑，他連忙道：「奴才知道了……不知姑娘離開幾天，奴才得讓人備些乾糧什麼的。」

「這些自有香芹去操心，你準備好車馬就行了。」

「是。」

顧馨之端起茶盞。「下去吧。」

「是。」張管事小心爬起來，覷見她低頭喝茶，微鬆了口氣，忙不迭退出去。

打發走張管事，顧馨之輕呼了口氣。

香芹又開始發愁了。「姑娘您看，家裡沒個男人，連個莊子管事都欺負您。」

「振虎他們不是男人嗎？再說，我拿著他們的身契，要是再犯，賣了就是了，總能買到合心意的。」顧馨之端著茶盞想了想，道：「把振虎叫過來。」

香芹一驚。「姑娘您還要發賣——」

顧馨之擺擺手。「不是，有別的事情吩咐他。」

第二章

把事情安排下去後，顧馨之又懶了下來，撿了本書窩在屋裡慢慢看著。

一直到傍晚，趁著天色還亮吃過晚飯，散了兩圈消食完畢，才去洗漱歇息。隔日起來，又是神清氣爽的一天。

用過早飯，顧馨之將莊子裡這幾日的事情安排妥當，便該出發了。

香芹昨日已經收拾好行李，這會兒正忙著給她裹披風。早晚風冷，顧馨之沒有拒絕。踏著料峭春寒，她慢悠悠往外走，邊走邊繼續吩咐事情。

「這幾日抓緊時間，把我要的東西都做出來。其餘人等，能幹活的，都去挖溝。」

張管事亦步亦趨的跟在後頭。「是的，奴才曉得，絕不會讓他們偷懶的。」

「也不用往死裡幹，每天得空的時間去挖一挖……對了，天氣還冷，每天給大家煮點薑湯，不要活沒幹多少，倒把人凍病了，姑娘我再窮，也不差這點薑，知道嗎？」

「是，姑娘放心。」

「行了，這幾日你好好看家，等我們回來。」

「姑娘放心，莊子要是少了一塊磚，儘管找老奴！」

顧馨之笑罵了句。「那你趕緊給我數數莊子裡有幾塊磚！」

張管事登時垮下臉。「姑娘，這可就難為奴才了。」

「行了行了，我就開個玩笑。」顧馨之擺擺手，提起裙襬跨過院門。見她出來，候在馬車邊的振虎兩人朝她拱了拱手。「姑娘。」

顧馨之點點頭。「走吧，趕早不趕晚的。」

「是。」

顧馨之走向馬車，眼角一掃，看到大道上煙塵滾滾。心想莊子所處的位置挺偏的，怎麼還有車隊路過？

她皺了皺眉，趕緊爬上車——她可不想被撲一臉的塵土，出門在外，洗頭不方便啊。

香芹隨她上車坐好後，駕車的振虎喊了句。「姑娘坐好了。」

一記鞭響，馬兒噠噠往前小跑。

顧馨之解了披風，往自己腰後塞了個軟枕，打算睡個回籠覺。香芹麻溜接過披風展開，蓋在她腿上。

「吁——」

馬車陡然停下，剛靠到軟枕上的顧馨之差點摔飛出去，好在被半跪在旁邊的香芹攔下，倒是香芹摔了個四腳朝天，疼得齜牙咧嘴的。

顧馨之大怒。「做什麼突然停下？」

振虎的聲音有些緊張。「姑、姑娘，是謝、謝大人的車。」

顧馨之疑惑的爬起來，越過香芹，一把掀開車簾，恰好看到對面馬車也掀起車簾，露出有些眼熟的人。

高大的身影，端正的坐姿，幾無皺褶的仙鶴補服，一絲不苟的束髮，入鬢劍眉，半垂的修長眼眸……不是謝太傅又是哪位。

顧馨之登時氣不打一處來，當即嗆聲過去。「謝大人可真是閒，一大早的，就穿著官服到處亂晃，看來我朝是風調雨順、天下太平啊。」

剛掀起車簾，尚未來得及說話的謝慎禮動作一頓，黑沈雙眸看了她一眼，淡淡道：「顧姑娘，慎言。」

顧馨之沒好氣。「謝大人慎行了嗎？還好意思讓人慎言？」若不是香芹，她都不知道摔成什麼樣了，哪有這樣攔馬車的？她越想越氣。「好狗尚且不擋路，你——」

謝慎禮打斷她。「在下在路上遇到令堂，便一起過來了。方才發現是顧姑娘的馬車，情急之下只能出此下策……若是沒有要緊之事，不如一起移步回莊，詳談一番？」

放屁，有這樣攔馬車要求談話——不是，遇到她娘？顧馨之愣住了。

正自驚疑，謝慎禮的馬車後跑過來一道身影。

「姑娘！」一臉褶子、風塵僕僕的徐叔氣喘吁吁。「幸不辱命，夫人接回來了。」

顧馨之頓時顧不上謝慎禮，忙問。「人呢？我娘呢？」

徐叔喘了口氣。「在後頭馬車裡呢……這趟多虧了謝大人，否則我們不知道還要拖多久才能把夫人接回來。」

「啊？」顧馨之下意識抬眸，看向那雙烏沈沈的黑眸。

對方與她對視一瞬，微微皺眉，下一瞬，他垂下眼眸，掩上車簾。

顧馨之惱了。

什麼意思？這是嫌棄她？

顧馨之這趟出門，本意就是去荊州接原身的母親。

原身的母親許氏，出身荊州，娘家只剩下嫡母、嫡兄。出嫁之時，顧家還只是個稍有家底的農戶，直到顧父參了軍，一步一步爬上來，家裡才好過些。但這麼些年，許氏與娘家早就無甚聯繫。

顧父戰死沙場，許氏帶著獨女關起門來過日子，待孝期一過，便在謝慎禮的牽線下，將顧馨之嫁入謝家。顧馨之婚後不久，許氏自覺寡居難支，索性變賣家產、遣散僕從，回去荊州，傍著嫡兄一家過日子。

算起來，也不過回去了兩年而已。

但，不管是論嫡庶之別，還是論許氏與嫡兄的情誼，顧馨之都能想像許氏的日子有多難過。

故而，她和離之後，來到這陪嫁莊子，將屋子收拾得能住人了，便急急派徐叔和水菱去接人。誰知他們一去就是十天，連一聲消息都沒有。

顧馨之心知不妥，打算親自去荊州接人來著。只是沒想到……人算不如天算啊。

剛出門的馬車再次返回莊子，不等車停穩，顧馨之跳下車，提起裙襬疾步走向後頭。

她本就打算快去快回、輕車出行，故而就一輛馬車。謝慎禮只是出城走一趟，也只有一車。倒是許氏……顧馨之這回接她，便不打算讓她回去，原本料想她的東西不少。但許氏竟然只有一車，還是徐叔、莊姑姑趕過去時的那輛車。

顧馨之心裡有數了。

車裡有低低的說話聲，顧馨之剛走到跟前，簾子便被掀開，跟著許氏回娘家的莊姑姑率先出來。

看到顧馨之，她踉蹌著跳下車，跪下就開始流淚。「姑娘啊……奴婢、奴婢愧對您的囑託啊……」

顧馨之看著彷彿老了十歲的莊姑姑，心裡酸澀，拍拍她。「回來了就好！快起來吧，有事回頭再說。」

「誒。」莊姑姑也知當下不是說話的地兒，抹了把眼淚，退開兩步。

隨後，一道瘦弱身影被水菱攙出來。

顧馨之愣住。

她記憶中的許氏，是身材微胖、皮膚白皙、臉有點圓，但是笑起來很好看的婦人，可眼前婦人臉色枯黃，身上乾巴巴沒幾兩肉，憔悴得彷彿風一吹就倒。

顧馨之讓人去接許氏，不過是念在白得了原身身體，想盡力為她做點事，但看到這樣的許氏，她心底突然漫出沈沈悲意……

顧馨之握了握拳，心道：妳放心去吧，以後我會好好照顧她的。

彷彿聽見她的心聲，那股悲意慢慢散去。

「馨之……」陌生又熟悉的聲音帶著顫抖。

「娘！」顧馨之回神，連忙扶上去，感覺彷彿握住一把骨頭。她暗罵兩句，低聲安慰。「回來就好，以後我們好好過日子。」

半分不問許氏在舅家的情況。

許氏淚眼婆娑。「娘苦些沒關係，妳怎麼——」

顧馨之輕聲細語。「娘，您舟車勞頓，先進屋喝口茶。有什麼待會兒再說。」她瞄了眼已經下了馬車站在那兒候著的某人，壓低聲音道：「謝大人還在呢，可不能失禮了。」

許氏應當是在路上就聽說了，擦了擦眼淚。「好，我聽妳的。」

一行人進了莊子，顧馨之讓舟車勞頓的許氏等人都去梳洗更衣，自己則領著急奔出來的張管事和香芹在廳堂裡招呼謝慎禮。

茶水到位，兩人各自抿茶不語。

半晌，顧馨之彷彿終於想起有客人，抬頭看向下首淡定端坐的謝慎禮。

這人不知道是不是裝腔作勢的屬性點滿，不管做什麼，都非常講究，坐姿如此，喝茶如此，連走路也慢條斯理。

顧馨之暗嘖了聲，率先開口。「這回多謝謝大人了。」

謝慎禮前日才回京，想必知道謝家長房和離消息的第一時間，就派人去荊州請許氏了，否則許氏不會這麼快回來。徐叔出去十多天，都沒把人帶回來，若非他插一腳，想必還要一番折騰。

故而這句道謝，她真心實意。

謝慎禮放下茶盞，半垂眼眸，淡淡道：「顧姑娘不必客氣，在下只是為了請顧夫人回來解決事情罷了。」

顧馨之噎住。半晌，她假笑。「不管出發點為何，總歸是受你恩惠了……改天我備禮一份，讓人送到謝家。」

「禮就不必了，在下更希望在謝家看到妳。」

「那你準備好聘禮唄。」

見謝慎禮無言，顧馨之暗笑，目光落在他那微微垂下的長睫上，繼續道：「我看這個月黃道吉日多，趕早的啊。」

謝慎禮眸光半斂，語氣冷淡。「顧姑娘，我念妳年紀小，不與妳計較，若是再犯……」

「我犯什麼了？我一沒犯法二沒惹事，你追著我要我回謝家，我沒把你轟出去算我大度了。」顧馨之想了想，還是好心提醒了句。「待會兒我娘出來，請大人好生敘舊，別的話就沒必要多說了。」

謝慎禮微微掀眸。「我該如何說話，還不需要顧姑娘指點。」

簡而言之，這謝慎禮就是要跟她娘搞逼婚那一套咯？

「謝大人久等了。」許氏略帶無力的嗓音在門口處響起，她歉然福了福身。「我耽擱太久，真是失禮了。」

這麼會兒工夫，許氏已經淨了面、梳了頭、換了身新衣。衣裳是顧馨之特地準備的，沒想到許氏瘦了許多，套在身上，有些空落落的。

謝慎禮起身，朝她拱了拱手。「顧夫人多禮了。反倒是我冒昧前來，多有失禮。」

顧馨之暗自撇嘴，起身去攙許氏，溫聲道：「娘，您剛回來，歇著就好了，有什麼事往後再說唄。」

許氏拍拍她胳膊。「說說話不礙事。」

謝慎禮亦開口。「在下這番前來，確實有事與顧夫人相商，不如我們坐下詳談？」

許氏點頭。「求之不得，謝大人請坐。」

顧馨之沒法，只得扶著許氏走向上座。

許氏赫了一跳，再看謝慎禮竟然站在下首處，急忙抓住她的手，惶恐道：「怎的讓謝大人坐那兒呢……」她急急福身。「小女無狀，請謝大人見諒。」

謝慎禮避開她的禮，淡聲道：「無妨，不過是小事。」

許氏回來路上已經聽說，亡夫這位往日好友，如今已是當朝太傅，她哪敢讓人繼續坐在下首。她顫巍巍握住顧馨之，一迭連聲道：「快請大人上座。」

「喔。」顧馨之只得轉向謝慎禮，福身。「謝大人，請上座。」

謝慎禮遲疑了片刻，見許氏神色緊張，這才抬腳上前，掀袍落坐。

許氏這才鬆了口氣，在莊姑姑的攙扶下，坐在下首位置。顧馨之則老老實實站到許氏身邊。

不等香芹重新上茶，許氏便直接提出心中疑問。「謝大人，小女可是做了什麼錯事，為何會與宏毅和離？」將將開口，語調已哽咽。「我兒命苦，父親早亡，又無兄弟姊妹扶持，謝家再與她和離，是要將我兒置於萬劫不復之地啊。」

謝慎禮下意識掃向她身後的姑娘，正好將她撇嘴的表情收入眼底。

不知為何，他心底竟湧出些許無奈。他斟酌了片刻，慢慢開口。「顧夫人，此事說來話長——」

「娘。」顧馨之心知他要說什麼，立馬打斷他。「宏毅心中有他人，打成親以來，一直對我無比冷落。我雖心中難過，卻謹記自己正室之位，不敢有半分妒恨。」

謝慎禮停下來，安靜聽著。

「無奈謝府中人看碟下菜，見我無寵，欺我辱我，婆母也怨我得不到宏毅寵愛，兩年無所出，對我百般折辱……」

許氏聽得垂淚。「我兒命苦啊……」

氣氛烘托到位後，顧馨之借著寬袖遮掩，狠狠擰了下大腿，生生逼出一把眼淚。「我心中苦悶，然後遇到府中唯一關心我、愛護我的謝大人——」

謝慎禮怔了怔，暗道不好，立馬試圖打斷她。「顧姑——」

顧馨之微微揚聲，蓋住他反駁的聲音。「我便情不自禁，對謝大人芳心暗許。謝大人對我……亦是如此！」低頭裝羞澀。「我們心意相通，情投意合。」

顧馨之語氣堅決。「所以，為了他，我下定決心與謝宏毅和離，也成功了。」羞澀的瞄了眼帥氣的謝太傅。「我們接您回來，一是為了侍奉您，二是等您主持親事呢。」

謝慎禮盯著胡說八道的顧馨之，一時竟不知如何應對。

許氏更是瞠目結舌，視線在兩人身上打轉，話都說不索利了。「你、你們……」

顧馨之演嗨了，開始捂臉嚶嚶嚶。「娘，您是不是看不起我？我、我與謝大人是真心相愛的。」

謝慎禮終於回神，深吸了口氣，沈聲解釋。「顧夫人，顧姑娘只是為了擺脫宏毅，不想與——」

「五哥！」顧馨之放下手，絕望又深情的看著他。「你竟要對我始亂終棄?!你、你……」哭不出來，只能繼續捂臉。「嗚嗚嗚嗚，你若是不要我，我也不活了！」

既然要演，那就演到底，直接稱他五哥，顯得更為親暱。
謝慎禮臉都僵了，世上怎會有如此厚顏無恥之人?!
許氏被刺激得夠嗆，哆嗦著手瞪向謝慎禮，厲聲道：「謝大人便是為此接我回京的?!你、你好呀，你真是——我夫君看錯你了！」
當下情景，解釋成了不負責任，不解釋平白背了風流債。謝慎禮生平第一次嘗到百口莫辯的滋味，他看向那挑事的顧姑娘，卻發現對方透過指縫，眉眼彎彎的偷看他。
好一個顧馨之。

挾著一身涼意的謝慎禮回到住處，換下官袍，擦拭乾淨手臉，坐下來，敲著茶几陷入沈思。
侍從蒼梧送上茶水，小心翼翼打量他神色。
謝慎禮眼也不抬。「有事便說。」
蒼梧跟了他多年，看出他現在情緒還算平和，遂稟道：「爺，大公子求見。」
謝慎禮微微皺眉，問：「所為何事？」
謝家人口眾多，住的宅子也大，但他嫌那一大幫人整日吵鬧，買下旁邊宅子自己獨居。因挨著謝宅，勉強也算是謝宅的一部分，算不上分家，倒也沒人說什麼。
只是平日裡，謝家的人要見他都要繞一繞，比如現在。

「大公子聽說爺剛去莊子了，想過來問問情況。」

謝慎禮端茶的動作一頓，掀眸看他。「誰告訴他我去莊子的？」

蒼梧忙解釋。「老張他們剛回來就遇上大公子，挨不住問，就說了幾句。」

老張正是謝慎禮派去荊州接許氏的人。

謝慎禮神色有些不悅。「看來是沒搞清楚誰才是主子……讓他們自去領罰。」

「是。」蒼梧苦著臉，偷覷了眼男人神色，小心翼翼道：「那大公子那邊？」

謝慎禮指節輕叩茶几，沈思半晌，淡聲道：「告訴他，這事作罷，往後他的親事不用再來問我。」

「是。」蒼梧領命便要退下。

「等等。」謝慎禮想起顧馨之的話，吩咐道：「去查查宏毅，看他是不是對什麼人上心了。」

蒼梧愣了下。「是。」

等他退出去，謝慎禮端起茶盞，再次陷入沈思。

第三章

另一頭，顧馨之正在挨罵。

說挨罵也不對，正確的說，應該是聽許氏哭著教訓她。

「母親自身都難保，妳無依無靠，連個兄弟都沒有，如何能做這等任性妄為之事？別的不說，哪個好人家的願意娶和離過的姑娘？我這輩子也就這樣了，妳還小，怎麼能做這等傻事啊……

「那謝大人是妳能高攀的嗎？若是旁人較真起來，給妳一個紅杏出牆的罪名，浸豬籠都是輕的……妳怎麼這麼糊塗啊！他那身分地位，想要什麼姑娘不行，做什麼要招惹妳？他這分明是輕賤妳啊！」

顧馨之頭都大了。可她不能自打嘴巴，若不然，一句「父母之命，媒妁之言」就能讓她滾回謝家，再次面對謝宏毅那軟蛋。

她左思右想，索性裝到底。給自己掐了把狠的，跪下來，淚水漣漣。「娘，我知錯了，您別傷心……您身體不好，不能太過激動……我聽您的，我以後跟五哥、不，我以後一定離謝大人遠遠的，我再也不見他嗚嗚嗚嗚……」

她趴到許氏膝上，認真演著失去愛情的悲痛。

「我命苦的兒啊……」許氏抱著她痛哭。

許氏看著就虛，哭了沒多會兒竟昏厥過去，把顧馨之嚇了一跳，忙喊人去城裡請大夫。

莊姑姑許是有經驗，仔細檢查了下，說是累過頭，睡一覺就好。莊子雖然號稱在京郊，快馬加鞭也得近大半個時辰，別浪費那個錢了。

顧馨之不放心。「還是讓人來看看，給姑姑和娘都把把脈，調理調理。」

莊姑姑小心翼翼勸道：「這來回一趟，得花不少錢的。」

顧馨之安慰她。「錢就是拿來花的，別擔心這個。」

莊姑姑沒吭聲。

顧馨之心裡有些難受，面前這位有幾分畏縮的人，與她記憶裡的性格，實在相差甚遠。她想了想，溫聲道：「我知道姑姑擔心家裡條件不好，我心裡有數的，否則我也不敢讓人去接妳們回來，沒得讓妳們回來受苦。」

莊姑姑怔了怔，待反應過來後，紅著眼睛「誒」了聲。「奴婢曉得了。」

顧馨之便不再多說，給許氏掖了掖被子，她起身。「趁現在得空，跟我說說妳們這兩年的情況吧。」

「是。」莊姑姑恭敬跟上。

等她這邊問得差不多了，許氏也醒過來了，張管事去請的大夫也到了，顧馨之忙讓大夫給兩人診脈。

莊姑姑還好，約莫是習慣了幹活，除了有點虛，沒有什麼大礙。倒是許氏，先是喪夫，然後與獨女分離，加上生活頗為艱難，身體垮了大半。

好在，還能養。

顧馨之讓人送大夫回城，順帶拿著方子去城裡抓藥。

許氏聽到那診金和藥錢，心疼不已，顧馨之又是一頓安慰。

一上午便這麼過去，用過午飯，把兩人並徐叔幾人趕去歇息，她再次走向河溝。

張管事一路跟著。「上午已經吩咐下去，這會兒應當開始了。只是……」

顧馨之看了他一眼，視線在他猶帶著血痂的額頭停了停，問：「只是什麼？」

張管事賠著笑。「姑娘有所不知，咱們的田離河道有點距離，靠近河道那塊，又全是石頭，要是挖渠，難度不小……春耕之前，怕是弄不好。」

「我知道。你儘管挖，按照我規劃的線路走就行。今年挖不好，明年繼續，總能挖好。挖好之後，不管種稻種菜，都省事點。」

張管事鬆了口氣。「誒，姑娘心裡有數就行。」

顧馨之忍不住笑了。「擔心什麼，做錯了，姑娘我也不會讓你背鍋。你就是聽令幹活而已。」

張管事嘿嘿笑。「這不是，以前沒接觸過嘛……」

說話間，昨兒顧馨之捏河泥的地方到了。

她昨天讓人挖了些河泥，此刻仍堆在河岸邊，隔了一夜，已經乾了。不遠處分散著十餘名漢子，一個個擎著鋤頭挖地。

看到他們一行人，這些漢子都有些緊張。

顧馨之朝他們揮揮手，示意他們繼續，她蹲下來抓起一塊乾涸結團的河泥，仔細觀察，確認顏色，再捏碎，在指尖磨了磨。

香芹在後邊大呼小叫。「姑娘您怎麼又玩泥巴啊！」

「去取些水來。」顧馨之頭也不回，又撿起一塊泥巴搓著。

香芹不解。「啊？」

張管事忙道：「奴才去，奴才去，香芹姑娘照顧好姑娘就行。」

顧馨之沒管他們，逕自翻著河泥。

沒多會兒，水取來了。顧馨之也沒問那木桶哪來的，大概是莊子裡哪戶人家的唄。

她伸手準備接過木桶，張管事、香芹齊齊驚呼。「您別動。」

顧馨之愣了愣，無奈。「那你們把水倒泥裡。」

張管事二話不說，提桶倒下去。顧馨之避開蜿蜒而下的泥水，蹲下來，拉起袖子，伸手進去攪和。

香芹都不忍直視了，她看看左右，小聲道：「姑娘……這麼多人看著呢。您要是想玩，讓人裝些回去放院子裡。」

顧馨之也不解釋，攪和了幾下，抓出一團泥仔細打量，再捏捏，然後滿意點頭。

「可以，這些河泥品質不錯，等天氣暖和點，讓人多挖點出來，就堆在這裡，過段時間我要用。」

張管事張大嘴，半晌，才道：「這、這也有用啊？」

「嗯。」顧馨之沒多話，在周圍轉了兩圈，滿意點頭。「地勢平坦，不錯。」

張管事一臉茫然，完全不知道她要做什麼。

顧馨之卻拍拍手。「完事……明天進城大採購！」

次日，顧馨之陪許氏用過早飯，又到田裡晃了一圈，看看挖溝進度，確認沒啥事了，就坐上馬車，搖搖晃晃進城去。

今日駕車的是張管事，徐叔不放心也跟來了，還有一個水菱作陪。香芹性子活潑，正好留下陪許氏說說話、逛逛莊子。

抵達京城時，才不過巳時。

張管事兩人在車上等著，顧馨之帶著水菱走進鋪子。藥鋪裡沒有客人，只有一名短鬚中年人在櫃檯後打著算盤。

顧馨之走過去。「掌櫃的，有新鮮的赭魁嗎？」

中年人頭也沒抬。「什麼新鮮的赭魁？」

「赭魁，也叫薯莨。要新鮮的。」

中年人頓了頓，停下手抬頭，看到顧馨之主僕後，拱了拱手。「這位夫人，我們這兒是藥鋪，薯莨有，但都是乾的。您若是要新鮮的，不如去布坊裡問問，興許能買到。」

顧馨之梳的是婦人髻，一是看起來成熟幹練些，二是為了省事。這年頭，已婚婦人在外頭行走，比姑娘家方便。

聽了掌櫃的話，顧馨之撫額。「誒瞧我這腦子，我光記得藥鋪會用到薯莨了。多謝掌櫃了，回頭幫襯你啊。」

中年人無語。「夫人，咱開的是藥鋪，可不興這種祝福。」

顧馨之笑了。「掌櫃仁義。」

中年人擺手。「談不上談不上——」

「老鄭。」一道聲音由遠而近。「我昨兒讓你留的東西，準備好了嗎？」

中年人忙鑽出櫃檯，拱手。「東家，留好了，小的這就給您取去。」

顧馨之見狀，轉身準備離開，卻對上一雙沈黑眼眸。

啊！顧馨之嚇了一跳。「你怎麼陰魂不散的?!」

站在數步外的黑眸主人，正是謝慎禮。

「你們認識？」方才說話的男聲湊過來。

顧馨之循聲看過去，發現藥鋪東家長得頗為俊朗，只比謝慎禮矮了些，較之常人，已算高大，氣勢也比謝慎禮柔和些。

顧馨之禮貌的對他笑笑，解釋道：「確實認識，昨兒剛見過面來著。」

那東家很詫異。「昨兒才見過？」他扭頭看謝慎禮。「這是哪家夫人？還不快給我介紹一下。」

謝慎禮的視線掠過對面姑娘溫婉的婦人髻，沈默了一瞬，淡聲道：「是謝——」

「五哥。」顧馨之眉眼彎彎，語氣彷彿在哄小孩。「亂說話可是會出事的喔。」

那位藥鋪東家發現不妥，視線在他倆身上打了個圈，落在沈默的謝慎禮身上。「會什麼出事？」等等。「她叫你五哥？你哪來的妹妹？」

謝慎禮暗嘆了口氣，道：「顧姑娘開玩笑罷了。」

藥鋪東家愣住，下意識再次看向顧馨之的髮髻。

顧馨之卻笑咪咪的應和。「謝大人年紀比我大，與我……家有些交情，這句五哥，他當得。五哥，我說的對吧？」

謝慎禮垂眸。「於禮不合，顧姑娘還是換個稱呼吧。」

顧馨之眨眨眼。「那我喊你謝叔叔？」掃了眼他一絲不苟的束髮和平整如展品的長衫，她忍不住壓低聲音逗他。「謝叔叔，原來你好這一口啊。」

什麼這一口——謝慎禮僵住。

顧馨之悶笑。

藥鋪東家沒聽見兩人私語，忍不住上前。「你們說什麼呢……慎禮給我介紹一下啊。」他實在好奇，這位梳著婦人髮髻卻被好友稱為姑娘的，是哪家的？「你們看起來很熟啊，慎禮的熟人，我應當也認識才對。」

謝慎禮點頭。「嗯，這是顧大哥獨女。」

藥鋪東家愣了愣。「顧大哥獨女？我怎麼記得是嫁給你那大姪子來著？」

顧馨之笑著點頭。「前些日子和離了，本著做人要低調的原則，我便沒擺酒慶賀，請您見諒。」態度要擺明，省得謝慎禮又來唧唧歪歪，她嫌煩。

顧馨之沒興趣給人八卦，朝他倆福了福身。「我這邊還有事，就不打擾二位——」

「誒誒，等會兒。」藥鋪東家上前一步，認真的看著顧馨之，道：「我姓陸，名文睿，按照我跟令尊的交情，妳可以叫我陸叔叔。我不知道妳跟謝家是什麼情況，但我當年得了令尊不少照顧，以後若是有什麼困難，可以到長虹街陸宅找我——的夫人。雖然我品階不及慎禮，但若是有什麼事，還是能說上幾句話的。」

顧馨之愣了愣，下意識看向謝慎禮。只見他眉眼半垂，一副事不關己的高冷模樣。

這是贊同之意？

她略一思索，索性大大方方道：「多謝陸叔叔，以後勞您多多照顧了。」場面話誰都會說，往後日子長著呢。

謝慎禮的視線在她那彎彎的眉眼上打了個轉，飛快挪開。

毫無疑義，顧馨之長得很好。不是那等豔麗抓人的殊色，而是甜美宜人的嬌俏。尤其那彎月眉、葡萄眼，若是帶著狡黠，便彷彿意圖使壞的小狐狸，靈動又活潑，一如昨日那般。

但這一回，她卻笑得落落大方，讓人只覺春風拂面、冬日沐陽。

同一個人，竟有兩副面孔。

謝慎禮漫不經心的想著時，去取東西的掌櫃出來了。

他看到陸文睿與顧馨之說話，愣了下，忙笑道：「不知夫人與我們東家相識，方才是在下失禮了。」

顧馨之忍不住笑。「掌櫃客氣了，方才你何來失禮之處？」

掌櫃恭敬的將東西遞給陸文睿，才轉過來回答。「沒幫上夫人，便是失禮。」

顧馨之隨口道：「買賣不成仁義在嘛。」

陸文睿好奇。「姪女要買什麼？」

「想買點新鮮薯莨，忘了藥鋪裡的都是乾貨。」

陸文睿摸了摸下巴。「薯莨……是布坊用來染色的？妳買這東西做甚？」

顧馨之坦然。「就是用來染色的。」

陸文睿詫異。「妳要染布？打算開布坊？」

顧馨之沒有隱瞞。「嗯，買點試試。」

陸文睿了然，一指謝慎禮。「那就找他買去，他那南北貨鋪子東西全，就算沒有，還能讓他的人去南邊給妳跑個腿，要多少都不成問題，價格還能實惠許多。」

顧馨之想了想，搖頭。「算了，我還是去布坊問問吧。」

陸文睿不解。「妳找妳謝叔叔不是更便宜？」

謝慎禮也開口。「為何要去布坊？若是妳擔心謝家其他人，大可不必，那南北貨鋪是我的私產。」

顧馨之微微詫異。謝慎禮這種身分的人，有私產她不奇怪，她只是以為，此人只在乎自己與謝宏毅的親事。

旁邊的陸文睿跟著幫腔。「對啊，我們是衝著妳爹的面子，又不是衝著謝家面子。這點忙對我……好吧，對慎禮來說算不上什麼，妳不必太過客氣。」

話都說到這分兒上了……顧馨之有些不好意思。「我不是客氣。實在是，咳，手頭有些拮据，買得不多，就沒必要煩勞五——叔叔了。」差點又喊五哥了。

拮据？謝慎禮目光一凝。一內宅婦人，又不管家又不走禮，哪來的花銷？

陸文睿也詫異。「我記得當初朝廷給你們賞了不少東西，這才兩年，怎麼——」陡然想到這兩年她是在哪兒過的，立馬閉上嘴，狐疑的看向謝慎禮。

顧馨之沒打算多說。「錢嘛，都是不禁花的。」

陸文睿看看左右，輕咳一聲。「那沒事，什麼時候去找他都行……對吧？」

謝慎禮臉色有些沈。「嗯。我那鋪子在西大街，掛著雲來招牌，若有需要直接過去找掌櫃。」

顧馨之笑笑。「好，多謝了。」頓了頓，她接著道：「如無他事，我便告辭了，兩位叔叔請自便。」

「去吧。」陸文睿點頭，謝慎禮也微微頷首。

顧馨之福了福身，帶著水菱繞過他們，走出藥鋪。

陸文睿收回視線，掃了眼避到另一邊的掌櫃，皺著眉問謝慎禮。「你家怎麼回事？好端端的怎麼和離了？這不是欺負人孤兒寡母嗎？」

謝慎禮臉色也不甚好看。「皇上為了鹽案一事，出了正月就南巡……我伴駕回來時，木已成舟。」

陸文睿啞口，半晌，才道：「這親事是你保媒，他們怎麼敢？就算再……那也是明媒正娶回來的正室，怎麼還和離了呢？」

謝慎禮淡淡掃他一眼。「據說，那顧家姑娘砸了花瓶，拿瓷片對著宏毅的脖子，硬逼他寫下和離書的。」

陸文睿目瞪口呆。「什、什麼？不是，你們謝家是把人逼到什麼地步了？」

謝慎禮沈默片刻，道：「是我失察了。」

陸文睿拍拍他。「算了，你也忙。如今離都離了，往後再給她找個好人家唄。」

話才說完，陸文睿又想起一事。「我說，她怎麼會沒錢？她那嫁妝可不薄，顧嫂子斷不會全部拿走，一點都不給她留。」想到她和離的方式，頓時皺眉。「這是為了離開你們謝家，連嫁妝都沒帶？」

謝慎禮語氣有些冷。「我回去便查……原以為她只是被欺負，受了些委屈，我便只發賣了些下人，也罰了鄒氏跟宏毅，沒想到……」

陸文睿長吁短嘆。「有什麼需要幫忙的儘管開口……唉，回頭我讓我家夫人給小姑娘送份帖子，請她過府喝口茶。」

這是擺明要給顧家小姑娘撐腰了。謝慎禮點頭。「多謝了。」

陸文睿無語。「你謝什麼，人姓顧你姓謝，她現在可跟你謝家沒有關係了。」

謝慎禮語氣平淡。「顧大哥就這麼一個女兒，我自當盡力。」

陸文睿道：「唉，也是。」

兩人沈默片刻，陸文睿打起精神。「不提這些了……我說你也老大不小了，還繼續當鰥夫啊？真就給你那便宜亡妻守節呢？」

謝慎禮淡淡道：「不著急。」

「我兒子都開始啟蒙了，你還不著急？」陸文睿沒好氣，將手裡的東西塞給他。「看，連走禮都要自己來，怪不得鎮日忙得跟什麼似的。」

謝慎禮道了聲謝，接了過去。「平日都是謝家走禮，這是給先生的。」

陸文睿跟他是同窗，自然知道他說的先生是誰。他翻了個白眼。「還不是一個樣，你若是放心他們，何至於自己來。」

謝慎禮斂眉不吭聲。

陸文睿嘖嘖兩聲。「你這性子啊……下回休沐就是先生壽辰，我估摸著，又要有滿院子的如花女眷等著你了，我看你屆時還敢不敢跑。我說你啊，究竟想找個什麼樣的？就算是想找個天仙，你也得說出個子丑寅卯吧？」

謝慎禮沈默片刻，道：「只是對嬌弱的姑娘無甚好感罷了。」

陸文睿頓了頓，嘆氣。「你還惦記著你家裡那點破事啊？你娘都走了多少年了——」

謝慎禮打斷他。「好了，走了，晏書該等久了。」

「每回提起這個話題，你都這德行——行行行，不說了不說了。」陸文睿語帶嫌棄。

「你這性子，誰受得了啊！」

第四章

「查出什麼了？」謝慎禮換了身衣服，端著茶盞輕刮，眉眼也不抬。

蒼梧苦笑。「主子，時間太短了，還沒查出什麼有用的。就目前看來，大公子跟府裡的丫鬟們倒是清白。」他想了想，補了句。「大夫人管得嚴，他身邊的丫鬟都……」

總而言之，謝宏毅看不上。

謝慎禮也不著急。「接著查，不在府裡就是在府外，顧家那姑娘看起來不像胡說。」

「誒，小的明白。」

謝慎禮抿了口茶。「先去辦一件事。」

「主子您說。」

「去將顧家姑娘當初的嫁妝單子，抄一份過來。」謝慎禮放下茶盞，語氣淡淡。「再讓人把她離府時帶的東西列一份單子。」

蒼梧應了聲是，躬身退下。

謝慎禮略歇了歇，便起身去書房看書。這回去南邊，倒是找了好些不錯的書，能打發一段時間了。

剛翻沒幾頁，蒼梧便苦著臉回來了。

「主子，大夫人說，那嫁妝單子被顧家姑娘帶走了，眼下只有顧姑娘帶走的清單。」

謝慎禮翻書的動作一頓，冷笑。「帶走了？尋常宗族，婚喪嫁娶都得將聘儀謄抄一份收好，她身為當家主母，連自家兒媳的嫁妝單子都沒抄，看來也難堪大任……帶人去收了她的帳冊，交給二房管家。」

蒼梧樂了。「誒，奴才這就去。」

謝慎禮「嗯」了聲，繼續翻書。

又過了片刻，蒼梧喜孜孜回來。「主子，大夫人說前些日子氣病了，忘了這事，現在找到顧家姑娘的嫁妝單子了。」

旁邊伺候茶水的青梧噗地笑出聲。

蒼梧斜了他一眼，繼續問謝慎禮。「主子，您看，那管家帳冊……」是收還是不收啊？

謝慎禮沒答話，將視線從書冊中挪開，伸手。「拿來我看看。」

蒼梧麻溜遞上嫁妝單子跟出府清單，謝慎禮一目十行，臉色冷下來。

顧馨之出了藥鋪，帶著水菱在附近找到家布坊，跟掌櫃軟磨硬泡，買下十來斤薯莨。

但這麼點量，如何夠用？顧馨之只得帶著人滿京城轉，見著布坊就進去問，連著轉了幾家，才堪堪湊了數十斤薯莨。關鍵是一點都不便宜，直把她心疼得直抽抽。

忙完這一通，已然過午，顧馨之這才覺得餓，一大早就起來忙活的徐叔幾人估計更餓，她趕緊帶著人找了家乾淨的館子用午飯。

她覺得四個人吃一桌很正常，徐叔三人卻不勝惶恐。顧馨之好生安撫了一番，他們也只敢小心翼翼挨著板凳坐著，吃的時候更是半天不敢伸筷子。

顧馨之沒法，這些根深蒂固的主僕思想，不是她說兩句話就能改變的。

好不容易吃完一頓飯，顧馨之算了下自己的餘錢，沈默了。實在太窮了，想給他們多做身衣服都辦不到……得趕緊賺點錢才行。

用過午飯，接著去採購。

他們現在一大家子住在離京半個多時辰的莊子裡，日常要買點什麼都不方便，只能趁著出來的時候買齊了。調料、米麵、針線、綢緞、澡豆……想到許氏昨兒暈厥，顧馨之索性又回到陸文睿的藥鋪，趁著掌櫃還記得她，便宜買了許多常用藥。

錢嘩嘩的出去，顧馨之心痛得無以復加，還得在水菱幾人面前裝淡定，心累得很。

等到下午，終於將馬車塞滿，一行四人緊趕慢趕的回莊子。

走了一天，顧馨之累得話都不想多說，陪許氏用過晚飯，便去洗洗睡了。

一夜都是惡夢，夢裡一會兒現代一會兒古代，又是種田遇災荒，又是開公司破產。不管在什麼場景，她都帶著一幫家奴挨窮挨餓，到最後甚至開始沿街乞討……

醒過來後，顧馨之簡直比睡前還累。

她穿好衣服，披頭散髮站在床邊做伸展運動，感覺渾身都在嘎吱響，還痠疼不已。

她一邊晃手晃腳，一邊苦著臉嘀咕。「我是不是生病了？要不要請個大夫……上回請個大夫跑一趟，就花了足足幾兩，好貴啊。」

水菱邊收拾床鋪邊笑。「您是昨兒走得太多，累著了吧？多歇兩天就好了。」

顧馨之眨眨眼。好像……真是這樣？不管在謝家過得多慘，原身好歹也是個主子，半點活兒都不用幹。昨天從早走到晚，可不是過度運動了嘛。

知道不是生病，顧馨之立馬恢復精神。吃過早飯，先讓張管事出去周邊村子收馬鈴薯，她也開始幹活。

讓人加急打好的水槽、買的綢緞，都到位了，就差薯莨。

顧馨之挑了幾名力氣大的婦人，親自帶著她們幹。

清洗薯莨，切塊碾碎，用竹籮盛著浸入水槽裡，揉搓薯莨碎，得到「頭過水」。再用竹籮撈出薯莨，放到第二個水槽裡，得到「二過水」，以此類推，接連準備好「三過水」、「四過水」，薯莨液便製備好了。

這邊在浸薯莨液，另一邊，莊姑姑按照顧馨之的吩咐，扯開昨兒買回來的綢緞，剪成幾段，每段兩端縫上棉布套，套上木棍。

等這邊「頭過水」出來，處理好的綢緞便可直接浸入其中，攪拌浸透，再取出來，鋪到河邊河卵石上晾曬。幾番重複，直到把所有綢緞都鋪在河岸邊，活兒才暫告一段落。

留了人盯著這些綢緞，省得被牲畜弄髒了，顧馨之便拍拍手回院子。

好奇旁觀的許氏不解。「這就弄好了？」

顧馨之搖頭。「這才剛開始呢，少說得折騰上一個月。」

許氏驚訝，又憂心忡忡。「要這麼久的嗎？真能做出來？妳以前也沒做過，萬一折在手裡……」

顧馨之信誓旦旦。「書裡說了，按照步驟基本都沒問題，只是成色會有差別而已……娘您放心，我可是要給您養老的，沒把握的話，我怎敢亂來？」

許氏很是沮喪。「都怪娘，把錢都用光了……」

顧馨之安撫她。「錢都是用來花的，您在舅舅家不容易，多花點也是正常。等我以後掙多多的錢，您直接裝一馬車銀錠回去，砸死他們！」

許氏忍俊不禁。「瞎說，再有錢也不能這樣折辱別人。」

顧馨之挽著她胳膊。「就是瞎說嘛，這樣說，我心裡高興。」

許氏愣了愣，拍拍她胳膊，不吭聲了。

顧馨之看了她一眼。「娘，這段時間您都得跟著學喔。」

許氏不解。「怎麼了？」

顧馨之理所當然。「以後這些活兒就交給您了呀。」

許氏大驚。「這如何使得？我可是什麼都不會的！」

「這不是正帶著您學嘛。再說，熟能生巧，一次記不住，多來幾次不就會了。我還要趕在入夏之前多做一點呢，過了夏日，這玩意兒就不好賣了。娘，您可要幫我啊。」

「萬一學不會……」

顧馨之不以為意。「學不會就多學幾遍，實在不行，就拿筆記下來唄。」

許氏猶猶豫豫。「那我試試。」

顧馨之笑了。

她娘回來不過兩三天，精神已恢復了大半，飯能多吃半碗，臉上有了笑容，也沒有了剛回來時的虛弱，每天都能在莊子四周散散步。

按大夫所說，許氏身體底子差，需要長時間調理，但她卻恢復得這般好，除了不能走動太久，其他已然看不出太大問題……想來，是生活有了盼頭。

許氏一寡居婦人，丈夫早逝，女兒出嫁，相見不易，又遭嫡母、嫡兄搓磨，身體能好才怪呢。如今母女團聚，雖然對女兒和離之事仍然難以釋懷，但抵不過天性對親情的渴慕。

可人閒著就容易多想，若不給許氏找點事情做，等許氏緩過來，自己怕是要倒楣。

顧馨之對目前的和離娘子身分十分滿意，可進可退，可攻可守，簡直不能更完美。索性給許氏找點事唄，待許氏忙起來，就顧不上她了。

越想越靠譜，顧馨之偷覷了眼忐忑不安的許氏，壞心眼的補了句。「娘，以後咱家吃飯還是喝粥，可就看您了。」

許氏登時慌了。「這、這擔子太大了，我、我不行。」

顧馨之一錘定音。「所以您好好學。」

許氏如何擔憂不說，第二日，顧馨之就開始帶著她一起灑莨水、曬莨。這一步驟用的是「二過水」，曬乾的綢坯上灑莨水，用細密的竹枝束均勻抹開，再進行晾曬。如此反覆數遍後，才可進行下一步。

過程剛進行到第二步，去京郊各村搜刮馬鈴薯的張管事回來了，帶回數百斤馬鈴薯。

顧馨之立馬將曬莨之事全權託給許氏，自己帶著人去做馬鈴薯粉條，打算先拿這個賺點錢，好緩一緩燃眉之急。

她為了擺脫謝家，和離的時候是快刀斬亂麻，拿了和離書就出府。匆忙之下，只收拾了她院子裡的銀錢、首飾、衣料，至於別的陪嫁，那是想都不敢想。

她非常有自知之明，她一無娘家可靠，二是人單力薄，斷不可能從謝家那種虎狼窩裡挖出肉來，能脫身已經可以了。

陪嫁的這莊子總共三十畝，聽起來多，但大都是旱田，還得養著莊子裡一大幫人。往日她在謝家，這莊子也不過是三時兩季送點米糧家禽，別的就沒了。也是因著貧瘠，才沒被謝家那幫豺狼給啃了。

只是如今，她手裡沒什麼銀錢。莊子有田有糧，吃的倒是不愁，但想要過得好點，就得花錢，比如調料、比如肉。加上莊子好幾年沒住人，壓根兒沒修繕過。這段時日不下雨還好，等到春雨季節……怕是要漏雨。

還有，許氏回來，帶回來的衣裳都舊得不行，看著彷彿還是兩、三年前做的。如今純棉布料不比現代材質，洗得次數多了會發白綻線，這樣一來，還得花錢做衣裳。

想要生財，還得先採購薯莨和綢坯。

樁樁件件，都得花錢。這段日子的花銷，都是靠她當掉部分首飾支撐下來的。首飾總有當完的一天，在此之前，她得先把日子過下去，再攢點創業基金。

恰好她和離那天，出城時看到貼在城門一旁的告示——是去歲朝廷鼓勵種植馬鈴薯的告示，許是與農桑相關，至今仍貼在牆上，旁邊寫著簡單的馬鈴薯食用簡介。

顧馨之當時便有了些想法，老百姓剛接觸馬鈴薯，怎麼吃都得問人，何況翻花樣？這就是她的機會。

正好她現在啥都缺，就是不缺人。找來幾名得空的僕婦，直接在最為寬敞的前院擺開架勢，顧馨之鬥志昂揚，投入切馬鈴薯、剁馬鈴薯、揉馬鈴薯的大業裡。

蒼梧奉命前來的時候，正正撞上這般情景。

他盯著埋頭在泛黃水盆裡搓揉著一些……不明物體的顧家姑娘，嚥了口口水，小心翼翼開口。「那個，顧姑娘，奴才奉主子之命，給您送點東西。」

「啊？」奮力搓揉的顧馨之茫然抬頭，看到他，懵了片刻。「你家主子是誰啊？」

蒼梧賠笑。「奴才的主子乃當朝太傅，謝家家主。」

顧馨之回憶了下，恍然大悟。「哦，那天趕車堵我，害我差點摔倒的人啊！」

蒼梧的笑頓時僵在臉上。

顧馨之略有些不耐煩，心想謝慎禮怎麼陰魂不散的。她起身接過香芹遞來的帕子擦了擦手。「說吧，找我什麼事？」

蒼梧掃了眼滿地的盆，抹了把汗。「顧姑娘，奴才帶來的東西，有些瑣碎，需要您核對一二……可否，移步他處詳談？」

顧馨之瞅了眼他手裡抱著的木匣，挑眉。「怎麼，你家主子來給我下聘了？」

蒼梧大驚。這是什麼虎狼之詞?!休要壞他家主子的名聲！

顧馨之穿著身半舊裙裳，身前還圍了塊比尋常襜衣要長許多的舊布，上面沾滿了星星點點的水澤和黃色泥狀物。她宛若未覺，淡定的坐著翻看那為數不多的紙張。

蒼梧候在下頭，滿腦子都是「主子怎麼能和大公子的媳婦搞在一起」和「主子怎麼如此沒眼光」之類的想法。

顧馨之已經看完東西，隨手擱在匣子裡，淡定問道：「謝大人還有什麼話嗎？」

蒼梧回神，忙拱手答道：「有的。主子說，鄒氏這兩年估計昧了不少鋪子營收，要查的話，一時半刻也查不清楚，索性折算成銀票，一併交給您。另外，鋪子這兩年都是鄒氏在管著，好不好另說，人是不敢給您留了，主子另外給您挑了幾名奴才，都是乾淨清白的人家，姑娘可以放心用，現在人已經安置在鋪子裡，姑娘方便的時候可以去看看。」

顧馨之淡定點頭。「知道了。」

蒼梧遲疑了下，接著道：「主子說，謝家確實非良緣，顧姑娘日後珍重。」顧家姑娘剛剛才說了那樣的話，如今再轉述他家主子的話，他總覺得哪裡怪怪的……

顧馨之詫異。「他當真這麼說？」

蒼梧肯定道：「是。」

顧馨之摸了摸下巴，喃喃道：「難不成真嚇到他了？」

蒼梧驚了，假裝沒聽到，盯著面前一寸三分地，繼續道：「主子還說……」他下意識頓了頓。主子是不是安排得有點太周到了？

顧馨之不解。「他說什麼了？」

蒼梧回神，忙道：「主子還說，已經著人去南邊採買薑莨，約莫月底能回來，您到時若是有空，可以過去看看。」

顧馨之愣了下，笑了。「知道了，替我謝謝你家主子。」想了想，她道：「我這邊做了點新鮮東西，不值幾個錢，只當是我謝謝你家主子的照顧……回頭我讓人送到謝家去嗎？會不會不太方便？」

蒼梧吶吶。「這……奴才不敢作主。」

顧馨之理解。「沒事，你回去問問，能不能都讓人給我回句話。」再怎麼說，她也是謝家剛和離出府的媳婦，轉頭給前夫叔叔送禮什麼的，確實不太好看。

蒼梧大鬆口氣。「是。」

蒼梧一走，顧馨之立馬跳起來，「砰」地一下闔上匣子，抱起來撒腿就往後邊跑。

「娘——」聲音之淒厲、語氣之急促。

正盯著僕婦們曬綢坯的許氏嚇了一大跳，急忙迎過來。「怎麼了？」

顧馨之眉飛色舞，但看到院裡的僕婦，把到嘴的話壓下去，拽著許氏鑽回房裡。

「您看，咱家有錢了！」她打開匣子。「銀票！鋪子！還有幾個免費得來的奴僕！」

許氏懵了，接過來看，然後瞪大眼睛。「這不是妳的嫁妝鋪子嗎？妳不是說都被……」

「嗯。」顧馨之興奮不已。「沒想到還能拿回來！這下好了，咱可以慢慢來，不急著掙錢了！」

許氏卻皺起眉頭。「這怎麼來的？」

顧馨之隨口道：「謝大人讓人送過來的啊。」

許氏不敢置信。「妳還跟他聯繫？他前面不幫妳，現在假惺惺送過來做甚？是不是還想哄騙妳?!」

顧馨之頭大了。一個謊言，果真是要用無數的謊言去填。

好不容易搪塞過去，又想起她本打算送份謝禮給謝慎禮……算了算了，以後的事情以後再說吧。

第五章

回到謝宅的蒼梧立馬去稟報謝慎禮，話音剛落，就看到書桌後的謝慎禮動作一頓，掀眸看了他一眼。

蒼梧惶恐。「可、可是奴才說錯話了？」

謝慎禮收回視線，換掉寫壞的張紙，重新落筆。「她要送什麼東西過來？」

蒼梧照實回答。「顧姑娘只說是她做的新鮮東西，不值幾個錢……但具體是什麼，她並沒有提。」

謝慎禮沒說話，好好把字收尾。

蒼梧知道他的習慣，安靜的候在一旁。

半晌，謝慎禮輕呼了口氣，收筆擱筆，淡聲道：「既然是她的感謝，讓她送過來吧。」

蒼梧愣住，急忙道：「主子，這不合適吧？」

謝慎禮接過青梧遞來的濕帕子，慢條斯理擦拭指尖沾染的墨漬。「有何不合適的？」

蒼梧支支吾吾。「顧、顧姑娘，那個，畢竟剛與府裡鬧翻……」

謝慎禮將濕帕子扔回給青梧，冷冷掃了他一眼。「哪個府裡？」

蒼梧凜然，立馬給自己一巴掌。「奴才該罰。」完了才小心翼翼道：「主子，明面上您還管著謝家呢，這麼大張旗鼓的與顧姑娘交好，不太好吧？」

謝慎禮不以為意。「無事，往後少不了要來往，不必在意這些。」

蒼梧瞪大眼睛。

「以後她的東西，不必過謝家。」

意思是，直接送到主子手裡？蒼梧想到今日的經歷，忍不住牙疼般嘶了聲。「主子，您真的看上……那錯輩了啊……而且，您這般人物，那姑娘如何配得上？今兒奴才還看見她一身髒兮兮地在玩泥巴水。」

謝慎禮一愣。「什麼泥巴水？」

蒼梧立馬來勁，將破落莊子裡的景況添油加醋描述了一番，完了道：「也不知在搗鼓什麼……都跟那些村婦們混在一起，穿得也破破舊舊的，實在是，難登大雅之堂。」

謝慎禮盯著他，蒼梧縮了縮腦袋。

「青梧。」

青梧躬身。「奴才在。」

謝慎禮轉身走向博古架，語速不疾不徐。「把蒼梧送去高赫那邊，跟高赫說，這個月護衛隊的茅房都歸他洗了。」

「是，奴才這就把人送過去。」青梧忍笑，反手抓住蒼梧的後領，直接把人往外拽。

蒼梧不敢反抗，順從的被拽出書房，確定主子聽不見了，他才掙脫青梧，鬱悶不已。

「主子好久沒這麼罰人了……我怎麼這麼嘴欠！我怎麼這麼嘴欠啊！」

青梧沒好氣。「我還以為你不知道呢，當著主子面說人是非。但凡你說出個子丑寅卯，主子都不會罰你。你看看你說的什麼，顧姑娘穿什麼、做什麼惹著你了？你是哪個排場的人物，還輪到你去嫌棄？」

「我覺得不是因為這個。」蒼梧看了眼書房方向，壓低聲音。「我瞅著，主子跟那顧姑娘，有些……那什麼。」

青梧不解。「什麼？」

蒼梧急了。「男女之間還能有什麼啊！我就說一句錯輩了，主子就給我冷眼了。我在那莊子時，那顧家姑娘還直接問我，是不是來下聘的?!聽聽，聽聽！剛和離還沒兩個月呢，就惦記上我們主子了！」

青梧愣了下。「那我也不管，我跟著主子走就是了。」

「那顧家姑娘壓根兒配不上——」

青梧一把捂住他的嘴，沒好氣道：「你是主子，還是主子是主子？好好洗你的茅房吧，主子都不操心，你瞎操心個什麼勁兒。」

打發了蒼梧，青梧輕手輕腳進門，先朝安靜看書的謝慎禮行了個禮，才走過去。先是摸了摸茶盞，發現涼了，趕緊端走，重新泡茶，換了盞新茶。

謝慎禮翻了頁書，眼也不抬。「那小子說什麼了？」

青梧沒有隱瞞，三言兩語將蒼梧的意思轉述了遍。

謝慎禮無語。「如此操心，那就洗兩個月吧。」

青梧暗樂。「是。」

書房裡安靜了片刻，謝慎禮突然放下書，起身，行至堆滿書的角落，挑挑揀揀選了幾本書。「待會兒讓人去傳話時，把這幾本書一併送過去，讓顧家姑娘得空多看看。」

青梧愕然，反應過來後，連忙應諾。「是。奴才這就讓人送過去。」

午後，顧馨之美美的睡了個午覺，打算繼續處理那些馬鈴薯。

本來打算將馬鈴薯做成粉條賺一點小錢，現在，有了謝慎禮送來的銀錢、鋪子，她就改主意了。在這個物流水準低下、市場流通商品品項少的當下，她既然有錢，這些粉條當然要留著自己吃用，幸好昨天還沒來得及把所有馬鈴薯都處理完。

她懶洋洋打了個哈欠，吩咐身後的水菱。「剩下的馬鈴薯讓他們別動，都放地窖裡，想吃再挖一點出來。」

「誒。」

她伸了個懶腰。「還是留一些，今天給大夥兒加兩道菜，省得天天都白菜蘿蔔的，都膩歪了。」

水菱好奇。「聽劉嬸說，這馬鈴薯粉糯糯的，大家都是煮熟了囫圇吃，頂多就抹點鹽，真的能當菜嗎？」

顧馨之開始捋袖子。「那是他們不會吃！等做好了你們就知道了。現在，得趕緊把那些粉收拾出來——」

「姑娘！」香芹氣喘吁吁的衝進來。

顧馨之停下。「怎麼了？不是讓妳去——」

香芹氣都沒喘勻，慌慌張張四處看了眼，確認沒旁人了，才遮遮掩掩的將懷裡木匣給她看，低聲道：「剛謝家的人送來這個，說是給您的。」

顧馨之擰眉。「謝家？他們又要搞什麼么蛾子？」

香芹連忙擺手。「不是那個謝家，是——喔不對，就是那個謝家。」她一跺腳。「唔，是謝大人。」

「哦，是他啊。」顧馨之隨手接過匣子，沈得她手臂一墜，差點把匣子弄掉了，一旁的水菱連忙幫著托住。

「然後呢？來人說什麼了？」顧馨之眨眨眼，隨口問道。

「那人說，顧姑娘若是有什麼新鮮玩意兒，只管往謝家西院送。」

西院就是謝慎禮獨居的那處宅邸。

「知道了。」顧馨之打開匣子，看到滿滿一匣子書冊，瞬間懵了。謝慎禮巴巴讓人送書過來幹麼？

香芹繼續道：「那人還說，這匣子是送給姑娘的，讓姑娘得空多看看。」

顧馨之疑惑，低下頭，翻了翻書冊——《道德經》、《弟子規》、《禮記》、《周禮》。

顧馨之「啪」地一下闔上匣子。

她哪裡沒道德、沒規矩、沒禮貌了?!

又過了數日，莊子來人了，是陸家的管事來送帖子。陸夫人邀她過兩日前往陸府，參加小兒子的周歲宴，還特地言明是小宴，只請了些近親好友，讓她放心參加云云。

這位陸夫人，是陸文睿的夫人。

顧馨之詫異，她以為陸文睿當時是客套話呢。她倒是不懼陸文睿有什麼陰謀詭計，她顧馨之如今一個和離名聲，別人哪會想從她身上討點什麼。

於是，她便決定去參加。她來到這裡，除了謝宅，就只在莊子裡打轉，太悶了點。

既然決定參宴，那小孩的周歲禮物就得備上一份了，打個銀製的平安鎖最是萬無一失。再想到陸文睿似乎還有兩個大的孩子，索性再買兩對銀鐲子。反正她這家底，貴了她也折騰不起。

這等小事自然無須她親自操心，到了當日，徐叔不光將精緻可愛的銀平安鎖並兩對銀鐲子送過來，還讓人安排了兩大筐自製馬鈴薯乾粉條，並一些時令新鮮野菜。

野菜便罷了，但兩大筐馬鈴薯粉條是不是有點太多？他們總共就做了幾筐，自家還得吃呢。

顧馨之這麼想，也就這麼問了。

徐叔是跟了他們家多年的老人，也相當於是看著顧馨之長大的。聞言，他慈愛的看著她笑道：「姑娘忘了，前幾日您不是說了要送謝大人一份嗎？」

所以這兩筐，有一筐是送給謝慎禮的。顧馨之恍然。「唷，瞧我這記性！」

這樣一來，再看車上的東西，就覺得少了。她想了想，讓人再添了兩筐馬鈴薯、幾隻家禽。然後她回屋，翻出紙筆，洋洋灑灑寫了幾大頁馬鈴薯食譜。

她家莊子離京城遠，本就是提早出門，耽誤這一會兒也不礙事。等她忙完這一切，才提裙上車，慢悠悠往城裡去。

如今家裡人手不缺，她這回出門，許氏與徐叔聯合安排，她不光帶香芹、水菱，還帶了三名護衛，並兩名奴僕。她帶著丫鬟坐馬車，另有奴僕駕著牛車，拉著一車要送人的東西。只是去吃個席，搞得浩浩蕩蕩的，她覺得誇張了，但長輩擔憂，又不是什麼大問題，她便聽之任之了。

一路晃晃悠悠，抵達京城，他們先去謝家。

謝家東西院的大門距離頗近，顧馨之壓根兒沒考慮避開人，繞道後門、側門什麼的，直接讓人到大門，大剌剌停在西院門口。

振虎上前敲門，跟門房說明來意。許是有人提前打過招呼，門房立馬讓人出來幫忙搬東西。

顧馨之在馬車裡悶著無聊，掀開車簾看他們搬東西，還不忘隔空喊話。「記得那幾張紙啊。」

振虎遠遠「誒」了聲。「姑娘放心，忘不了。」

「顧馨之?!」有幾分熟悉的聲音突然從右前方傳來，帶著滿滿的不敢置信。

顧馨之皺眉，循聲望去，對上一張令人生厭的小白臉，可不就是她前夫謝宏毅。她翻了個白眼，一甩車簾，假裝沒看見、沒聽見。

車裡的水菱、香芹也看到了，登時面面相覷，皆有些不知所措。

還未等兩人說什麼，腳步聲已經抵達車廂前。

「顧馨之。」謝宏毅的聲音從車窗外傳來。「妳在這裡幹什麼？不是說不想再進謝家門的嗎？」

不理他還來勁了？顧馨之唰地拉起車簾，皮笑肉不笑。「喲，這是誰啊？這不是嚇得尿褲子的——」

「顧馨之！」謝宏毅鐵青著臉。「休要胡說八道！妳這悍婦，怎麼還敢到我謝家？」

「呵，怎麼，這條大街都被你家包了？寫你家名字了？地契拿來我看看？」

謝宏毅語塞。

顧馨之好整以暇。「看到我你湊過來幹麼？是不是還想把我娶回去啊？剛好我在這裡，反正是二婚，擇日不如撞日，我們一起去給你娘敬個茶，走個過場得了。」

「誰要娶妳這悍婦?!」

謝宏毅咬牙切齒。「妳——」

「喲，你小叔叔不在，不裝乖了？」顧馨之冷下臉。「果真是臭不要臉的人！」

「大公子？」搬完東西出來的門房看到他，愣了愣，下意識看了眼車裡的顧馨之，驚出一身冷汗，小心翼翼對謝宏毅道：「您可是要找五爺？五爺晨起上朝還未歸來呢。」

謝宏毅深吸了口氣。「我知道了，等小叔叔回來再說。」這時，他突然反應過來，扭頭瞪向顧馨之。「妳是來找我小叔叔的？」

顧馨之笑咪咪。「關你屁事。」

謝宏毅差點氣出好歹。

門房躬身站在那兒，走也不是，不走也不是，一張臉拉得比苦瓜還苦。

顧馨之看了好笑，朝他道：「這裡沒你什麼事了，回去吧。」

「誒。」門房作了個揖，小心翼翼看向謝宏毅。「大公子，那奴才先回去了。」

謝宏毅生氣。「你聽她的做甚？她已經不是我謝家人了。」

門房嚇了一跳，撲通跪下。「奴才不敢，奴才——」

「謝宏毅你發什麼瘋？你是不是除了為難下人沒別的正經事了？」

謝宏毅氣得臉都漲紅了。「顧馨之妳休要胡說八道——」

「哦？我胡說八道什麼？你有正經差事？還是說你沒有為難下人？」

謝宏毅氣得轉頭一腳踹到那門房身上。「還不快滾！」

顧馨之坐直身體，冷冷盯著他。「謝宏毅，你除了撒潑還會什麼？」

謝宏毅怒瞪她。「我教訓自家下人，關妳何事？」

「是我高看你了，二十歲的人，也就這麼點出息。」顧馨之冷笑，甩下簾子。「振虎，我們走。」

她當然能繼續嗆回去，就怕會連累這些下人。哼，她定要找個機會向謝慎禮打小報告！

「是。」振虎理都沒理謝宏毅，馬鞭一揚，馬車噠噠的小跑離開。

謝宏毅鐵青著臉，站在那兒喘了半天的氣。等顧馨之的馬車走遠了，他才看向那依舊跪著的門房。「她來幹什麼？」

門房戰戰兢兢。「奴才不知。」

謝宏毅又是一腳。「你不知，你還當什麼門房？說不說？」

門房連忙磕頭。「奴才真的不知，奴才只是幫著把東西送進去，交給管事，其他的一概不知道啊。」上回車馬房的老張不過多說了兩句，就被杖責，他怎麼可能說。知道也不說。

反正這大公子壓根兒管不到西院這邊。

謝宏毅卻瞪大眼睛。「送東西？送什麼東西？」

「奴才不知！奴才真的不知道！」

「諒你也不敢。」謝宏毅斥責完了，自言自語。「她給小叔叔送東西做什麼？難不成她反悔了？」

思及此種可能，他心頭一凜，再顧不得教訓門房，扭頭就走。

顧馨之離了謝宅，便將此事拋諸腦後，慢悠悠欣賞沿途街景。

畢竟是京城，路面大都鋪了石板，乾淨整潔，沿路都是青磚瓦房的鋪子。行人來去，穿著打扮也比京郊外的料子好、顏色豔，經常還有抬轎子、趕馬車的經過。

顧馨之看得興味盎然，偶爾看到挑夫吆喝著經過，還要往人家擔子裡張望，看看能不能買到得用的東西。可惜，謝宅與陸宅相距不遠，沒經過熱鬧的街區就已到了陸宅。

顧馨之有些惋惜，放下簾子，香芹已跳下車去門房遞帖子。

片刻後，半掩的木門打開，出來一名管事打扮的婦人。

香芹朝她福了福身，轉回來迎顧馨之。

這麼一會兒工夫，水菱已經給顧馨之整理了遍衣裳，確認沒有問題，才扶著她下車。顧馨之慢吞吞挪下馬車——就這麼點高度，為什麼不能跳？好礙事啊。

香芹小聲道：「我們從大門進，會有人引著振虎哥他們去後邊馬房，車上的東西就交給那邊的人。」

顧馨之點點頭。反正銀鎖跟食譜都在水菱身上，不擔心。

那名婦人已經迎上來，福了福身。「顧姑娘大安，實在是抱歉，家裡宅子小，還得勞動姑娘在大門口下車走進去。」

顧馨之笑道：「多走走身體好，挺好的。」

那婦人微鬆了口氣，忙引著她們入內，一邊輕聲給她解釋。「我們老爺是從恒州赴京上任的，家裡只有老爺、夫人並兩位少爺跟一位姑娘，所以買的宅子也不大。」

顧馨之點頭。「一家子和和美美的比什麼都強，宅子嘛，夠住就行了。」

那婦人微微笑。「誒，是這個理。」

院落確實不大。不過幾句話工夫，一行人便穿過兩道門廊，來到二門處。

許是得了通傳，一名年輕高挑的清麗婦人已帶著兩名丫鬟候在二門處，看到顧馨之一行人，清麗婦人略一打量，笑著迎上來。「可是顧家妹妹？」

顧馨之沒想到主人家還迎了出來，受寵若驚，連忙行禮。「陸夫人大安。先父是已故鎮國將軍，倘若陸夫人指的是顧家，那我便是了。不過，陸大人說按他跟先父的交情，得稱我為姪女。」

那陸夫人愣了愣，噗哧笑出聲。「他才多大，這分明是占妳便宜呢！妳不到二十吧？我今年也不過二十有六，姓柳，閨名霜華，『朝光浮燒野，霜華淨碧空』的霜華，妳若不介意，可以喊我一聲姊姊。」

「我閨名馨之，『馨香盈懷袖，路遠莫致之』的馨之。」顧馨之也學著大大方方介紹自己，然後道：「我今年十九，年歲小了點，既然夫人這麼說，我可就不客氣，喊妳一聲姊姊了。不過，陸叔叔那邊，怕是不好改口。」

「誒。」柳霜華笑道：「咱論咱的交情，理他做甚。走，我們進去說話。」

柳霜華的父親與伯父都在琢玉書院教書，陸文睿、謝慎禮皆是師從柳大伯父，可謂出自書香門第，卻是個爽快人，不像那等死讀書的迂腐人。

顧馨之喜歡跟這樣的人相處，笑著跟上。

第六章

一如柳霜華所言，她小兒子的周歲宴確實沒請什麼人。

柳霜華帶著顧馨之逐一介紹，柳母、柳伯母、兄嫂、堂嫂與幾名好友。剩下各家帶來的小姑娘們，顧馨之就記不住了。

除了那些未婚小姑娘，顧馨之是年紀最小的，她跟著柳霜華一一見過禮，被拉到窗邊坐下。

屋子不大，但都是熟人，大家三三兩兩的坐著，小聲聊著天，偶爾還能聽到笑聲。

顧馨之笑嘆道：「一屋子的書香氣，我光坐在這兒都覺得自己多了幾分文人氣質呢。」

可不是，柳霜華那一堆的親戚，不是琢玉書院的先生夫人，就是國子監大人的夫人，轉一圈，彷彿被眾多老師檢閱了一番。

許是得了柳霜華提醒，大家對顧馨之都沒有什麼異樣眼光，部分人態度冷了些，她也不放在心上——不相干的人，她向來不放在心上。

柳霜華笑道：「都是兩隻眼睛一隻鼻子的，哪像妳說的那般誇張。」

她招手讓人將小兒抱過來。

初春寒意料峭，一歲的小娃娃穿著紅通通的襖子，可愛得跟年畫裡的娃娃似的，顧馨之看得兩眼放光。「我能抱抱他嗎？」

柳霜華笑道：「當然。」

「哎喲，好可愛啊！」顧馨之小心翼翼從奶娘手裡接過孩子，半托半抱的將小娃娃放在膝蓋上，咕唧咕唧的逗著他說話。

小奶娃也不怕生，很快就露出無齒笑容，還揮舞著軟乎乎的小拳頭跟她一起玩。

奶娘本來小心翼翼的護在旁邊，見她動作俐落，還知道怎麼逗弄孩子，大鬆口氣。

柳霜華看他倆玩得開心，湊過來，跟著一起揉捏那小胖臉蛋。等到有人來稟事，才抽開身。

顧馨之見到管事娘子過來，倒是想起一事，忙喚水菱。「差點忘了，把東西給姊姊。」

水菱一直把東西抱著呢，主子不發話，她自然不敢送上前。她聞言上前兩步，將匣子遞給柳霜華的貼身丫鬟。

顧馨之抱著小娃娃，側頭笑道：「家底不豐，只能送點小禮物了。那兩對鐲子，是給寶寶的哥哥、姊姊的。」

柳霜華看到了，笑了。「咱家也不是什麼富貴人家，這樣足夠了。都是心意呢。」轉頭便吩咐丫鬟。「把鐲子送去給老大他們，讓他們戴一戴。」

不管如何，柳霜華態度是親人的。

顧馨之捏住小娃娃的胖手輕輕搖晃，笑咪咪道：「祝小寶貝健健康康、快高長大呀。」

謝慎禮進門的時候，正好看到這一幕。

前兩次見面，顧馨之皆是穿著半舊襖子，尤其在莊子那回，那衣裙髒得宛如農婦。上回在藥鋪見面，也只是乾淨了些，素淨得不像這個年紀的姑娘家。

今天許是為了參宴，她特地換了身新亮的襖裙，赬霞色的短襖配淺杏色襦裙，顏色活潑了，整個人也更為鮮活。

「慎禮？」走在前邊的陸文睿沒聽到腳步聲，回頭喊他。

謝慎禮掩下視線，慢步跟上。

他們一行堂而皇之走進來，大夥兒自然都發現了，說話聲便緩了下來。

馬上就有人詫異。「文睿怎麼把慎禮帶進來了？」

顧馨之記得這位，是柳霜華的大伯母，亦是謝慎禮和陸文睿的師母。由她來問這話，倒是合適。

陸文睿輕咳一聲。「聽說您在這兒，先生讓他進來給您打個招呼。」

謝慎禮順勢上前，低眉垂目。「師母安好，弟子給您見禮了。」

大家都在京城，也不是許久未見，沒得巴巴跑進內院來打招呼的吧？師母板起臉，正要訓斥一二——

「咳咳。」陸文睿狀似詫異般道：「哎喲，四表妹也在啊，都長這麼大了。」

師母到嘴的話一頓，瞬間釐清個中緣由。她哭笑不得，沒好氣的瞪了眼陸文睿，朝謝慎禮道：「行了，肯定又是你先生逼著你來的，人也見過了，你回去前邊宴席吧。」

壓根兒沒抬過眼的謝慎禮再次拱手。「多謝師母體諒。」他放下手便要轉身告退。

陸文睿一把抓住他胳膊。「誒誒，你還沒見過我家胖小子呢。」

他左右張望，看到抱著小兒子的顧馨之，詫異一瞬，便笑了。「小姑娘也來了呀。」

顧馨之抱著孩子，微微頷首權作招呼。「陸叔叔。」

陸文睿笑咪咪。「讓妳嬸子陪妳說說話，往後有什麼事，只管找她去。」

柳霜華可不樂意。「沒得把我叫老了，這是我顧家妹妹，她喊我姊姊咧！」

陸文睿傻了。「啊？」

顧馨之忍笑。「該怎麼稱呼，你們好好商量，確定了我再一起改口？」

說完她也不理會這兩口子的眼神交鋒，她還記得方才陸文睿說要看孩子，說完便朝一旁的奶娘招了招手。

奶娘注意力一直在娃娃身上，見狀立馬快步過去。顧馨之熟練的托抱起小娃娃，遞回給她。

謝慎禮低垂的眼眸，恰好將這一幕看在眼裡。

幼童紅彤彤的襖子上，纖細手指微曲分開，托在小兒後背，紅白交映，襯得那手指如上等羊脂白玉，殊色逼人。在略低的說話聲中，那抹玉色收了回去，半掩在赬霞色寬袖裡。

很快，紅彤彤的奶娃娃被抱到他跟前。

他垂眸看著這圓滾滾的奶娃娃，聲音一如既往的低沈。「昀信周歲福樂。」

小奶娃的大名是陸昀信。

陸文睿沒好氣。「你這大才子，怎麼就這幾個字？」

「好了。孩子也見了，趕緊回前邊去吧。」師母開始趕人了。

謝慎禮從善如流，頭也不抬，拱手作揖。「那弟子告辭。」接著轉向柳霜華拱了拱手，也不多說，拽住陸文睿衣領，把人往外帶。

陸文睿還在掙扎。「哎喲，哎喲，我還沒抱我兒子呢！」

柳霜華無奈送走人，轉身回來，不好意思的朝顧馨之道：「讓妳見笑了。妳陸叔——妳陸大哥就這性子。我這些親朋好友們啊，都已習慣了。」

坐在謝慎禮師母旁邊的中年婦人、也是柳霜華母親，啐了她一口。「這會兒就嫌棄了，平日別人說他一句，妳怎麼還跟人翻臉呢。」

眾人頓時笑起來，柳霜華被臊了個紅臉。

顧馨之暗忖，在場果真都是親近之人，看來陸文睿的照顧之心挺實在的。

尷尬的柳霜華跑過來挽住顧馨之的胳膊。「走，不跟她們玩笑了，跟姊姊去邊兒說話。」

顧馨之自無不從，可剛走了兩步便想起一事，喚住柳霜華。「姊姊稍等。」

待她停步，顧馨之扭頭朝水菱伸手，水菱從袖口抽出一封信箋，顧馨之接過來遞給她。

柳霜華不解。「禮不是都送了嗎？」

「姊姊，我今兒過來還帶了點東西，野菜跟家禽都好打理，另還有兩樣，是乾馬鈴薯粉條跟馬鈴薯，我寫了幾份食譜，回頭可以讓府上廚子做，多添兩道菜。」

柳霜華詫異接過來，邊拆邊笑。「這年頭，送禮還帶食譜的嗎？」揭開信一看，便詫異道：「妳這手字，很可以啊。」

「還行，還能見人。」顧馨之謙虛。她上輩子什麼興趣愛好都沒學久，唯有這毛筆字，只要有桿毛筆，蘸水都能練，她便硬生生堅持下來了。

柳霜華隨口道：「我聽妳陸大哥說，顧大哥是武將出身，一家子都沒讀什麼書，他這是誆我的吧？就這字，沒有十年八年工夫，哪裡練得出來！」

顧馨之心下一驚。

壞了，她還讓人給謝慎禮送了一份食譜。面前這些人都與顧家不熟，顧馨之倒是不慌，她只擔心謝慎禮那邊出問題。

好在，也不是不能圓。

顧馨之面上裝出幾分悵然。「這幾年……沒什麼事，就悶在屋裡練字，倒沒想到把字練起來了。」

柳霜華愣了愣，急忙道：「我不是那個意思，我只是、我只是說妳的字好看。」

顧馨之打趣道：「我的字好看，不是好事嗎？還是說，姊姊只是給我的字打同情分？」

柳霜華仔細打量她，發現她確實沒有不悅，鬆了口氣，然後有點高興。「字是真的好看的。」她想起什麼，突然起身，抓著那張信箋快步走到謝慎禮師母那邊。

顧馨之懵了，茫然站起來，想到方才這些長輩們對她態度淡淡，就沒跟過去。

柳霜華將信箋遞給謝慎禮師母。「大伯母，您看看這字好不好？」

幾人壓根兒沒注意柳霜華那邊的事，柳大伯母聞言順手接過信箋看。「寫的什麼——喲，這手字當真不錯，再練練，很快就能自成風骨了。這哪位的字啊？怎的拿去寫食譜了？」

柳霜華指了指傻站在那兒的顧馨之，笑道：「馨之妹妹的呢。她送了點新鮮東西給我，怕我不會做呢。」

柳大伯母似乎微微詫異，打量了顧馨之兩眼，再低頭看看紙張，再看顧馨之。

顧馨之被看得一陣緊張。

柳大伯母招手。「小姑娘，來。」

顧馨之疑惑，但這是長輩，沒事她不會下別人面子，故而她乖乖上前，端正行禮。「老夫人。」

柳大伯母溫和的看著她。「妳這手字練得不錯，平正中和，舒朗大氣。」字如其人，字好，人通常差不了。「就是妳這字的風格，頗為少見，可否問問師承何人？」

顧馨之想了想，答道：「習的顏真卿顏公的字。」

這朝代叫大衍，往上數的朝代，皆是她從未在歷史書上聽聞的，她猜測這裡只是某個平行空間。故而，她就放心大膽的說了。

「顏公？」柳大伯母果然一臉茫然，轉頭問旁邊的柳母。「妳聽過這位大家嗎？」

柳母想了片刻，搖頭。

柳大伯母轉頭看向顧馨之，遲疑道：「這位顏公……」

顧馨之知她想問什麼，忙道：「晚輩也不知，顏公的字帖也是偶然得之，之前在謝……被弄毀了，後來再找，就找不到了。」她含糊其辭，但故意漏了個謝字。

在場都是陸家近親，即便陸文睿沒提，柳霜華應當也不會忘記提點一二，故而都知道顧馨之剛與謝家大公子和離。一聽這話，頓時腦補出一大堆的後宅秘辛，看她的眼神不由自主便帶了幾分同情。

人都是主觀動物，顧馨之看著白白淨淨、乖乖巧巧，方才還抱著孩子逗弄，看著心地也不差，不像那等攪家精，自然很容易俘獲大家的好感。

柳大伯母皺了皺眉。「那謝家……算了，背後不議人非。」

她再次捏起信箋，仔細端詳，然後問顧馨之。「我觀這字，似乎講究左右對稱、內舒外緊，但妳豎鉤大都用轉筆，豎畫也帶了明顯弧線，是字體本就如此，還是妳修改的？」

顧馨之睜大了眼睛，敬佩的看著她。「老夫人好眼光。顏公字齊、圓、疏、均，大氣中正的。」她略有些不好意思的說：「但我喜歡圓一點、俏皮可愛一點，就稍微加大了豎畫的弧度，讓字體看起來稍胖一點。」其實，也是受到網路那些可愛體的影響。

「妳這孩子……」柳大伯母莞爾。再看一眼字箋，忍不住又點頭。「字很不錯，畫皮畫骨，還能自得神韻，當真不錯。霜華幾個的字都規規矩矩的，穩倒是穩，就是少點韻味，不如妳。」

顧馨之更不好意思了，赧然道：「老夫人謬讚了。」

柳母本不甚服氣，將信箋接過去仔細看，看完了也嘆氣點點頭。「確實好，霜華幾個都不如。」

柳大伯母笑了。「我練字幾十年，要是這點眼光都沒有，早該買塊豆腐撞死了。」她想了想。「這輩裡的，只有慎禮的字還算有點風骨。」

柳母回憶了下，點頭。「但慎禮的字要更為穩健含蓄。」

「確實。」柳大伯母將信箋遞回給柳霜華，隨口問顧馨之。「妳讓人送來的東西，就是這馬鈴薯？朝廷去年才讓人廣而種之的？」

顧馨之微赧。「是的。出京城回莊子的時候，恰好看到城門告示。正好這段時間不是蘿蔔就是白菜，吃膩味了，就買了點馬鈴薯回來，研究吃法。」

為了口吃的百般折騰，聽起來不像是會管家的樣子……這些老夫人會不喜嗎？

柳大伯母卻並不在意。「響應朝廷號召，是個好姑娘。這馬鈴薯，好吃嗎？」

顧馨之老實道：「我挺喜歡的。」

柳大伯母看向柳霜華，柳霜華意會，立馬道：「我這就讓廚房試著做做。」

柳大伯母笑咪咪。「不錯，那我們就等著嚐鮮了。」

有了這一齣，接下來，顧馨之突然受歡迎了許多。

本來進門後，大夥兒態度都冷冷的，她誰都不識，全靠柳霜華陪著說話，才沒顯得突兀和冷落。柳大伯母這一搭話，好幾名婦人便湊過來與她聊書法、聊名家，甚至開始聊詩詞。

不被排斥是好事，但顧馨之哪裡知道這時代的書法名家，只能裝乖聽著，偶爾跟著感嘆幾句，倒也混過去了。

時間差不多，便有下人過來請，抓週的東西都佈置好了。

眾人起身移步，去看吃飽喝足的小奶娃抓週。小奶娃爭氣，左手抓毛筆右手抓書本，博得滿堂彩。

抓了週，差不多便開席了。請的都是自家親友，總共不過四桌人，宴席菜色大都是提前定好的，柳霜華定的是八菜一湯一羹，因著柳大伯母提了句，她便讓人撤去上湯白菜，換了顧馨之食譜裡的醋溜馬鈴薯絲，再添一道馬鈴薯燒雞、一道新鮮野菜。

這三道菜都是柳霜華跟顧馨之討論後換上來的，醋溜簡單又解膩，再加一道鮮嫩野菜，省得有人不愛吃酸。雞也是顧馨之送來的，不用著急著慌去採買。如此一來，一桌子菜滿滿當當，吃得賓主盡歡。

醋溜酸爽可口，馬鈴薯燒雞軟糯入味，這裡的大都是家裡的掌家娘子，吃得驚喜，紛紛向顧馨之討教這馬鈴薯的法子。

柳霜華沒奈何，只得道：「行了，回頭都給妳們抄一份食譜，回家自去研究。」

有人打趣。「用得著妳，我自請顧丫頭給我寫一份不行嗎？她的字不比妳好看嗎？」

眾人噴笑，紛紛轉向顧馨之，向她討要墨寶。

這是往後要跟她來往的意思了。顧馨之哪有不樂意的道理，一一都應了。

賓主盡歡。

宴罷，眾人便紛紛告辭離去，臨走，好幾家婦人都要與顧馨之交換名帖。

原主未出嫁時，甚少出門，出嫁後更是終日以淚洗面，顧馨之根本不知道參宴還得帶名帖。而且，她以為她現在頂著和離身分，常人並不會太待見她呢。

是她對這大衍風俗了解太少。

但當下，她就有些尷尬了，只得藉口說剛搬到莊子，原來的帖子不合適，等她收拾好住處，再給各位補派名帖云云。

不管是不是面子情，反正眾人都紛紛表示理解，顧馨之才微鬆了口氣。

辭別陸家，顧馨之也不急著回去，趁著進城，打算去鋪子裡看看。

另一邊，參宴的男賓們都喝了點酒，許是高興，先生有點喝多了。謝慎禮不放心，親自送先生、師母回去，才轉道回府。

進了門，謝慎禮剛要換掉身上沾了酒氣菜味的外衫，管事就來報，說顧姑娘親自送了些東西過來，還附了封信。

他解衣帶的手一頓。「信？」

管事忙將信箋遞上。

謝慎禮看到那未封口的信箋，冷眼掃過去。「你拆的？」

管事忙不迭解釋。「不是，顧姑娘送來的時候，便是這樣了。」

謝慎禮微微皺眉，接信展開，一看，啞然。「她送了什麼東西過來？」

管事忙答。「一筐馬鈴薯、一筐新鮮春菜、一小筐粉條，還有數隻雞鴨。」

謝慎禮微微頷首，憶及方才宴席上的菜品，心下了然。他再次低頭，盯著信箋上的字看了半晌，將信箋遞給管事。「這是菜譜，拿去給——」頓了頓，收回手。「準備筆墨。」

旁邊伺候的青梧愣了愣，忙去鋪紙磨墨。

謝慎禮也不急著更衣了，拿帕子擦了擦手，鋪開顧馨之的信箋，提筆謄抄。

片刻後，他將抄好的紙張遞給管事，道：「把這個拿給廚房，找個識字的好好講解。」

「是。」管事也不敢多問，拿了紙便退了出去。

謝慎禮再次將顧馨之那張信箋拿起來，又看了幾眼。

青梧疑惑。「主子，可是有何問題？」

謝慎禮驀然回神，將信箋摺起，淡聲道：「收起來。」

青梧愣住。謝慎禮明白他想什麼，宛若解釋般道：「姑娘家的墨寶，豈可隨意外流。」

青梧恍然，忙恭敬接過信箋，道：「奴才定然好生收起來。」

謝慎禮想說不至於，想到那手字，還是把這話嚥了回去。

天氣晴好，陽光灑在街上，照得人暖融融、昏昏欲睡。顧馨之最近睡慣了午覺，這會兒在馬車裡搖搖晃晃，便覺累得不行，索性下車步行，振虎幾人在後面慢悠悠跟著。

這個點，街上行人不多，又是大京城，路面極為寬敞，他們一行也不算礙事。

走沒多久，鋪子所在的華陽街到了。原主出嫁前曾經跟許氏來看過，稍微有點記憶。只是這兩年，鋪子一直被謝宏毅母親鄒氏管著，她也不知經營成什麼德行。

依著記憶一間一間的看過去，她的視線落在「鴻利貨鋪」之上。

這條街還算繁華，唯有這家鋪子關著門。顧馨之看著上面還算新的招牌，再看看破了幾個洞、補了幾塊板子的木門，挑了挑眉，示意振虎上前敲門。

許是天天都等著，振虎剛敲，門吱呀一下就開了。

半開的門縫裡，一腦袋探出來。「都說了，不賣不租，我們主子——」說話聲頓住，謹慎的將門闔上幾分，戒備的看著振虎。「你是誰？」

振虎敲了兩下門框。「東家過來了，開門。」

那人愣了愣，道：「你知道我們東家是誰嗎？」

振虎讓開身體，讓那人看見顧馨之幾人，道：「這是東家，顧家姑娘。」

那人瞪大眼睛。「東、東家？」

顧馨之打量他兩眼，問：「李大錢？」謝慎禮送來的幾張身契裡，年紀外形對得上的，也就一個李大錢了。

「誒！」那李大錢再無疑問，立馬拉開門，撲通跪下。「奴才李大錢，給姑娘問安。」

顧馨之一愣。「不必如此大禮，起吧。」

「是。」李大錢趕緊爬起來讓開，完了還往屋裡頭喊了句。「都出來呀，姑娘來了！」裡頭乒乒乓乓一頓響。

顧馨之好笑，領著水菱幾人踏進去，剛掃了眼鋪子，還沒看清楚狀況，又是兩道身影跌跌撞撞衝出來，跪下問安。

顧馨之疑惑，謝慎禮身邊的人不是說這幾個奴僕都是做慣做熟的嗎？怎的如此慌張？卻聽其中一人開始哭。「姑娘，奴才幾個絕不會有二心的，謝家的人過來我們連門都不開，他們把門砸了我們也沒辦法……我們身家性命都在您手裡，怎麼會不盡心呢？求姑娘開恩……不管要奴才做什麼，奴才定然赴湯蹈火，求姑娘開恩——」

顧馨之捏了捏眉心，問：「謝慎禮的人跟你們說什麼了？」

「啊？」那人連忙搖頭，信誓旦旦道：「沒有沒有，我們跟謝家的人絕對沒有聯繫！」

顧馨之皺眉，耐著性子問了幾個問題，才搞清楚來龍去脈。

原來，這幾人是謝慎禮直接讓人以她的名義去買回來的，拿了身契便直接扔進鋪子裡，告訴他們要好好幹活，但凡不盡責的，或者鋪子缺磚少瓦的，就把他們賣到西北挖礦去。結果，他們剛到，收拾鋪子東西的謝家就鬧了兩回，把門都砸破了，他們嚇壞了。

不知是因為關門還是什麼，還總有人過來問鋪子租不租、賣不賣……再加上主子一直不出面，他們便以為主子準備把鋪子賣了。若非買他們的管事留了點錢，他們都要餓死了。

顧馨之倒是沒忘記這鋪子，但蒼梧說過給這幾人留了錢，讓她得空過來看看就成……而來回京城實在遠，她就犯懶了。倒沒想到，彷彿給了這幾人一場下馬威了。

搞清楚來龍去脈後，她也沒多解釋，甚至都不需要問謝家為什麼鬧事，定是鄒氏那等小性兒之人不服氣做點小手腳。罷了，現下看鋪子比較重要。

顧馨之帶著人繞著鋪子前後轉了個遍，畢竟是寸土寸金的京城，以顧家當時的家底，能有個鋪子就不錯了。所以，這鋪面很小，估摸著也就二十來坪。

後邊倒是挺大，左右兩邊各有一間房，隔著不遠的小院，有間小倉庫，還有隔出來的小廚房。麻雀雖小，五臟俱全，打掃得也乾淨。

顧馨之很滿意。「回頭我讓人給你們送點吃的用的，你們幾個安心住著，過幾日鋪子要重新裝修，招牌也要重打，到時你們盯著點。」

這是不計較之前的失職，還要準備開店的意思了。幾人狂喜，忙一迭連聲應諾。

「不過，」顧馨之接著說道：「這裡將來是要開布坊，你們幾個留在這裡不太合適——」

話未說完，三人就嚇得跪下了。

顧馨之擺擺手。「別瞎想，我這裡活兒多的是，只是會把你們調去別的地方。」

幾人這才微微放鬆些，只面上總歸有些忐忑。

顧馨之可不管他們怎麼想，逛完鋪子，她稍有想法。她點了三人中年輕些的李大錢。「你跟我們回一趟莊子，認認路，往後有什麼事，可以過去找我。」

李大錢驚喜。「是。」

想到京城與莊子的距離，顧馨之皺了皺眉。「唔，回頭讓徐叔給你們買頭驢，來回也方便些。」

李大錢的嘴巴都快咧到耳根了。「多謝姑娘體恤！」

將接下來的事情安排一番後，顧馨之便打算回府。

還沒走到鋪門，就聽外頭有人脆生生喊話。「李大錢！李大錢！」

顧馨之眨眼，扭頭看向身後二十來歲的李大錢。「找你的？」

蒼梧給她鋪子、身契的時候，還把鋪子裡幾人的情況介紹了下。這李大錢是因為妻子生了病，他自賣自身換錢給妻子治病，沒想到人沒熬過去……人品是可以的，還識字，是給她留來當掌櫃、管事的。怎麼才多久，這李大錢就招惹姑娘了？

李大錢彷彿知道她想什麼，急忙解釋。「我不認識她們，她們是來找您的。」

外頭嬌斥仍在繼續。「李大錢！別以為裝死就可以躲過去，你們主子是不是過來了？我看到你們的車了，別躲躲藏藏的，快出來。」
隔著牆，還能聽到另一道細聲細氣的勸說聲。
李大錢偷偷抹了把汗。「那個，她們說話不太好聽……奴才去把她們攆走吧。」
看來，外邊的人來了不止一次啊。顧馨之皺了皺眉。「出去看看。」
也不等李大錢動作，振虎當先，將鋪子門打開。
為防擋著別人鋪子生意，顧馨之帶來的車馬都停在門口。踏出門的顧馨之，隔著車馬，看到俏生生站立的兩名姑娘。
正確的說，是一主一僕。那被攙扶著的姑娘，長得真真可人，髮髻上只簪了朵碧玉碎珠花，清麗脫俗，站那兒便似空谷幽蘭、水上青蓮。
那姑娘也在打量她。「妳就是那顧家的姑娘了？」
顧馨之回神，視線移向旁邊那問話的丫鬟，好脾氣道：「沒搞錯的話……聽說妳們經常過來？有什麼事嗎？」
振虎幾人將車馬稍微移開些，空出鋪子門口位置。
那名丫鬟便扶著清麗姑娘上前兩步，怒瞪她。「妳怎的如此厚臉皮？都和離了，還要巴著謝公子不放，謝公子壓根兒不喜歡妳！」
「啊？」
顧馨之腦袋還沒轉過彎來，那清麗姑娘輕聲細語開口了。「謝公子人中龍鳳，妳愛慕他亦是正常。只是，他與我本就情投意合……若非顧姑娘逼迫他，他怎會與妳成親？如今你們已然和離，便請顧姑娘不要再為難他了……」說著說著，她泛紅的眼眶中已湧上水霧，端的是楚楚可憐。

顧馨之無言已對。

這是謝宏毅的桃花？跟她有什麼關係？

因為今日要去陸府吃宴，謝慎禮上午只處理了要緊事，餘下事情，都帶回府裡。正忙著，管事許遠山進來稟事。

他愣了下，緩緩放下手中的公文，掀眸。「你說……誰請我過去？」

管事許遠山亦是無奈，再次重複。「是顧家姑娘，她請您過去華陽街看熱鬧。」

見謝慎禮不說話，許遠山以為他不高興了，忙道：「您吩咐過，顧姑娘的事，都得報到您跟前，奴才便沒敢攔著消息了。」

謝慎禮皺眉。「胡鬧，她是姑娘家，怎可隨便約男子出去？回絕了。」

許遠山連忙道：「主子，傳話的人還說，倘若您不過去，他們家姑娘約莫要多位好哥哥了……奴才也不太明白是何意。」

第七章

顧馨之要在鋪子裡歇腳喝茶，李大錢他們直接將後邊吃飯的桌子搬出來，凳子也是他們自用的條凳。

鋪子裡沒有茶具茶葉，但瓷器鋪子就在同一條街上，顧馨之便讓人去買了套回來，洗過燙過，再泡上茶，很快就端在她手裡。

原來的貨物、櫃子都搬走了，屋裡很寬敞，地面也乾乾淨淨。門窗都打開了，光線也頗為充足。顧馨之特地讓人將桌椅置在窗下，避開大開的大門，路人看不清，又採光良好。

然後她坐在窗邊，端著茶盞，好整以暇的聽著對面姑娘講述與謝宏毅的美好愛情故事。

謝慎禮冷著臉踏進鋪子的時候，隔窗灑進來的暖陽正落在那捏著茶杯的瑩白手指上，更顯透亮。

杯子小，纖手的主人僅用三指捏握，無名指、尾指微微翹起，宛如枝上輕蝶，低調不張揚，又如待放白蘭，輕輕微微，嬌嬌軟軟——

「喲，五哥可算來了。」

軟糯甜聲由窗邊傳來，謝慎禮瞬間回神，避嫌般站在門口處拱手。「顧姑娘。」

憶起方才對方的稱呼，他頓了頓，補了句。「還望慎言。」

說話間，視線飛快掃過顧馨之對面飛快起身的姑娘，在她滿臉驚恐緊張中，收回視線。

顧馨之已放下茶盞，起身迎過來，聞言笑了，微微彎起的杏眼透著狡黠。「還是算了，叫叔叔不如叫哥哥好使。」

謝慎禮垂眸。「若是合理之事，謝某定不會拒絕。」

顧馨之歪頭。「這個合理，如何界定？誰界定？」

謝慎禮默了片刻，轉移話題。「不知顧姑娘請我過來，有何要事？」

顧馨之笑了聲，也不再追究前面的問題，道：「請你過來喝茶聽故事。」

「恕在下官務纏身——」

顧馨之打斷他。「你那好姪子呢？我讓人一併去請了的，怎麼，就挨著的兩個院子，還能走出兩種路？」

謝慎禮若有所思。「這故事，與他有關？」

顧馨之輕嗤。「當然，當事人不在，這故事可聽得不得勁啊……」她轉頭，笑盈盈道：「我說的對吧，張姑娘？」

為了方便談話，振虎、李大錢等人都被她趕到後院，此刻屋子裡除了站著的丫鬟們，就剩下她跟一名驚懼交加的姑娘。

謝慎禮的視線隨之移過去。

那姑娘目光躲閃，囁嚅道：「既然妳有客人，那我、那我先告辭了。」

「妳要走了？」顧馨之詫異，接著勸道：「別啊，妳都為這事來了好幾回，既然遇到我了，咱就一次把事情解決了，妳好我好大家好啊。」

謝慎禮眯了眯眼。好幾回？

那張姑娘張了張口，咬唇道：「顧姑娘可是怪我……我、我也是走投無路，才找到此處的……」

「我又不住這裡，怪妳幹麼。」言外之意，這張姑娘做的不過是無用功。

眼看張姑娘眼眶瞬間紅了，顧馨之勾了勾唇，轉向安靜旁觀的謝慎禮，嬌滴滴喊了句。「五哥啊——」

謝慎禮僵了僵。言語推拒沒有用，他索性退後一步，以示拒絕。

顧馨之看著他幾乎退到門檻上，悶笑了兩聲，才恢復正常。「給你介紹一下，這位呢，是前戶部給事中之女，姓張，名明婉，年十八——」

謝慎禮打斷她。「顧姑娘，姑娘家的名諱年歲不可胡亂外傳。」

顧馨之愣了愣，「哎喲」了聲。「瞧我，沒把重點說出來。這位張姑娘，跟你那好姪兒，是兩情相悅、情深意重，在兩年前就已經私定終生了呢。算起來，你就是她的長輩，聽一聽不礙事。」她笑吟吟的說，某些詞，還特地加重音。

謝慎禮沒漏聽，微微眯眼，視線再次落在張明婉身上，緩緩道：「妳說，兩年前？」

顧馨之笑咪咪。「對啊。」兩年前，剛好是她嫁入謝家之時呢，真巧啊。

張明婉顫了顫，咬唇低下頭，她那丫鬟倒鎮定些，但她看看謝慎禮，也不敢吭聲。

謝慎禮面無表情的收回視線，朝身後的青梧道：「去看看宏毅到哪裡了。」

他都到了，謝宏毅還未到，不是消息未傳到，便是不在府裡。由他出面去找，底下的人才不會推脫。

青梧意會，應了聲「是」便退出去安排。

顧馨之心情很好，伸手邀約。「既然還要等上一等，五哥進來一起喝口茶吧。」

謝慎禮垂眸拱手。「不了，我在外邊站一會兒便好。」

顧馨之也不勉強。「香芹，給謝大人搬張條椅，水菱上茶。」

兩名丫鬟立馬動作起來。沒多會兒，謝慎禮便挨著門口坐在半舊的雙人條凳上，手端著簡陋的白瓷藍花茶杯。但他依然衣衫齊整、直身端坐，抿茶的姿態，宛如置身華宅。

張明婉緊張兮兮，不停往窗外張望，偶然驚懼的偷覷一眼謝慎禮。

他宛若未覺，抿了茶，隨手將茶杯擱在條凳上，慢條斯理的整理自己的袖口衣襬，彷彿生怕上面多一絲皺褶。

顧馨之以手托腮，興味盎然的看著他。「五哥，聽說你上過戰場，你在戰場上也這般矯情的嗎？」

矯情？謝慎禮整袖的動作一頓，掀眸看她。「此話何解？」

顧馨之挑眉，戲謔道：「上馬後，得先整理衣袍？對敵時，砍下去的刀痕得整整齊齊？

若是衣衫被戳了個洞，也要在對稱地方再戳一個？」

謝慎禮垂眸。「顧姑娘多想了，戰場上豈容絲毫分心。且上馬對敵，自當穿戰袍。」

顧馨之眨眨眼。「你在戰場可以不分心，怎麼在京城這般講究？」

謝慎禮正啞口，外邊傳來急匆匆的腳步聲。

「小叔叔。」隨聲而來的，正是冒了些細汗的小白臉謝宏毅，神色緊張。「聽說您找我？怎麼到這裡來？有什麼事在家裡說就行了……」

謝慎禮看了他一眼，指向屋裡，道：「說說，這是怎麼回事。」

謝宏毅這才往屋裡看，先是看到笑吟吟托腮看著門口這邊的顧馨之，臉色便有些沈。

「宏毅哥。」嬌軟嗓聲陡然響起。

謝宏毅愣了下，急忙看向旁邊站起身的姑娘，登時大驚。「婉兒？妳怎麼在這兒？」

下一瞬，他反應過來，整個人僵住了。

顧馨之壓根兒沒起身，繼續托腮看熱鬧。「看來確實是很熟啊，都叫婉兒了。」她歪頭看向張明婉。「喏，妳不是讓我成全妳跟謝宏毅嗎？現在人過來了，能主事的長輩我也請來了，開始吧。」

張明婉白了臉，揪緊帕子，泫然欲泣的看向謝宏毅。「宏毅哥……我、我……」話未說完，便開始低聲嗚咽。

謝宏毅又心虛又心疼，躊躇不前，哼哧半天，只說了句。「婉兒別著急……」

顧馨之嗤了一聲，直接問張明婉。「聽說妳現在住的宅子，是謝宏毅置辦的？」

張明婉咬唇，不吭聲。她的丫鬟立馬道：「那是自然。謝公子對我們姑娘好得很呢。」

張明婉忙軟聲。「和玉，別說了。」

顧馨之挑眉，轉頭看謝宏毅。「我記得你的月銀只有十五兩，看不出來，你還挺有錢的嘛。」

謝宏毅緊張的看了眼面色淡淡的謝慎禮，無甚底氣道：「我平日無甚花銷……」

「是嗎？」顧馨之手指輕點臉頰，狀若疑問。「那你這外室都收了兩年了，連個人命都沒鬧出來……別不是不行吧？」

「胡說八道，若非婉兒懂事——」謝宏毅話未說完，臉就白了。

端坐在門口的謝慎禮已是面沈如水。

謝家有條家規，正室五年不孕，方能納妾，違令者，逐出謝家。若是家主還是謝宏毅他爹便罷了，偏偏不是。因此謝宏毅至今不敢將張明婉接回謝府，還將消息瞞得死死的。雖說他現在和離了，但把人養了兩年……

謝宏毅驚出一身冷汗，忙不迭解釋道：「小叔叔，我不是——婉兒家裡出了事，父母已經沒了，一個姑娘家，日子如何過得下去。我、我、我只是幫她……」越說聲音越小，最後在謝慎禮淡漠的視線下，閉上了嘴。

「謝大人。」張明婉突然開口，輕聲細語，柔軟又卑微。「請不要責怪宏毅哥，宏毅哥是個好人，若非有他，當時我家中遭遇橫禍之時，世上便再無張明婉了……」說到這裡，她又開始哭。

謝宏毅頓時心疼了。「婉兒……」

「宏毅哥，讓我說完吧……」張明婉搖頭，她拭了拭眼角的淚，望向神情平淡、看不出絲毫情緒的謝慎禮，接著道：「但我與宏毅哥相識以來，相知相愛，若非謝大人為一己之私，威逼宏毅哥另娶他人，此刻會是什麼結果？」話說到此，語氣裡已帶了幾分怨恨。

謝宏毅心頭發軟，走前幾步，握住她的手。「婉兒，妳放心，我、我定不會負妳。」

張明婉輕輕抽泣。「對不起，宏毅哥，我失態了……實在是……」

「我知道，我都明白……苦了妳了。」

兩人握手對視，含情脈脈，就差當場來個KISS訴情。

噫，好肉麻。顧馨之轉頭看向那位不動如山、端坐門口的謝太傅。

條凳不高，他那雙大長腿有些憋屈的曲起，兩手安安穩穩擱在腿上，坐姿端正又古板，配上那張面無表情的帥臉——

唔？不對啊。

顧馨之又細細一瞧。雖然面無表情，但總覺得謝慎禮現在比較像是……氣到不想說話。

許是她打量的視線太過明顯，謝慎禮深眸一轉，直直對上她。

顧馨之眨眨眼，朝一旁努努嘴。看她幹什麼，看熱鬧啊。

謝慎禮彷彿看懂了，慢吞吞挪開視線。

這眼神交鋒不過幾個呼吸，那對鴛鴦也終於回過神來。

仍然是張明婉開口，她語帶哽咽。「謝大人，我知道我身分低微，配不上謝家。宏毅哥能幫我，我已是感激非常……我只想好好跟著宏毅哥……求謝大人成全，求顧姑娘成全。」說完，「咚」的一聲，朝著顧馨之跪了下來。

顧馨之正津津有味的看戲呢，突然被拉進劇目裡，還被跪了個扎實，寒毛都嚇得豎起來了，迅速起身避開——開玩笑，奴僕她都沒好意思讓人多跪，這姑娘是要折她的壽嗎？

張明婉淚眼婆娑的看著她。「我知道，以我的身分，說什麼都是錯。」

顧馨之確認自己沒被跪正才敷衍應道：「嗯嗯，然後呢？」

張明婉道：「雖非我所願，但這兩年為了我，顧姑娘確實受了些委屈，我不敢奢求妳的原諒，只希望妳不要記恨宏毅哥，他只是為了我才做了錯事……」

顧馨之贊同得很。「可不是，寵妾滅妻——哦，妳連妾都不是。謝宏毅要是當官，早被言官罵死了吧。」

謝宏毅生氣了。「妳好好說話，若非妳，婉兒哪至於受這般多委屈，妳休要針對她！」

顧馨之沒好氣。「她委屈又不是我造成的，關我屁事。」

張明婉暗自咬牙，繼續往下說：「請顧姑娘念在我不曾傷天害理的分上，給我留幾分生路——」

「打住打住。」顧馨之滿臉黑線。「什麼叫我給妳幾分生路？跟我有什麼關係！」

張明婉震驚，繼而一副大受打擊的模樣。「妳、妳竟不願容我？」

謝宏毅攙扶她起身，心疼道：「她若不容妳，我定然不會再娶她的。」

顧馨之皮笑肉不笑。「謝宏毅，你作什麼春秋大夢，還想娶我？你小叔叔同意了嗎？」她扭頭，威脅的瞪向某人。「我說對嗎，謝大人？」

謝慎禮覺得，倘若他回答得不對，她這稱呼怕是又要改回「五哥」。

他暗自無奈，撣了撣衣袖，終於站起來，看向謝宏毅。「顧姑娘所言不差，我已說過，你跟顧姑娘的親事已作罷，為何又出此言？」

謝宏毅睜大眼睛，看看他，再看看顧馨之。「可是，馨之今日去府中找小叔叔，不是——」

「打住打住！」顧馨之很頭疼。「謝公子，我們沒有任何關係，請你規矩點，叫我顧姑娘，好嗎？」

謝宏毅頓時不悅。「我已經不計前嫌，準備再次娶，妳不要——」

顧馨之打了個激靈，一把抱住可憐的自己。「請不要再提起這種事，我犯噁心。」

她扭頭怒瞪置身事外的某人。「謝大人！你真當我請你來看熱鬧的嗎？」

再一次置身事外的謝慎禮拱了拱手，慢條斯理道：「這場熱鬧確實有趣，多謝顧姑娘款待。」

顧馨之哽住，跟著假笑。「好說好說……熱鬧看夠了，你也該管管了吧？」

謝慎禮微微頷首，轉向謝宏毅。「宏毅，你要納妾，自當回謝府找你娘，休要擾了顧姑娘的清淨。」這話一出，便是將顧馨之與謝家的關係徹底撇清。

謝宏毅張了張口，看向顧馨之，對上她大鬆口氣的神情，愣住了，繼而有幾分受傷。他就如此惹她厭惡嗎？

張明婉察覺到他的分神，軟軟靠過去，低喚道：「宏毅哥……」

謝宏毅回神，正要說話，謝慎禮的聲音冷淡的響起。

「倘若這位張姑娘確實跟了你兩年，該收就收了，沒得讓人笑話了。謝家沒有蓄養外室的風氣，聽到了嗎？」

謝宏毅大喜。「是！」

張明婉也大大鬆了口氣，挽著謝宏毅胳膊嫋嫋福身。「多謝謝大人成全……只是，謝夫人那邊……」

謝宏毅忙安慰她。「別擔心，只要小叔叔不反對，我娘定會支持我的，她最是心善。」

顧馨之翻了個白眼。

謝慎禮沒錯過她的白眼，心下微哂，朝她拱手。「今日擾了顧姑娘的清淨，回頭讓人備禮一份，權當賠禮道歉。」

顧馨之心裡正翻著小本本記仇呢，聞言毫不客氣。「我要自己選！」

謝慎禮自當應允。「回頭我讓青梧找妳。若無他事，在下便先告辭了。」
顧馨之擺手。「快走快走，看到就煩。」
見謝慎禮一臉無言，顧馨之看到他這棺材臉就想逗。「哦，我不是說你。你看著養眼，多看看也不礙事。」
謝慎禮更無言了，覺得她這句倒是不必補充。
謝宏毅神情複雜的看向顧馨之，她卻完全沒給他一個眼神。
「宏毅。」
聽到謝慎禮警告般開口，謝宏毅一個激靈，忙不迭賠笑。「我這就回去，這就回去。」
他幾大步跨出門檻，才想起還有張明婉，連忙轉身去扶她。也不知有意無意，扶上張明婉後便飛快離開，也不管書僮丫鬟在後頭，彷彿極怕與謝慎禮同行似的。
謝慎禮冷眼看著，眸中思緒晦暗不明。
猶自記仇的顧馨之賊兮兮的湊過去。「謝大人。」
謝慎禮回神，立馬退後兩步，立在牆後。「顧姑娘還有何事？」
顧馨之緊追上前，眉眼彎彎宛如小狐狸。「你方才說了，賠禮我來選。」
被逼到牆根的謝慎禮垂下眼眸。「請說。」
顧馨之眼帶狡黠。「聽說你字挺好的——上回你送我的書，手抄一份給我吧。其實這些個《道德經》、《禮記》、《弟子規》什麼的，讓你那大姪兒抄寫更合適，但，誰讓我噁心他呢？既然親事是你保的、書是你送的……這字，你就勉為其難幫著抄一份吧。」

顧馨之最後朝困惑的謝慎禮眨眨眼。「好好抄喔。」

接連數天春雨，曬莨的工作被迫暫停。

沒有日曬，本可改用火力烘烤，但這時代，柴草火力需要耗費人工，顧馨之懶得折騰，索性停了工作，只讓人將綢坯、莨水好生收起來。

不能幹活，顧馨之著實悶了幾天，直到張管事來稟，說準備通溝渠了，她立馬來勁，打算去湊熱鬧。盤起頭髮，套蓑衣，戴斗笠，再換一雙鹿皮靴，便與村裡婦人無甚兩樣。

許氏在旁邊擔憂不已。「要不，等雨停了再去吧？」

顧馨之不肯。「張叔不是說了嗎？這雨小，再下幾天也沒事。要是雨大了我們馬上撤便是了，再說，我就是去玩而已。」

許氏忍不住叨念。「他們也真是，下雨天怎麼還忙活呢？是不是妳強押他們幹活？」

顧馨之喊冤。「哪裡啊，我還怕他們生病呢，是他們想趁下雨河水漲起來，把渠挖通，好通水。」

許氏這才作罷。「咱家可不興欺壓佃戶的。」

顧馨之點頭。「放心放心。娘，那我走了啊。」

許氏無奈。「去吧。水菱、香芹看著點，別讓妳們姑娘磕了碰了。」

同樣裝扮的兩個丫鬟連忙應聲，水菱摸出一把油紙傘，打算待會兒給顧馨之撐上。

顧馨之好笑。「我都這副打扮了，還帶什麼傘。放下放下！」

水菱猶豫。「下著雨呢。」

顧馨之翻了個白眼，不再多說，逕自出門，直接闖入濛濛雨霧裡。香芹、水菱急急拎上魚竿、小桶跟出門。

雨是毛毛細雨，配著遠山霧氣繚繞，四野新綠，頗有一番意境。田埂濕滑，顧馨之放慢腳步，好生欣賞這現世難得一見的田野春景。

不過片刻，河岸到了。

莊子裡的人挖了近月的溝渠，此刻已經接近收尾，三十畝地只覆蓋了一小半，剩下的就等春耕後繼續挖。而今天的任務，是把溝渠與河道最後的一小段路打通。

一堆人聚在河岸邊，漢子們冒雨挖著最後一段，婦人們說說笑笑地把挖出來的泥塊、石頭搬到一旁。河卵石上還擺了好些木盆木桶，一看便知早早做好準備。

顧馨之暗樂，大步上前，揚聲問：「還有多久能打通？」

眾人這才發現她的到來，紛紛停下。「姑娘好。」

顧馨之擺擺手。「不必多禮！」

張管事喜笑顏開湊上來。「快了快了，約莫半個時辰就能好。」

「不錯，大家加把勁！」

大家笑著應諾。

看大夥兒繼續熱火朝天的鋤泥挖石，顧馨之走向婦人那邊問：「有沒有準備湯水？」天還涼著，又下著雨，這些漢子嫌幹活礙事，連蓑衣都不穿，要是凍著了可有得愁了。

廚房的管事娘子指指擱在一堆桶盆中的大鍋，笑道：「姑娘放心，備著祛寒湯劑呢，凍不著。」

顧馨之見那口大鍋還用厚厚的舊棉布裹著保溫，放心不少。「那就好。」想了想又道：「若是哪個病了也別瞞著，儘管報到我這裡，該看病的看病，該吃藥的吃藥，知道嗎？」

「誒，放心。」那娘子樂了。「您都叮囑過好幾回了，大家都曉得的。」

顧馨之這才作罷，掀起斗笠，走向河道上游。連下了幾天小雨，河道水位有些上漲，卻沒有渾濁污黃之色，看來水土流失並不嚴重，不愧是開發較少的古代。

顧馨之看了看，轉而去河邊翻石頭。

香芹、水菱笨拙的將帶來的東西擺好，跟著湊過來。「姑娘，您在幹什麼？」

顧馨之頭也不抬。「找蚯蚓啊……哈哈，有了！」她掐著一蠕動長條物，驚喜轉身。

「快拿——」

「啊——」

水菱兩人尖叫著撲上來，一個「啪」的把她手裡蚯蚓拍掉，另一個把她往後推。

「姑娘您怎麼能玩蟲子！」

第八章

顧馨之又是道理又是鎮壓，好歹把兩丫頭的阻攔摁下去。

好在下雨天，蚯蚓都喜歡出來活動，顧馨之很快又翻出幾條。穿好魚餌，她坐在小馬紮上，開始釣魚。

人家是「孤舟蓑笠翁，獨釣寒江雪」，她是孤凳蓑笠女，獨釣春江雨！

不錯，意境到位了！

可惜直到溝渠挖通，顧馨之也沒釣上一尾魚。

一定是挖溝那邊動靜太大，影響她發揮。她悻悻的收竿，腳下卻半點不慢，飛快過去看熱鬧。

因不知道河裡會不會有吃草根稻根的魚類，大夥兒商量過後，準備在河道入水口張網，不讓河魚入內，這會兒，漁網已經張好，三邊用石頭、泥塊壓得實實的。

顧馨之過去時，河水正嘩啦啦往溝渠裡灌。

「來了來了。」

「哈哈哈哈，好多魚！」

「這魚好肥啊！」

「姑娘，今晚咱能加餐吧？」

顧馨之被水菱等人死死攔著，沒法湊前去看，正鬱悶呢，就聽到這話，忙道：「加，必須加！劉嬸，今晚必須全魚宴啊！」

劉嬸是廚房的管事娘子。「得嘞！姑娘放心，只要魚管夠！」

眾人頓時笑罵出聲。「姑娘都比妳大方！」

「看看，你看看，這網眼都快堵上了，你還擔心不夠！」

「我下去抓！」

撲通幾聲，幾名漢子跳下大腿深的溝渠，彎腰抓魚——

「哎喲，快拿桶來！」

「哈哈哈哈，老子這麼大還沒試過這麼抓魚的！」

抓魚歸抓魚，河水引入溝渠是大事。張管事帶著人一路巡視過去，遇到堵住的，就給幾鋤頭，但河水漫過所有溝渠還需要時間，只能後續盯著。即便這樣，大夥兒還是很高興。

張管事興奮不已。「至少能有十畝旱田變水田……今年咱莊子肯定大豐收。」

顧馨之也很開心。「往後大夥兒的活兒也輕省多了。」

「誒誒，託您的福！」張管事笑得見牙不見眼。

「記得給我囤河泥。」顧馨之提醒他。這也是她挖溝渠的原因之一呢。

「忘不了，忘不了！」張管事搓著手。「如今溝渠一挖，旱田變水田，渠口能蓄魚，還能得河泥……姑娘有遠見啊！」

顧馨之斜睨他。「這會兒不嫌我浪費人力物力了？」

張管事乾笑，又有些感慨。「這不是擔心姑娘銀錢不就手嘛！哪家主家會這般大方，幹活管飯就算了，還天天給他們熬薑湯、熬祛寒茶，隔三差五還加肉加蛋，換了別人家，怕是得……」熬死好些個了。

「哪這麼誇張，就是多幾兩銀子的事。」其實是好多兩，若非有謝慎禮送來的五百兩銀子，顧馨之估計心都要滴血了。

張管事感慨。「姑娘年紀小沒見過，有些主家，壓根兒不把佃戶當人呢，死掉了，沒人幹活，就換一戶，總能找到幹活的人。」

顧馨之覺得這話題太沈重，不接他的話，只哼道：「怪不得你當時各種陽奉陰違的，這是怕我害了人呢！」

張管事輕輕給自己一巴掌。「哎喲，是奴才想瞎了心，姑娘勿怪啊！」

顧馨之下巴一揚。「我大人有大量，原諒你了！」

張管事笑呵呵。「誒，多謝姑娘！」

春雨連綿，河水略有氾濫，新開的渠溝慢慢溢入河水。許是一冬天都無人捕撈，為攔魚入田而挖的蓄魚池天天能撈來許多活魚。莊子上下連吃幾天，吃得大夥兒嘴角流油。

別人倒罷了，顧馨之先受不了。

往後廚轉了一圈，發現還堆著許多盆桶，她決定拿去送禮。恰好她讓人新做的帖子也拿回來了，正好搭上魚，給上回欠了帖子的人家送去，也算體面。

一口氣寫上幾封短信，顧馨之立馬讓人往城裡送。

想到上回柳霜華的照顧，陸家的分，則由她親自去送。而謝家、陸家只隔著一條街……罷了，一起吧，沒得讓徐叔他們繞一大圈的。

如是，她換了身衣服，帶上兩桶魚，直奔陸家。

柳霜華很是驚喜，將她迎進去，拉著她一通好聊，又是問那挖溝渠通河道、又問抓魚釣魚，完了滿臉羨慕，恨不得立馬跟著去莊子住兩天。

顧馨之哭笑不得，拿她那剛周歲的小兒子壓著，才把她的念頭壓下去。

這一聊便是近一個時辰，眼看飯點就要到了，顧馨之擔心魚悶不住，著緊給人送去，便告辭離開。

剛踏出陸家，就遇到結伴下朝的陸文睿和謝慎禮。

兩人看到她很是詫異，當然，主要是陸文睿，另一個面上壓根兒看不出什麼情緒波動。

「哎喲妳過來找霜華啊……怎麼不用過午膳再走？」

顧馨之朝兩人行罷禮，笑道：「這不有事嘛，下回再吃也行的。」接著轉向他身側的謝慎禮。「看到謝大人真高興，省得我再跑一趟了。」

許是剛下朝，謝慎禮仍穿著朝服，朝服莊重，顯得他越發肅冷嚴謹。聽見顧馨之這話，他微微垂眸。「顧姑娘找我有事？」

「對啊。」顧馨之指了指自家馬車。「我莊子裡弄了些河魚，給你們都送點，不多，就當嚐嚐鮮。」

陸文睿笑了。「看來是先送我這兒了？那我多謝了。」

顧馨之笑咪咪。「霜華姊姊說待會兒就燒了，要是吃著喜歡，回頭我再給你們送。」

陸文睿拱手笑道：「放心，一定不跟妳客氣！」

謝慎禮也跟著拱手。「多謝顧姑娘。」

「客氣了。」顧馨之看了他身後的馬車一眼。「既然你的馬車在這兒，直接給你搬上去吧？」

謝慎禮點頭。「行。」

顧馨之立馬讓趕車的振虎去提桶，陸文睿好奇上前探看，有些詫異。「就兩尾？」謝家那麼大一家子，如何夠分？

顧馨之壓根兒沒想到那些，只隨口道：「這河魚養不久，今天就得殺了。他一個人，一尾就夠了，這河魚大，一尾都能燒幾道菜了。兩尾不過是怕萬一在路上死掉，不好看罷了。」

聽她這樣答，謝慎禮和陸文睿都愣住，一時接不上話。

顧馨之看著振虎將桶提給一臉複雜的青梧，想到什麼，轉回頭提醒謝慎禮。「謝大人，我家的桶不多，下回你送手稿到莊子時，記得一併把桶還給我啊。」

陸文睿好笑。「這桶才幾個錢，怎麼還往回收呢？」

顧馨之不解。「我是送魚又不是送桶，你們家的魚，我都是讓霜華姊姊拿桶來接的……謝大人的車上總沒有桶吧？」

她說得好有道理，但總覺得哪裡怪怪的。

待到目送顧家馬車離開，陸文睿笑嘆了句。「顧大哥這女兒，真是……」

謝慎禮沒有接話，只默默收回視線。

恰好下人將書冊取出來，陸文睿也沒再多說，轉手遞給謝慎禮，問：「真不留下用膳？都這個點了。」

謝慎禮拒絕。「不了，還有事。下回吧。」

陸文睿朝他肩膀就是一拳。「這話你說了八百遍了。」

謝慎禮敷衍應了聲。「喔。」

陸文睿沒好氣。「拿著你的書快滾！」

「那在下告辭了。」謝慎禮並不在意，拱了拱手，微微掀起朝服下襬，登上馬車——

嘩啦一聲響。

他被甩了一臉水。

旁觀的陸文睿哈哈大笑。「噗哈哈哈哈！顧家這魚，可真鮮活，哈哈哈哈哈——」

青梧飛快翻出帕子，欲要給謝慎禮擦拭，他擺擺手，隨意拿手一抹，越過那與馬車格格不入的水桶，掀袍落坐，淡定道：「走吧。」

「是。」

甩鞭聲響，在陸文睿狂放的笑聲中，車身開始往前移動，木桶中的水也跟著晃動起來。

謝慎禮盯著桶中魚看了半晌，見其安安分分的，緩緩鬆了口氣，然後啞然失笑。

這顧姑娘真是……

謝、陸兩家相距不遠，馬車慢慢走了片刻，便抵達謝家西院的側門。跟往常一樣，青梧直接將車停在二門處。

謝慎禮起身下車，走了兩步，停下，回頭吩咐。「讓廚房把魚收拾了。」

才換下朝服，還未喝口茶，西院管事許遠山便一頭汗的進來。

謝慎禮掃了他一眼，掀袍落坐，接過書僮遞來的茶水，頭也不抬。「說吧，什麼事？」

許遠山苦著臉，似乎頗有怨言。「主子，大夫人聽說您回來了，帶著人過來鬧騰了。您難得早回一天，連午飯都沒吃呢。」

謝慎禮頓了頓，抿了口茶。「讓他們進來吧。」

許遠山愣住。「可是……」

謝慎禮放下茶盞，擺手。「去吧。」

許遠山想到那難纏的鄒氏，嚥下到嘴的話，應諾出去。

片刻，一群人浩浩蕩蕩走進院子，鄒氏的哭聲跟著傳來。「可憐我們孤兒寡母啊，沒了當家的男人，就是要受欺負嗚嗚嗚！如今連小叔也容不下我們了……」

謝慎禮神情淡淡，甚至聲音都不見抬高。「我只給你們半刻鐘時間。」

哭聲一頓。

一身華服珠釵的鄒氏踏進屋裡，怨怒的瞪著他。「謝慎禮，你這麼對我們，你不怕你大哥、你爹半夜回來找你算帳嗎?!」

謝慎禮掃了眼她身後跟著的大房子女，謝宏毅有些心虛憔悴，鄒氏那未長成的兒女頗為憤慨，餘下庶子庶女皆是眼神閃躲、態度畏縮。

他收回視線，慢條斯理回道：「我如何對你們了？」

鄒氏聲音尖利。「你憑什麼讓人收走帳冊和庫房鑰匙！謝家從來都是長媳管家，就算你當了官，在謝家也不過是卑賤庶子，若非我當年惦記著你娘，哪裡還有你的出生……你有什麼臉面收走我的東西?!」

許遠山並青梧幾人忍不住怒瞪她，謝慎禮卻無動於衷。「嗯，然後呢？」

鄒氏聲音都快刺破屋頂。「憑什麼讓莫氏那賤人查我的帳？還敢搶我的錢！那是我的嫁妝銀子！你身為太傅，連長幼有序、禮義廉恥都沒有了嗎?!」

說著，她直接坐地號哭。「爹啊、夫君啊，你們若是在天有靈，看到這些，該如何傷心啊嗚嗚嗚嗚……」

謝宏毅去扶她，被她撒潑推開。

謝慎禮難耐的皺起眉峰，聲音微冷。「妳若是沒哭夠，我讓人送妳去大哥墳前，好好跪上幾天。」

鄒氏一哽，不敢再嚎，只坐在那兒嗚咽。「謝慎禮，你就是仗著我們孤兒寡母，沒人撐腰，可勁欺負唄！」

謝慎禮看著她，緩緩道：「倘若我沒記錯，你們應允娶顧家姑娘的時候，拿了我不少好處。如今親事作罷，我取回來，有何問題？」

鄒氏已然大怒。「人我們已經娶回來了，她自個兒想走，誰攔得住？我還沒怪你給我兒子找個喪門星呢！」

謝慎禮眸中閃過一抹厲色。「我讓你們娶顧家姑娘，是要保她後半輩子無憂——」

鄒氏可不服。「怎麼？我們是餓著她還是累著她了？我還沒計較她拿利器劃我兒子脖子呢！兩年了連個蛋都沒下，整日哭哭啼啼，沒得把我們謝家都哭倒楣了！我兒子至今沒中個舉人，就是她剋的！」

謝慎禮轉向謝宏毅，淡聲問：「宏毅，你這般想的？」

謝宏毅張了張口，沒吭聲。

謝慎禮了然。骨節分明的修長手指輕叩扶手，低沈的聲音帶著冷意。「看來是我心慈手軟了。」

謝宏毅心頭一凜。

謝慎禮轉向許遠山。「去給莫氏傳個話，宏毅是我們謝家的長房長孫，他納妾，怎能低調？從西院帳裡挪出一百兩，讓她給宏毅風風光光辦一場納妾宴。」

許遠山愣住。

鄒氏卻大怒。「謝慎禮，你幹什麼?! 我兒子還要娶妻呢！你大張旗鼓的給他納妾，是要害死他嗎？」

謝宏毅張了張口，想到張明婉那清麗脫俗的臉，又默默閉上嘴。

謝慎禮卻不搭理，只道：「蒼梧，備筆墨。」

「是！」蒼梧飛快跑去鋪紙磨墨。

謝慎禮轉向許遠山。「我修書一封，你親自送到琢玉書院。」

謝宏毅如今正在琢玉書院念書，等著今年下場考試。聽到此話，頓時升起不祥預感。

謝慎禮冷冷看著他。「琢玉書院以進士科為主，你還得先考舉人，當以明經為主……我看，通州的桃蹊書院更適合你。」

預感成真，謝宏毅如被當場潑了盆涼水，臉唰地白了。

鄒氏尖叫。「謝慎禮，你敢?!」

謝慎禮微微勾唇，笑意卻不達眼底。

「我把他推進琢玉書院，是看在顧家姑娘的分上。如今，沒有顧家姑娘做依仗，妳說我敢，還是不敢？」

鄒氏癱軟在地，大房諸子女更是大氣也不敢喘一聲。

許遠山嚥了口口水，小心翼翼勸道：「主子，這樣是不是不太妥當？大公子還小呢，做錯了，以後慢慢教便是了……」

謝慎禮不知想到什麼，突然笑了下。是真笑，不是冷笑。

許遠山差點驚掉下巴。他、他、他說什麼笑話了嗎？

卻聽謝慎禮繼續道：「嗯，還小，不曾及冠，還未定性。」

謝宏毅慘白的臉瞬間漲紅。

許遠山丈二金剛摸不著頭腦，只能跟著笑。「對啊，還不到二十——呃。」他終於反應過來，自家主子二十歲時，都……

他登時訕訕。

謝家這邊各種干戈，都與顧馨之無關。

她帶著人在城裡吃了頓館子，吃得肚圓腰肥，方心滿意足的去逛街購物，然後載著一車的東西晃晃悠悠回莊子。

剛下車，就被神色焦急的徐叔攔住。「姑娘，出事了。」

顧馨之一路往裡走，徐叔緊跟著她，簡單快速的把事情說清楚。

一句話總結，就是：因為她讓人挖的溝渠，村里正來找麻煩了。

她這莊子，雖然號稱在京郊，實則離京城遠得很，並不歸京城府尹管轄。按位置，應該是歸這邊的村子管，村名為建安。

顧家底子薄，祖上只是農家，全靠顧元信爭氣，考了個武探花、當上武官，家裡才慢慢好起來，置辦了宅子田地。宅子小不說，田地更只有十畝。

其餘二十畝，是皇帝念在她們孤女寡妻，特地賞下來的，除了這二十畝地，還有一間鋪子並一些金銀。

只是，顧元信再有功勞，亦已身死。人走茶涼，負責置辦的小吏自然不會上心，鋪子便罷了，天子腳下，誰也不敢太過亂來，除了鋪面小些、位置略偏，其他都沒太大問題，倒是這二十畝地……不光東一塊西一塊的，還是旱田。

謝慎禮回京後，幫補著將這些零散的田地全部置換了遍，才有了如今這般模樣，甚至莊子那小小的兩進院子，也是他貼錢修繕的。

謝慎禮對顧家的照顧之心不假，所以顧馨之對他，從來都是親近大於反感——即便這老古板做的事情挺傻的。

這種情況下，她並不懷疑謝慎禮會給她弄一個村治有問題或里正難纏的莊子。

所以徐叔把情況一說，她便問：「是哪個村的里正？」
徐叔飛快答道：「平安村的。」
顧馨之詫異停步。「那我們挖溝渠，跟他們有什麼關係？」
徐叔解釋。「平安村恰好在我們莊子下游，他們覺得水源被我們截流了，往後會影響他們田地收成。」
顧馨之無語至極。「這是哪位天才得出來的結論？」那河道足足有丈許寬，不深，但幾年來從未斷流，哪至於挖個溝渠就能將其截流？
雖然不是很明白何謂「天才」，但她話裡意思懂了。徐叔汗顏。「都是愚民，本是小事，奈何他們帶了許多人來，建安村的里正怕出事，也帶人過來了……這不，就有些鬧大了。」
顧馨之嘆氣。「行，先去看看。」
她家莊子小，容不下這麼多人，徐叔請示了許氏後，直接把人領到了河岸邊——即是通溝渠的小魚池邊。聽說許氏在那邊，顧馨之連忙加快腳步。
隔著老遠，都能聽到那邊傳來的爭執聲。什麼水啊魚的，自私自利、不顧死活的。
嗯，看來激動的都是平安村的人。
沒等他們走近，有眼尖的看到了，大喊一句「來了來了」。
擠擠攘攘湊在一起，就差開打的人群立馬被分開，露出中間主事的人。

許氏站在中間，她身邊有張管事、莊姑姑、幾名莊裡的嬸子，還有劉田等護衛，周邊還有她莊子裡的佃戶們，再加上那些帶著鋤頭鐮刀、看著有幾分眼熟的村民。

唔，對上對面平安村那二十來號人，完全不在怕的。

顧馨之暗樂，面上不顯，甚至先發制人，揚聲質問。「這是我顧家的地，你們是何人？過來做什麼？」

一名兩鬢染霜的黑瘦中年人走前兩步，朝她拱了拱手。「可是顧家姑娘？在下建安村的里正，姓陳。今日事出突然，多有失禮了。」

顧馨之放慢腳步，端著姿勢緩緩經過眾人，停在他面前幾步之外，福了福身，道：「陳里正日安，往日不曾拜會，是我失禮才對。」

另一名微胖的中年人走過來，打量了眼顧馨之，轉向陳里正。「陳大福，別打官腔了，趁著這會兒雨停了，趕緊的，把這兒給填了，否則，別怪我們不講情面！」

陳里正怒道：「我村裡的人正兒八經——」

「這位，想必就是平安村的里正吧？」顧馨之上前一步。「不知我們村、我們莊子挖溝通水，如何影響你們平安村？」

那微胖中年人皺著眉頭。「男人說話，有妳小姑娘什麼事？一邊去！」

陳里正臉色微變。「劉老四，你——」

顧馨之卻笑了，扭頭吩咐。「振虎，把這些人通通給我攆出去，哪個不走的，打斷腿扔出去。」

「是！」壯碩的振虎拱手，隨即招呼兄弟們。「都別站著，動手！」

那劉里正大怒。「你敢?!」

顧馨之笑咪咪。「這裡是我的莊子、我的田地，你帶著這麼多人闖進來，我害怕得很，只能把你們先趕出去再說了。」

振虎、劉田幾人帶著僕從佃戶們開始趕人，平安村諸人下意識去看劉里正。

劉里正臉色難看。「陳大福，你們村就是這樣待客的？」

陳里正看了眼顧馨之，輕咳一聲。「這裡是顧家的地，自然聽顧家姑娘的。」

顧馨之掃了眼平安村那些提棍握鋤的青壯男子。「待客自然不一樣。可那也得是客人才行。」

眼看自己帶來的人都被趕開了幾步，劉里正憋著口氣說道：「我們是來商議河渠之事——」

顧馨之道：「帶著鋤頭？哦，你們是不是聽說我這溝渠沒挖完，過來幫忙的？怎的這般客氣啊。」

劉里正氣結。

陳里正忍笑。「顧姑娘，恰恰相反，這位劉里正是要來堵溝渠的。」

顧馨之佯裝詫異。「為何啊？喔不對，我一個姑娘家，沒有說話的分兒……振虎，你們動作快點，別耽誤兩位里正的事。」

許氏看看左右，猶豫著道：「我家裡的事現在都是我女兒在管，要不，劉里正聽聽我女兒的意見？」

劉里正憋紅了臉。

平安村諸人被推搡得有點上火，開始舉起手中鋤頭或長棍。

眼看就要打起來了，陳里正忙給臺階。「好了好了，大家都是鄉親，有什麼話好好說。這溝渠是顧家姑娘作主挖的，你們村要堵要挖，都得問問人家意見吧。」

顧馨之也見好就收，讓振虎等人住手，然後主動提起話題。「平安村就在我們村下游，是擔心河流斷流還是如何，不妨說個明白。」

劉里正臉色這才好些，跟著入正題。「這長安河總共就丈許寬，你們在前邊挖溝，萬一影響了我們怎麼辦？」

顧馨之問：「劉里正，你也不年輕了，這麼多年，你看過這河斷流乾涸的嗎？」

劉里正一愣。「那倒是沒有。」

「連你都覺得河流不會斷流，那有何可擔心的？」

劉里正大眼一瞪。「這會兒春水上漲，自然不會斷流，誰知道到了秋冬天，會不會有影響？」

顧馨之點頭。「有道理，那就到了秋冬再說。」

劉里正啞口。

陳里正咳了聲，提出建議。「顧姑娘，若是秋冬河道真斷了流或下游缺水，可否將溝渠堵上？」

這麼多年都沒斷流，他這話不過是給個面子罷了。

顧馨之了然，爽快點頭。「倘若河水減流，我也不會置下游的老鄉不顧，屆時我自會將溝渠堵上，省著點用。」

劉里正臉色好看許多。

「還有魚呢！」

「對，魚呢？全給他們撈光了，我們吃什麼？」

「對啊，必須堵上！」

一群人嚷嚷起來，聲勢頗為浩蕩。

許氏臉色有些發白，下意識往顧馨之身邊靠。

顧馨之神色不變，只問：「這河裡的魚，都被你們平安村的人買下了？」

劉里正皺眉。「這河魚如何能買？就在河裡，誰要——」

顧馨之接話。「誰想要，就去捕去撈去釣，對吧？」

有人罵道：「你們都攔截了，我們撈什麼？」

顧馨之笑咪咪轉過去。「那河魚寫你名了？」

那人梗著脖子。「那也沒寫妳名。」

顧馨之道：「哦，那你買了？」

那人又嗆。「買什麼買，就在河裡，跟誰買去？」

顧馨之點頭。「所以，你們平安村的人能捕能撈能釣能吃，我們建安村的人不行，是這個意思嗎？」

「誰攔著你們不給你們抓了？」

顧馨之指了指他，再指了指他身邊提著鋤頭的村民，然後指向劉里正。「你們不是過來攔著我們嗎？」

劉里正不服。「這不是一回事。」

顧馨之又道：「怎麼不是了？你們要河魚，自個兒想法子去啊，實在不行，學我們挖溝渠池子唄，怎麼，等著別人把魚塞你們家廚房裡呢？」

劉里正生氣。「都被你們攔住了我們抓什麼？」

顧馨之下巴一點。「這話說得……你們去看看池子裡多少魚，再看看河裡多少魚唄，魚又不傻，那麼大的河道不去，偏鑽我這裡嗎？」

剛挖溝渠那兩天確實很多魚傻乎乎衝進來，如今每天能有個幾條就不錯了。

劉里正惱羞成怒。「反正你們挖了這個池就不行，妳把魚都抓了，我們下游還有什麼剩下的?!」

顧馨之看向其他平安村人。「你們都這樣想？」

「就是。」

「河魚本來就沒多少。」

「都被你們攔了我們吃什麼?!」

許氏聽得一陣心虛，抓住顧馨之袖子。「要不……」

顧馨之一拍掌。「原來大家都這樣想啊！那我要是沒做到，豈不是對不起你們？」她轉頭。「徐叔，待會兒去買幾張大漁網，直接把河道攔起來，抓的魚肉除了自家吃用，剩下都賣出去，多個進項。」

徐叔意會。「是，定然不會放過一條魚的。」

劉里正和平安村諸人都傻眼了。

陳里正也沒料到，忙著緩頰。「不至於不至於，顧姑娘也不差這點錢吧。」

顧馨之可認真了。「我差，我家裡一大堆人等著吃飯呢。」

劉里正大怒。「妳若是膽敢如此，我們直接報官去！」

顧馨之笑咪咪。「你去啊……官衙來了，我就讓人收了漁網唄，多大點事。」

劉里正氣了個倒仰。「陳大福，你就由得你村裡人這般胡鬧？里正怎當的！」

話說到這分兒上，陳里正也板起臉。

「顧家姑娘如何胡鬧了？方才你們也見了，他們在溝渠裡張著網攔住進水口，壓根兒沒打算把這河魚當進項。你們要是不服氣，自個兒找人挖溝渠引水，要想吃魚，也自己挖池張網。就這麼點事，我們建安村的人都沒說話，你們大張旗鼓過來，是欺負人孤兒寡母沒人撐腰？當我們建安村的人都死了嗎？」

第九章

眼見爭不過，平安村的人灰溜溜的走了，陳里正等人見事了，也要告辭離去。

顧馨之忙讓人將廚房養著的魚用草繩拎出來，全送給這些來幫忙的村民。她家的佃戶這幾日都吃了不少，都推說不要，將魚讓給其他人，這樣一來，倒是每家都分到一條。

大家意外又開心，有幾個心眼多的忍不住往那小水池瞄。

許氏心驚肉跳，緊緊抓著顧馨之的手，顧馨之愣了愣，看了她一眼。

陳里正索性直接問：「就挖個小池子，真有這麼多魚啊？」

顧馨之回神，笑道：「其實這兩日已經沒了，方才大家都瞧見了。應當是前幾日一直下雨，漲水漲來的魚。」

眾人一想也是，要是真有這麼好撈，大家都別種地，光撈魚去了。

顧馨之又道：「要我看，還不如釣魚來得靠譜些。」

陳里正隨口問了句。「妳釣過？」

顧馨之點頭。「釣過啊，坐了不到半個時辰，要是再給我點時間，肯定能釣上一尾。」

她有這個信心！

陳里正擺擺手。「聽著就不靠譜。」

顧馨之笑咪咪道：「怎麼會不靠譜，家裡老人閒著沒事，弄個魚竿，若是釣上來了，不就可以給家裡添道肉菜嘛。」

陳里正呵呵笑。「也就這時候能玩玩，等開始翻地種糧了，哪個得空？」

顧馨之惋惜。「也是。」

「倒是妳這田溝……」陳里正問：「好挖嗎？」

顧馨之老實回答。「挖得辛苦，幹活的人得吃點好的才能抗住，而且，天冷的話，得好生注意，病了就不太好了。」

立刻有她家佃戶搭話。「確實，跟開荒似的，累。」

「還冷。幹活的時候可不興穿大棉襖的，動都動不了。」

「多虧了主家心善，天天都喝祛寒茶、薑茶的，否則，鐵定要著涼。」

眾人七嘴八舌，顧馨之聽得熨貼，連緊張的許氏也放鬆不少。

陳里正也笑。「這段日子大夥兒都看著呢，要是你們今年幹活輕鬆了，到時大夥兒肯定跟著一起挖溝。」

顧馨之拍手。「那不錯，如果大家都挖，乾脆村裡弄一臺水車，這樣大夥兒還省事點。」

陳里正擺手。「這錢就大了去了，以後再說，以後再說……事情結了，魚也拿了，都回去了。」

眾人遂笑著告辭。

陳里正最後離開，臨走猶豫半天，最後還是朝一直悶不吭聲的許氏道：「妳們母女倆不容易，往後有什麼事，只管到村裡找我……只是吧，這麼大的家業，若是家裡沒個男人，總歸是……我再怎麼幫，也是隔著姓，妳家姑娘還年輕，能再找一個就找一個吧。」

許氏鄭重點頭。「多謝里正提點，我會好好考慮的。」

顧馨之氣了。可惡，臨走還給她挖個坑！把她的魚還回來！

可惜，陳里正壓根兒聽不到她心中腹誹，說完話，拎著魚拍拍屁股走了。

留下許氏神色複雜、憂心忡忡的站著。

顧馨之小心翼翼。「娘，我們先回去吧？」

許氏嘆了口氣。「走吧。」

顧馨之見她不提親事，暗鬆了口氣，安慰她道：「娘您嚇壞了吧？下回再有這樣的事，您就別管，莊子裡這麼多人呢，把人攆出去就完事了。」

就許氏這性格，好聽了是溫柔善良；不好聽了，就是軟弱，出去容易被欺負。

她想了想，又補充道：「實在不行，您就關起門來裝不知道，等我回來再說。」

許氏有些難過，眼眶微微泛紅。「我是妳娘，應當是我護著妳才對。」

顧馨之愣了下，突然想起一事。

原身出嫁時，許氏除了給自己留了幾畝荊州的田和些許金銀，剩下都塞進嫁妝裡，讓家底不厚的原身可以風光些，好在謝家這樣的大宅裡過得舒服些。許氏沒有什麼主見，也沒有處理麻煩的能力，她甚至有些守舊……但她是個好母親。

顧馨之深吸了口氣，壓下某些氾濫的情緒，佯裝玩笑道：「娘，我又不是小孩，您看我現在，比您高比您壯，連飯都比您多吃一碗，要是打起來，肯定我比較厲害。」

許氏啐她。「怎麼說到打架了？」

顧馨之眨眼。「不是您說要護著我嗎？」

「調皮。」

這一打岔，許氏的神情倒是放鬆了不少。她掃了眼跟在後頭的莊姑姑等人，遲疑了下，壓低聲音問道：「妳現在還有跟……聯繫嗎？」

顧馨之茫然。「哈？誰？」

許氏輕擰了下她手背，聲音更低了幾分。「我是說謝慎禮……妳還有跟他聯繫嗎？」

「有的。」顧馨之收到許氏的瞪視，立馬解釋。「不是您想的那種，謝大人一直照顧我們家，怎麼著也不能立馬斷了關係，老死不相往來吧？那不成了忘恩負義了嗎？」

許氏盯著她看，讓顧馨之心虛不已，一迭連聲強調。「娘，就是正常禮節來往而已，正常的！」

許氏這才作罷，頗有些難受道：「娘知道妳心裡難受，但妳與謝家是這樣關係，妳怎能跟他……」她聲音帶出幾分哽咽。「早些走出來的好，往後娘好好給妳挑。」

顧馨之無聲吶喊——不要啊！

因為這一句話，顧馨之開始密切關注許氏的動態。

這幾日，許氏果真送了幾封信出去，然後開始頻繁出門。

雖然離開京城兩年，但許氏也是有三五好友的。顧馨之估摸著她是怕自己寡婦名頭不好聽，影響好友們的名聲，才減少來往的，如今又聯繫起來……

顧馨之更緊張了。

這幾天天氣好轉，她得盯著曬莨，只能眼睜睜看許氏天天早出晚歸，一連幾天都說不上兩句話。看起來就非常像……相看人家什麼的。

果然，沒兩天，許氏喜氣洋洋的拿著張帖子過來，讓顧馨之明兒一起去吃酒。

許氏很是積極，開始給她找衣裳。

顧馨之無奈。「不是明兒才去嗎？」

「這可是琢玉書院山長的壽辰宴，不能失禮了。」

顧馨之大吃一驚。「娘怎麼認識書院的人？」她爹是武將出身，她娘雖然識字，但也算不上有才學，往日交往的也是武將女眷多……怎的畫風突然轉變？

許氏擺手。「不認識不認識，不過山長大人這次是大壽，京裡很多人家都請了，我這帖子是託妳徐姨弄來的。」

許氏口中的徐姨，是她過去曾經來往較多的好友。顧馨之沒記錯的話，這位徐姨夫君好像是雲騎尉，因此語帶遲疑。「這……不太對吧？」

不是她看不起雲騎尉，但琢玉書院的山長壽宴，跟武將真的……不太搭，還能再勻一張帖子給她們？

許氏皺眉。「怎麼不對了？這就是個壽宴，咱也沒犯事，喜宴不好去，壽宴難不成還不能去嗎？」

「娘，我不是這個意思。」

許氏嘆了口氣。「放心，娘心裡有數，這壽宴啊……反正不會有問題，妳跟著一塊兒去就成了。」

這聽起來更有問題了好嗎！

不管如何，許氏打定了主意要參宴，翻箱倒櫃的找衣裳，折騰半天給顧馨之搭好一身。

第二日一早，顧馨之剛起床，許氏就緊張兮兮的過來了，一看她竟然還是梳婦人常用的倭墮髻，生氣極了。「換垂掛髻。」

顧馨之嘀咕。「這不是騙人嘛！」

許氏難得硬氣。「誰說騙人？妳現在就是姑娘家，平日妳說要出去鎮場子，我才沒管。這場合妳怎麼著也不許梳。」

顧馨之小心翼翼。「什麼場合？」

許氏一窒。

顧馨之委婉道：「我這情況也瞞不住別人，何必遮遮掩掩的呢？」

「誰遮遮掩掩了？這相看又不是一天兩天——咳，反正不准梳。」

顧馨之就知道，果真是去相親！

她在現代都沒體驗過呢，怎麼回到古代，反而要相親？不過，即便是在現代，和離過的姑娘家都不見得好找對象，何況古代。就當去見見世面、吃吃喝喝唄。

她只糾結了片刻，便快快樂樂的跟著許氏出門了，一路還拽著許氏打聽她那些朋友的近況。

不過兩年時間，有兩個已經外調出京，剩下幾個也紛紛抱了孫子外孫，惹得許氏再次長吁短嘆。

顧馨之只得趕緊轉移話題，談起自己鋪子的裝修情況。

一通瞎聊，位於京城東郊的琢玉書院到了。

她們莊子離得遠，即便早早出門，抵達的時候，也將將踩點。許氏很緊張，急著就要往裡走。

引路的是名半大小童，只聽他道：「有些客人得等下朝再過來，開宴時間會比較晚。夫人、姑娘可慢步觀賞遊玩。」

許氏頓時鬆了口氣。「多謝。」

小童笑著拱手。「應當的。在下還要去前邊迎客，兩位慢走。」

顧馨之兩人再次道謝。

小童辭別離去，馬車奴僕等也有人引去別處歇息。

山長壽宴，琢玉書院特地空出後山，開放給賓客們遊覽觀賞，宴席之處也在這通往後山的園子深處。

聽說時間還早，顧馨之挽起許氏胳膊，興奮道：「走，逛園子去！」

許氏自然由她，剛走了兩步，後頭傳來馬蹄聲。

「謝大人萬安！」守園門的奴僕聲音洪亮。「山長他們正等著您呢，都讓人催了好幾回了！」

顧馨之下意識停步回頭，對上一雙沈靜如墨的深眸。

隔著攀滿藤花的園門，高坐馬上的謝慎禮拽著韁繩，朝她微微頷首。

他怎麼也來了？顧馨之心虛的看向許氏。

許氏跟著回頭，看到謝慎禮一驚，下意識便去看自家女兒，果真看到滿臉的忐忑。許氏登時冷下臉，淡淡行禮。「謝大人萬安。」

謝慎禮翻身下馬，將韁繩扔給下人，大步上前，拱手。「多日未見，顧夫人似乎康健許多，如此，在下也放心了。」

許氏不好打笑臉人，抿了抿嘴，乾巴巴道：「多謝惦記。」擰了下顧馨之手背，道：

「還不趕緊跟『叔叔』打聲招呼。」

「叔叔」二字，特地加重音。

顧馨之吃痛，整張臉都皺了起來。她遷怒般瞪向謝慎禮，福身，咬牙切齒道：「謝叔叔好。」

謝慎禮頓了頓，唇角勾起，道：「嗯，顧姪女不必多禮。」

矮了一截的顧馨之無語。

遇上了，又是都要去園子裡參宴的，沒道理分開走。反正許氏是做不出這般無禮之事。她在這裡，這兩人應當不會做出什麼出格之事……看著面前這位對自家頗為照顧的謝太傅，許氏暗嘆了口氣，終是溫聲道：「謝大人不介意的話，不如一起進去？」

謝慎禮微微頷首。「恭敬不如從命。」

三人便並排前行。

莊姑姑、水菱避到後邊，打算給青梧讓位，他連連拱手，直接站在最後邊。莊姑姑愣了愣，朝他福了福身，帶著水菱跟上前頭的主子們。

前邊三位已經往前走了數步。

謝慎禮身分最高，走在前邊，居右的許氏略後半步。顧馨之繼續挽著她娘的手，落在最右邊。

謝慎禮不是多話之人，許氏巴不得母女倆不再接觸，一時間，頗為寬闊的花園小徑除了腳步聲，便再無動靜。

顧馨之已經做好一路無言走到宴席場所的準備了，謝慎禮卻突然開口。

「想不到，能在這種場合見到顧夫人……若是顧大哥在天有靈，定然能安心不少。」語氣平淡，卻帶著幾分悵然。

顧馨之愣了下，翻找記憶，發現……自從她爹走了，許氏果真再也沒串過門，只有她出嫁，才出去吃了頓酒。如今為了她的親事，竟然主動出門。

許氏嘆了口氣，輕聲道：「都是為兒女計長短罷了。」

謝慎禮掃了眼另一邊的顧馨之，頓悟。他溫聲道：「倘若有什麼地方需要幫忙，顧夫人儘管開口。」

許氏語氣轉淡，婉拒道：「謝大人事務繁忙，這種瑣事何須麻煩您呢？」

謝慎禮並無不悅，甚至還頗有耐心。「顧夫人，雖然您對我有所誤會，但在京城，我交友還算廣闊，或許能幫上些許。」

許氏頓時動搖。

「謝叔叔。」顧馨之突然開口。

兩人齊齊扭頭看她。

顧馨之笑咪咪。「雖然你人脈廣，但是，你看人的眼光，實在是不太行呢。」比如謝宏毅。

謝慎禮越過許氏，看向那笑得眉眼彎彎的顧家姑娘——

顧馨之察覺，歪頭，朝著他無聲的說了句什麼。

謝慎禮看懂了，是「五哥」。

這是在警告他讓他別插手？他有些頭痛。這姑娘，可真是……

「咳咳。」許氏不滿極了，轉頭瞪了眼顧馨之。當著她的面就眉來眼去?!

顧馨之縮了縮脖子，心虛的朝她笑笑。

許氏氣不過，隔著衣衫擰了她胳膊一下。她是真氣，但也沒捨得用力氣，更何況還隔著衫子。顧馨之卻「嘶」的一聲，痛得齜牙咧嘴。

許氏唬了一跳，急急道：「我沒用力啊……可是掐著哪兒了？」

顧馨之瞬間變臉，可憐兮兮的摟著她胳膊。「我是心裡疼，娘生氣了，我難過。」

「調皮。」許氏沒好氣，臉上卻不自覺帶出笑意。

謝慎禮將這一幕看在眼裡。

比之兩年前的死氣沈沈，和剛從荊州回來的絕望無助，此刻的許氏，多了許多生氣。他雖對兩年前的顧馨之無甚印象，但是，她這樣性子，怎會被鄒氏、謝宏毅壓了兩年？

未等他想個明白，便聽到前方傳來說話聲。宴場到了。

雖是在園子中心設宴，男女賓客是各自活動，中間用些花木盆栽隔開，盆栽或置地、或擺几，高低不一，疏朗雅致，倒是成了園中一景。

男左女右，三人在此處分開，各隨丫鬟、奴僕入園。

顧馨之鬆開許氏，規規矩矩落後半步，跟著她往前走。

花木扶疏，人群三兩，遠處桌椅正在佈置，確實還未開席。許氏徹底放下心，便想去找徐姨，讓她領著自家見見主人，打聲招呼送份壽禮，過個場。

卻不想那引路的丫鬟笑著說不必，然後直接將她們引到最右側的臨水小榭。裡頭坐了十來名夫人，大部分年紀都不輕，看著皆是有地位的人。

她們踏入水榭時，恰好一陣笑聲響起。許氏很緊張，頓了頓，步伐更慢了。

顧馨之上前半步，不著痕跡的碰了碰她胳膊，低聲道：「放心。」柳家的夫人們給她印象不錯的。

許氏看了她一眼，挺直了腰，兩人繼續往前。還未等靠近，就聽到一聲招呼——

「馨之！」

顧馨之循聲望去，看到快步過來的柳霜華，笑著福了福身。「霜華姊姊，又見面了。」

柳霜華先朝許氏行了一禮，道：「顧夫人日安，我是柳家二房的小女兒，夫家姓陸，夫人叫我霜華就好了。」

那不就是山長的姪女嗎？許氏微愣，忙不迭回了個半禮。「陸夫人日安。」

柳霜華笑笑，然後轉向顧馨之，半抱怨道：「等妳老半天了，怎麼才到？」

許氏頓時茫然。她女兒何時與柳山長的姪女相識？

旁邊的顧馨之已經跟柳霜華聊起來了。「我們住得遠啊，一大早就出門了……妳怎麼知道我們來？」

「大伯母跟我說的呀。」

顧馨之一想便明白了。她們拿了帖子，於情於理，作為中間人的徐姨都要給柳家打聲招呼，顧家再不行，那也是掛著鎮國將軍名頭的，柳家就算不認識，也知道一二。再加上前幾天，她才在陸府見過柳夫人。

想到這裡，顧馨之忙道：「我們先過去跟柳夫人打聲招呼吧。」

「要的要的，我領妳們過去。」

一行人走進水榭裡頭，站在那一群老太太面前。

還未等柳霜華開口，主座上的霜髮老太太眼一掃，看到許氏兩人。「哎喲，可是顧家媳婦兒？」

許氏愣了下，趕緊帶著顧馨之上前行禮，並送上給山長的壽禮。

東西自有丫鬟收去登記，柳大夫人笑呵呵的。「來就來了，怎麼這般多禮……來來，坐這兒說說話。」

有丫鬟立馬在下首位置添了兩個座，正好挨著柳霜華。許氏受寵若驚，戰戰兢兢坐下，顧馨之倒是輕鬆，扶裙落坐。

柳霜華將在場的夫人們都介紹了一遍，不是御史、國子監之流的官員夫人，便是書香門第的大族大戶。唬得許氏戰戰兢兢，不停起身行禮。顧馨之身為晚輩，更得全禮。好在她爹雖然不在了，還是給她娘掙了個誥命，這時候也算是不輸場面。只是眼前這些都是長輩，禮不可廢罷了。

一通介紹完畢，剛坐好，就聽柳大夫人對著許氏道：「徐家的來找我的時候，我還有點不相信。妳呀，往後多出來走動走動，要沒地兒去了，儘管來我這兒串門子，說說話，逛逛園子都成。」

許氏受寵若驚，她既懵又喜，完全不知道怎麼回事，只含糊應道：「打擾您不太好。」

柳大夫人擺擺手。「我們家不講究那一套，要得空就過來陪我說說話唄。」有些語重心長。「妳也是有誥命在身的，該硬氣自當硬氣起來。」

許氏囁嚅。

顧馨之看得直樂。「老夫人，我娘膽小，您別嚇著她了。」

許氏唬了一跳，趕緊按住她的手，低聲輕斥。「怎麼說話的？」

柳大夫人詫異，打量了許氏兩眼，再看看顧馨之。「倒是跟妳不像。」

顧馨之坦然。「誒，我更像我爹。」她記憶裡的顧元信，也是爽朗大方的。

柳大夫人頷首惋惜。「聽慎禮、文睿都提過。可惜了。」

提及亡夫，許氏顫了顫。

柳二夫人忙轉移話題道：「嗐，提這些幹麼，咱還是說說馨之的事。」

顧馨之懵了。談她什麼事？

聽到跟女兒有關，許氏打起精神望過去。

柳大夫人一撫掌。「對對對，說說馨之的事。」她轉向許氏，笑咪咪。「說來巧，在妳託徐家的要帖子前呢，慎禮跟文睿剛好都託我幫個小忙。」

為防許氏不記得，她還貼心介紹了這兩位是誰，顧馨之心頭頓時浮現不祥預感。

許氏自然認識謝慎禮，陸文睿……她也有些印象。故而，她只遲疑了下，便小心翼翼順著話往下說：「兩位大人都請您幫什麼忙？」

柳大夫人只笑。「妳也知道我家老頭子這壽宴，是醉翁之意不在酒吧？」

許氏以為自己的心思被發現，有些尷尬。「略知一二……」

柳大夫人半點不隱瞞。「我這老頭子，當了一輩子先生，別的不多，學生那是真的多。窮的富的，老的少的，一把年紀沒娶上媳婦的，那可真是一抓一大把。所以，慎禮他們才來拜託我們。可別說，我問過我家老頭子，他那邊呢，正好——」

顧馨之突然起身，乾巴巴道：「那個，我跟霜華姊先出去逛逛。」

在座的夫人們頓時都笑了起來。

柳大夫人還想打趣兩句，顧馨之已拽起旁邊的柳霜華，飛快溜走，快得連話都沒來得及聽。

柳大夫人打趣許氏。「都嫁過一回了，怎的面皮還這麼薄？」

許氏也只能乾笑。

第十章

長輩們聊得如何，顧馨之是不管了。她跑當然不是因為羞澀，是尷尬。可躲得過長輩，沒躲過柳霜華。

柳霜華被拽出來後便一直笑，甚至還把柳大夫人打算介紹給顧馨之的那幾家告訴她，完了還開始給她分析各家情況。

「這家雖說家境不頂好，但是勝在人口簡單……」

「這個是名鰥夫，前面留了個女娃，還小，但這位師兄人品佳……」

「這家的是通州大族，雖說規矩嚴些，但是……」

顧馨之聽得頭都大了，看到前邊有個涼亭，趕緊把人拽過去，摁著她坐下。「這些等會兒再說，現在先告訴我，更衣處在哪兒？」

「誒？我帶妳去——」

「妳在這兒等著，我去去就回。」

柳霜華也不勉強，點了身後的丫鬟帶路。雖說附近到處是人……顧馨之想了想，還是讓水菱留下陪著她，然後才跟著那丫鬟離開。

畢竟是園子，更衣之處，在園子周邊，隔著矮牆，是座比較清幽的小樓。

顧馨之頗為好奇。「園子裡就這一處嗎？」

那丫鬟笑了。「當然不止，繞一圈好幾處呢，這處比較近而已。」

顧馨之了然。

她自進去更衣洗手，出來後，再次跟著丫鬟往回走。剛轉進園子，就看到一名姑娘一手捂肚子一手撐著路邊小樹，神情痛苦。

丫鬟嚇了一大跳，忙不迭上去攙扶。「夏姑娘，您怎麼了？哪兒不舒服？」

顧馨之也快步跟上去。「要不要去找大夫？」

那姑娘唇色發白，臉卻有些紅，她看了眼顧馨之，壓低聲音對丫鬟說：「我、我來那個了，我那丫鬟幫我取衣物，秋蟬姑娘可以扶我去更衣處嗎？」

顧馨之與那秋蟬齊齊鬆了口氣。

秋蟬頗有些為難的看向顧馨之，那夏姑娘看出幾分，虛弱道：「不方便也沒事，我丫鬟一會兒就到了。」

顧馨之忙擺手。「妳這樣兒就別勉強了，秋蟬姑娘趕緊扶她過去吧，我自個兒回去就行了……放心，就那麼一條路，我丟不了。」

秋蟬帶著歉意。「回頭奴婢再與您請罪。」

夏姑娘也朝她虛弱的笑了笑。「多謝了。」

顧馨之擺擺手，不再多言。待那兩人離開，她才轉過身，循著來路慢慢往回走。

此時雪意初消，春色漫枝，園中一片新綠，間綴各色春花，清幽雅致。隔著園子矮牆，還能聽到隨風傳來的說笑聲。

顧馨之想到回去還要被柳霜華介紹一堆男人，腳步便越發慢了。她走的這條小徑貼著園子矮牆，間或有高大樹木遮擋，夏日應當是個好地方——

「……傾慕……謝大人……」

顧馨之愣住，下意識停步。

隔著幾叢花木，她看到了不久前剛見過的謝慎禮，垂眸斂眉，掩在寬袖下的右手虛攏在腰前，另一手背在身後，與往日無異的冷淡肅然。

再看他對面站著的纖瘦姑娘，滿臉通紅、羞澀不安的擰著手中帕子，聲音雖帶著顫意，卻清晰、分明的在訴衷情。

顧馨之有點尷尬，正打算躲開，那邊的謝慎禮彷彿察覺什麼，掀眸望過來。

枝葉間灑落的斑駁陽光落在他冷峻的五官上，彷彿將他身上冷意驅散了不少，平日被氣勢所掩的俊朗容貌便凸顯出來。

嘖，這便宜叔叔的皮相還真是不錯，怪不得勾得小姑娘神魂顛倒的。顧馨之這般想著，順手朝他比了個拇指。

謝慎禮看到了。

顧馨之按完讚打算退開，卻聽謝慎禮終於開口。

「妳是張家的姑娘吧？」

顧馨之腳步一頓，忍不住豎起耳朵。

那姑娘驚喜又嬌羞。「是的，您也記得——」

「張大人家出身同州大族，不管學識規矩，皆是人人稱頌。」謝慎禮斂眉，聲音緩慢又清晰。「妳既出身張家，想必學識規矩皆是不凡，可否解釋一下，何謂婦德、婦容、婦言、婦功？」

這相當於指著那姑娘的鼻子，罵她沒有規矩、德行不良了。

隔著花木，顧馨之都能看到那小姑娘的臉唰地白了。

謝慎禮猶自繼續說道：「孟子有云，離婁之明、公輸子之巧，不以規矩，不能成方圓——」

「嗚——」小姑娘哪裡受得住，捂著臉哭著跑開了。

謝慎禮確認那姑娘遠離後，看向顧馨之。

顧馨之暗嘖了聲，拐出小徑，隔著花木與他對立。搖頭晃腦道：「好狠的嘴，好狠的心啊。謝大人這般不解風情，何日才能抱得美人歸啊？」

謝慎禮神色淡然。「顧姑娘慎言，父母之命媒妁之言，我何日娶親，自有長輩操心。」

顧馨之看不慣他那副模樣，吐槽道：「那你也沒必要這麼罵人吧？人家小姑娘才多大，你這麼罵，回頭不得落下心理陰影啊！」

謝慎禮漠然。「倘若幾句話便受不住，那也太過沒用。」

竟還怪人沒用？顧馨之被他的無恥驚住了。「那姑娘真是瞎了眼啊，竟然看上你。」

顧馨之邊說邊仔細打量他。

冠髮一絲不亂，墨竹長衫儒雅斯文，加之身高肩寬、面容沈肅，連那虛攏在寬袖中的右手，看著也是骨節分明、修長有力，看著就是比普通書生多幾分氣勢……

「顧姑娘，」謝慎禮眉眼微斂。「妳該回去了。」

顧馨之回神，下意識看看左右，發現花木叢林後竟然隱著一處歇腳涼亭，涼亭之後還有幾叢假山。

她眼睛一亮，果斷鑽進花木，逕自走向那涼亭，毫不客氣道：「我累了，決定要在這裡歇會兒。哦，謝大人要事纏身，我就不送了。」秋蟬那邊估計還要耽擱些時間，她正好乘機躲會兒。

顧馨之提裙走上涼亭，摸了摸石凳，很乾淨。她斜睨了眼站在那兒的謝慎禮，一屁股坐下，感慨道：「偷得浮生半日閒啊。」

謝慎禮沈默片刻，拱手。「顧姑娘好雅興，在下不打擾了，告——」

「阿禮去哪兒了？」

雜亂的腳步聲從挨著涼亭的假山叢傳來，謝慎禮未完之語頓時停在嘴邊。

顧馨之眨眨眼，差點噴笑出聲。

「說是去洗手了。」
「半天不見人影，肯定又去躲起來了。」
「找找找，這小子，跟狐狸似的！」
聽著腳步聲遠去，顧馨之這才笑出聲來。
「謝大人，你方才說什麼？」她笑吟吟。「你的友人們好像正在找你？趕緊去吧。」
謝慎禮沈默。
顧馨之笑得不行，若非記著隔牆有耳，怕是要把這林中鳥雀都笑跑。
好半晌才終於緩過來，拭了拭眼角笑出的淚，問道：「你在那邊好歹不會被小姑娘攔著吧，怎的不敢回去呢？」
謝慎禮掀眸，掃了她一眼，淡聲道：「那顧姑娘為何躲在此處？」
顧馨之語塞。
得，看來是五十步笑百步了。
她皮笑肉不笑。「究其原因，還得多謝謝大人給我保的好媒啊。」
輪到謝慎禮尷尬了。
顧馨之見狀又想逗他了。「謝大人當真不考慮娶我回去嗎？別的不說，我比方才那姑娘堅強，你隨便罵，我要是哭了算我輸。」
謝慎禮直視顧馨之。「顧姑娘，令尊不在，在下勉強算是妳半個長輩，有些話，便直說了。」

顧馨之眨眨眼。「你說。」

謝慎禮正經八百。「妳和離在先，再嫁已是艱難，若再如此輕浮孟浪，但凡規矩些的人家，定不會迎妳進門，妳將來如何自處？」

顧馨之敷衍點頭。「嗯嗯嗯，沒事，嫁不出去不還有你嘛。」

謝慎禮虛攏在身前的右手不耐的捏了捏袖口，聲音微沈。「顧姪女休要胡言亂語。念妳年幼無知，又遭遇多番磨難，我不會與妳計較，倘若妳再犯，我會轉告令堂，讓她對妳多加教導。」

顧馨之歪頭。「我娘大概會覺得我對你是餘情未了、情根深種。」

謝慎禮深深覺得，對上這顧家姑娘，總有股使不上力的無奈感。

「你是不是在心裡罵我？」顧馨之笑咪咪，好心道：「謝大人，你其實不需這般費心。我跟謝宏毅的事，你已經盡力了。你顧念我爹那點舊情照顧我們家，我很感謝，日後也會盡力回報……但是呢，拿長輩身分來壓我，就大可不必，你若有這時間，還不如管管你謝家那一堆爛攤子。」

謝慎禮沈默片刻，道：「在下曾答應顧大哥，要好好照顧妳們。」

顧馨之曉之以理。「謝大人，照顧是多方面的，你堂堂太傅，多往我家送點吃的喝的，我們家就能少掉許多麻煩，沒必要盯著我的親事。」

謝慎禮微微皺眉。「我府中暫無女眷，來往過多恐傷妳們名聲；若是經了謝家，妳們怕是不喜。可若是能為妳擇一可靠夫婿，有通家之好。護著妳們，方是合情合理……」

隔著花叢綠葉，顧馨之看到丫鬟秋蟬遠遠走來。於是直接打斷他，站起身。「謝大人，我已然嫁過一回了，我是什麼結果，我娘什麼結果，你不是也看到了嗎？」

謝慎禮神情嚴肅。「我不會再犯同樣的錯誤。」

顧馨之提著裙襬走下涼亭。「你說不會就不會？要拿我下半輩子的幸福給你當試驗？」

謝慎禮皺眉。「姑娘言重。以令堂的性子和閱歷，斷不會選得比我更好。」

總而言之，她的親事，他必然要管。

顧馨之很不爽。「你怎麼這麼頑固……算了，懶得跟你理論，我該走了。」

小徑方向，秋蟬逐漸接近，謝慎禮順著她的視線看到來人，皺了皺眉，往旁邊松木移了兩步，掩住身形。

這是怕別人誤會？這位謝太傅，可真是注重名聲啊。

顧馨之看著那矜貴肅冷的男人，她惡向膽邊生，腳下一拐，繞至他身前。

「顧姑娘有何——」謝慎禮皺眉，橫在腹前的右手倏然抬起，一把抓住顧馨之伸到身前的手腕，聲音轉冷。「顧姑娘，自重。」

平日儒雅端方的謝太傅，在這一刻，彷彿酣眠的一頭狼，突然睜開眼，肅殺冷冽之氣撲面而來。顧馨之愣了愣，試圖掙開未果，她索性不掙，再度往前一步。

謝慎禮被迫退到樹幹前，冷聲警告。「顧馨之，不要試圖挑戰——」

「謝大人。」顧馨之上身靠過去，逼著那雙握住自己腕部的手往後撤。

謝慎禮的臉色已經非常難看，指間力道加大，試圖推開她。

顧馨之吃痛。「嘶。」

謝慎禮頓了頓，微微鬆開手，冷斥。「休要胡鬧！」

顧馨之乘機壓下手腕，直至她那杏黃色袖襬貼上對面的墨竹長衫，被握住的手也變掌為指，戳向對面的暗紋竹葉，謝慎禮不算厚的春衫下，肌肉瞬間繃緊。

「謝大人，我不得不提醒你一句。」她笑得眉眼彎彎，特意壓低的嗓音柔軟又魅惑。白皙纖細的手指按住竹葉，緩緩下滑。「我顧馨之向來膽子大，倘若你再插手我的親事，我不介意再入謝家門，把你們謝家攪得天翻地覆！」

謝慎禮長袖一揮，將人推開，顧馨之差點摔倒。

她穩了穩，斜睨了眼鐵青著臉的謝太傅，她轉身走出樹蔭，迎向秋蟬，頭也不回。

顧馨之領著秋蟬返回園子時，柳霜華身邊已經聚了幾名姑娘，正聊得開心，半點沒發現她們離開的時間久了點。

她也沒解釋，打過招呼後，便笑著陪在旁邊，間或插上幾句話。說說笑笑，時間過得飛快。沒多會兒，便要入席了。

顧馨之在丫鬟的指引下找到位子，發現許氏已經落坐，還跟同桌聊得頗為高興的樣子。心裡暗道，這場相親宴也沒白來。

既然意在相親，吃飯自然不是重頭戲。宴罷，柳大夫人當先，一大群夫人姑娘並各家丫鬟婆子，浩浩蕩蕩的穿過園子去逛後山。

顧馨之無奈至極。這筷子才剛放下呢……要不要這麼著急啊？

當然，她也只能在心裡吐槽一下。

她覺得女眷這邊已經夠迫不及待了，等出了園子，穿過琢玉書院的後山牆，踏進滿山新綠裡，她才發現，男賓那邊，竟已在疏朗林子裡逛著了。大都是著直裰長衫的書生，三三兩兩，或停或走、或吟詩作對、或悠然閒話，瞧著都挺正常的——

倘若他們的視線不要動不動往這邊飄。

看來讀書人也不一定矜持嘛。如今看來，這時代並不是顧馨之想像的那般循規蹈矩，有規有矩，但比封建時代好些。

除了某些老古板。

哼。

雖被稱為後山，其實只是片小土坡，低矮少樹，與對面險山密林隔湖相望，頗有幾番意境。琢玉書院索性將這片後山改造，著人栽了滿山的桃樹、茶樹、梅花，鋪上碎石小徑，加幾條蜿蜒而上的石板路……多年下來，這片園子便成了京裡貴人們極佳的設宴之地。

當此時，梳林矮木上茶花怒放，間或幾株殘梅點點。幾日前的雨，打下了零星殘花，泥土亦帶著微微潮意。風過，不見塵土飛揚，只聞淺淡花香，讓人心曠神怡。

顧馨之正感慨這趟沒白來，袖子突然被拽住。她回神。「娘？」

許氏低斥。「走那麼快做甚，步子小些，動作優雅些。」

怎麼逛不是逛呢，顧馨之無所謂。

只見她聽話的慢下來，許氏轉過去繼續與徐姨說話。坐席用宴前，兩人已經碰上頭了。

進了林子，大家便四散開來。

徐姨挽著許氏，低聲給她介紹京中的情況。

顧馨之聽了幾句，不外乎是各家八卦，並由此引申到各家兒女教養、品性的推斷，很相親、很接地氣。她沒什麼興趣，便四處張望，看花看林看山，順帶看看古代版相親角，邊看熱鬧邊吐槽。

嘖，這些書生的臉怎麼比姑娘家的還紅呢？

哎喲，長輩都湊一起說話了，年輕人別慫，上啊！

嘶，竟然為了首詠物詩起爭執，怪不得單身！

誒，前邊怎麼聚了這麼多人？不光人多，還男女老少皆有，尤其是姑娘家，面上或是激動或是羞赧。這麼多人圍著，卻無高聲喧譁或擁擠之狀。

許氏也看到了，遂停下說話，好奇望去。

徐姨掃了眼，笑道：「估計是謝太傅吧。」

聽到熟人名字，許氏忙問。「怎麼說？」

顧馨之也跟著豎起耳朵。

徐姨低聲道：「謝太傅是當朝太傅，又是謝家家主，既能文又能武，說句年輕有為，都覺得太過輕飄。加上他一直潔身自好……雖說是鰥夫，誰家會嫌棄？自從柳山長放出話要為太傅相看，這滿京城有待嫁姑娘的人家啊，都快瘋了。」

許氏愣了愣，下意識看向自家女兒。

顧馨之懂她意思，摟住她胳膊，眨巴眼睛裝無辜。

許氏白她一眼，轉回去跟徐姨說話。「話雖如此，謝家的門檻這麼高，也不是尋常人家能進去的吧？」

徐姨努努嘴。「柳山長說了，謝太傅對家族身世並無要求，只要求德行……京城裡說得上名號的，哪家沒朝謝太傅暗示一二，人家壓根兒不接，可不就是不在乎這些嘛。瞧瞧，好的差的都在呢。」

許氏若有所思。「怪不得今日參宴的人家都……」

「都算不上高門大戶是吧？」徐姨接了話，又想到什麼，抿嘴直樂。「我看柳山長是打著給謝太傅相看的名頭，把有姑娘的人家都請過來，給他那些未成親的學生們找機會呢。」

顧馨之也忍不住樂。那位柳山長必定是有趣的人……怎麼教出謝慎禮這樣的老古板呢？

她看陸文睿也不這樣啊。

徐姨招呼許氏。「避一避吧，咱就不去湊熱鬧了。」

許氏知她是記著自家與謝家的那點破事，看了眼她身後的小姑娘，笑道：「無妨，妳家閨女不是剛十六嗎？上去看看。」

徐姨無奈。「得了，我家這個啊，看到字就睡覺，還是別往謝太傅面前湊了。」

許氏掩嘴樂。「謝大人不是也習武嗎？說不定想找個習武的。」

徐姨擺手。「那也得拿得出手吧，怎麼說都得過柳山長那一關呢。」

許氏便不再勸。

待走近了，幾人才看清楚被圍在人群中心的謝慎禮。身著墨竹長衫的俊朗青年站在一株桃樹下，鮮嫩新綠將他的冷峻氣息軟化了幾分。長身玉立，從容不迫，光是外形，便無愧於滿京盛譽。

彼時他正對身邊幾位書生說話，略低沈的嗓音飄過來，彷彿是在講解經論文章。顧馨之聽了幾句，只覺雲裡霧裡，索性去打量圍著他的人。方才隔著遠，以為他被姑娘包圍，實則他身邊皆是書生，姑娘家們都被諸多書生隔在數步之外。但是，連書生臉上都是狂熱的崇拜和敬佩……

嘖，這是男女通吃啊。

她暗自吐槽，正要挪開視線，對上一雙漫不經心掃過來的沈黑深眸。

她愣了下，仗著大家都看他，沒人注意自己，朝他拋了個媚眼——

胳膊陡然一疼，她嘶了聲，扭頭對上許氏震驚又失望的神情。

顧馨之暗道不好，心虛的縮了縮脖子。

「那家挺好的。」旁邊的徐姨還在說話。「我跟她說好了，待會兒在前頭碰一面，妳待會兒仔細看看。」

許氏回神，勉強笑道：「好。」

人群中的謝慎禮收回視線，眼眸微斂，聲音依舊不疾不徐，繼續講解著聖人言。

無人發現，那半攏在寬袖中的修長指節輕輕、慢慢的撚動，彷彿要擦去某些不合時宜的記憶。

第十一章

接下來的閒逛，顧馨之是不敢再作妖了。

跟著許氏、徐姨偶遇了兩撥「舊識」，再與柳霜華的某位表嫂會合，繼續偶遇，顧馨之是讓行禮就行禮，讓喊人就喊人，嘴巴要多甜有多甜，笑容也不要錢似的。等到結束時，她臉都快僵住了。

好在許氏也沒精神教訓她，折騰大半天，她也累得不行，上車後就開始閉目休息。一路無話，回去後兩人草草用過晚飯，累著了的許氏便要去安歇。

顧馨之鬆了口氣，認為這事就算過去了。

第二天，顧馨之按照往常的點踏進膳廳，邊打哈欠邊道：「娘，早啊。今兒吃什麼？」

許氏回神。「啊？妳來了啊。」

顧馨之不解，隨口道：「想啥呢，一大早神不守舍的。」

許氏看了她兩眼，想了想，道：「過兩日就是清明，我想去給妳爹掃墓。」

「別擔心，我前兩日已經跟徐叔說了，讓他提前準備好東西。」

顧馨之問過莊姑姑，許氏這兩年的日子著實不好過，寄人籬下不說，連給顧爹供奉牌位都要被罵晦氣，後來還被砸了牌位。對她而言，估計是極不好受的。剛好借著清明，帶她跑一趟。

許氏宛如下定決心般，擲地有聲道：「妳也去。」

顧馨之不明白。「啥意思？我當然要去啊。」

許氏蹙眉，有些擔心。「妳雖是顧家女，但已經嫁過人——」

「哦，您說這個啊。咱家不講究這些，我家現在我作主，我說能去就能去。要是有人說三道四……隨便說，我們又不掉肉。」顧馨之摸摸下巴。「大不了我以後招個上門女婿，生一窩孩子全姓顧？」

許氏愣了下，仔細盯著她。

顧馨之沒注意，她想到什麼，忙問。「前兩年謝家的人不給我出門……兩年沒人掃墓，我爹墳頭草會不會已經丈許高了？咱還能找到地兒嗎？」

這可不是現代公墓，沒人維護的荒山野嶺，兩年時間會長成啥樣，確實不好說的。

許氏也猶豫了。「不至於……吧？」

誰知一語成讖。

清明當天，天矇矇亮就出發的顧馨之一行，在荒郊野嶺中……迷路了。

荊州有個習俗，男人死了的話，遺孀不能送葬，怕死者捨不得自家媳婦，魂魄不走。所以許氏當年沒有送葬，是徐叔陪著顧馨之送上山的。

這會兒，顧馨之跟徐叔對著荒山野嶺，大眼瞪小眼。

許氏有些著急。「你們趕緊想啊，這怎麼會記不得了呢？」

徐叔慚愧不已，他用力拍腦袋。「都怪奴才。再讓奴才想想！」

顧馨之忙讓振虎制止他。「不怪你，當年我爹走得突然，我跟娘光顧著哭，全靠徐叔一人忙活下來……我記得你當時還發燒了，記不住也正常。」

徐叔眼眶霎時泛紅。「奴才這條命是老爺救下的，如今卻連老爺的墓地都記不住。」

許氏跟著紅眼。「不怪你，當年也是多得你幫忙，元信哥才能得以安息……」

眼看其他人也要跟著哭，顧馨之頭都大了，胡亂指了個山頭問：「徐叔，你看看那兩座山，像不像我爹的青龍白虎？」

這時代的風水先生看墓地，講究什麼左青龍右白虎、背山面水之類的。京郊周圍帶水的地方，基本都被權貴包了，剩下定點地方也多是各村盤踞。顧家當時沒法，只能往遠了找。背山面水不好找，找幾個山頭充當青龍白虎，還是可以的。

顧馨之這麼一說，徐叔急忙抹了把淚，瞪大眼睛去辨認，有些遲疑。「這……看著不太像。奴才記得，老爺那山頭大都是刺槐跟黃楊，這片柏樹多，應當不是。」

顧馨之本就是隨口一說，也不在意，只以手當簷，環視四周。

這片都是丘陵山脈，連綿起伏，望不到頭。得了幾場春雨，山上綠意盎然，若在晴天自是一番美景。可當下，烏雲壓頂，空氣濕悶，一股風雨欲來的味道。

都說清明時節雨紛紛，是前幾日晴朗的天氣讓她抱有僥倖心理了……幸好她讓人帶了斗笠蓑衣。

旁邊的許氏也跟著看天，惶惶不安道：「這看著就要下大雨了，怎麼辦啊？」

話音未落，豆大的雨滴就砸了下來。奴僕們迅速翻出斗笠蓑衣，一一穿好。

徐叔頂著驟雨大聲問：「姑娘，奴才瞅著那邊的林子比較像，我們再往前走走吧？」

顧馨之抹了把臉上的雨滴，沒好氣。「這麼大雨，走什麼走，回頭，去方才那村子裡歇歇腳，等雨停了再說。」

許氏、徐叔還想再說話，顧馨之擺手。「什麼時候掃墓都一樣，不差這一天半天的，要是你們淋壞了，我才頭疼。」

許氏一想也是，嘆了口氣。「也是，活著的人比較重要。」

徐叔眼眶發熱。「奴才幾個是三生有幸，能得主子這般照護。」

其他人亦是一臉感動。

「你們跟著我吃飯，我不照顧誰照顧？別說廢話了，趕緊躲雨去。」顧馨之沒好氣。沒看雨嘩啦嘩啦的嗎？

大夥兒這才行動起來，上車上馬，往之前經過的村落走。

因有蓑衣斗笠，加上坐在馬車裡，她跟許氏、莊姑姑等人都沒淋著，倒是騎馬、趕車的那幾個，一身都濕透了。

進了村，顧馨之便讓人問了里正家，直接驅車過去，送上一兩碎銀後，借里正家給自家奴僕換身衣裳，還煩勞里正家人給熬上一鍋薑湯，讓大夥兒都喝一碗。

顧馨之與許氏一起坐在堂屋裡，捧著粗瓷大碗邊聽里正介紹村子周圍的情況。

「東面那邊山上都是柏樹，一大片一大片的。」里正說話帶著點口音。「我們村每年都去那邊砍些回來，打家具做小物件啥的，都合用呢。」

顧馨之問：「里正大人，您知道哪兒有刺槐、黃楊的嗎？」

「有啊，往西北邊去，離這兒遠著咧，走路得個把時辰。」

顧馨之幾人面面相覷。他們這是……走錯道了？

剛換了衣衫過來的徐叔頓時汗顏，顧不上薑湯，立馬轉向里正。「我們正是要去這邊，里正大人可否跟我們說說在哪個方向，如何過去？」

里正自然不會隱瞞，一五一十的跟他解說。「從西邊出咱村，走大概兩里路，有座廢棄的山神廟……」

顧馨之朝莊姑姑遞了個眼神，莊姑姑意會，端了碗薑湯遞過去。徐叔朝她拱拱手，接過來，邊喝邊聽里正說話。

有徐叔問路，還有莊姑姑在旁邊仔細聽著，顧馨之放心得很，索性轉回來聽許氏跟里正夫人聊天。

「清明雨少說下大半個月的，有一年下了一個多月，今年算好的了。」

許氏輕聲細語的。「可不是，前幾天還晴了幾天，好歹是曬了幾回衣服，不然就要換不過來了。」

「對對對。我那孫兒跟泥猴似的，要不是他娘盯著，肯定現在就得光屁股了。」

許氏笑呵呵。「小孩嘛，都淘氣。」

許是見她好說話，里正夫人的視線在幾人身上打了個轉，欲言又止道：「妹子啊，妳們這是去掃墓啊？怎的就妳們兩個？」

在這個時代，即便是鄉野村婦，也知道奴僕是不算家裡人口的。

許氏頓了頓，勉強笑道：「嗯，清明，給孩子她爹掃墓。」

這話裡含義……里正夫人面露同情。「天啊，妳還這麼年輕呢……家裡其他人呢？」許是年歲較大，她頗有些語重心長。「這掃墓可是宗族大事，妳們母女以往沒掃過墓吧，怪道連墓地都找不到……上山還得除草整地的，哪有讓婦道人家去的道理，趕著下雨，還是回去，讓男人來唄。」

這一下便戳到了許氏軟肋上，她眼淚唰地就下來了。

里正夫人嚇了一跳。「這是怎麼了？」

許氏哽咽。「我們家、我們家……都怪我……要是我能生個男丁，顧家也不至於連個掃墓的人都沒有……」

里正夫人愣住。

顧馨之一下沒注意，話題竟拐到這裡，她很是無奈。「好了，娘，您不是還有我嘛。」

里正夫人吶吶。「啊……妳們家連個男丁都沒有了啊，那豈不是絕後了？」

顧馨之瞪眼，這會不會說話啊？

果然，一聽這話，許氏更是無法自抑，捂著臉痛哭出聲。莊姑姑亦是面露悲戚，攬住她輕聲安慰。

里正夫人神色訕訕，另一頭說話的里正和徐叔不解的望過來。

顧馨之收起笑容，起身，道：「徐叔，問清楚路了嗎？」

徐叔愣了愣，拱手。「問清楚了。」

顧馨之點點頭。「讓大夥兒準備一下，該走了。」

徐叔二話不說，躬身道：「是。奴才這就去準備，姑娘、夫人稍等片刻。」

顧馨之頷首。「去吧。」

徐叔看了眼門口站著的振虎幾人，安心退了出去。

顧馨之轉向里正。「里正大人，今日多謝招待，我們這邊趕時間，就此告辭了。」

里正詫異，看看自家不吭聲的婦人，再看看猶自嗚咽的許氏，乾巴巴道：「這便走了？外頭還下著雨呢。」

顧馨之神色淡淡。「不早了，好歹給我爹供碗飯、點炷香，沒得讓他死了都不得安寧，讓人說他絕後。」

里正夫人的臉瞬間漲紅，里正不明所以，卻也看出情況不對，便不再挽留，只客套了幾句。

顧馨之翻出帕子，給許氏擦了擦眼，要扶她起來。「走吧。」

許氏抽噎。「是不是我——」

「娘。」顧馨之附耳，低低道：「爹生前是條漢子，您不要墜了他的名聲。」

許氏一愣，顧馨之乘機與莊姑姑一道攙起她，直接往外走。

農家小院裡，馬、車皆已解了套繩，大夥兒都披上蓑衣斗笠，站在雨中等著。

顧馨之環視一周，微微揚聲。「今日辛苦大夥兒了，都加把勁，趕早把事情辦了。」

「是。」

幾步路的工夫，她也不撐傘，直接衝過去，方才留在車裡守東西的香芹嚇了一跳，急忙把她拉上車。

許氏和莊姑姑撐傘在後，也相繼上車。

待她們坐穩，振虎騎馬當先，一行人再次闖入雨幕，浩浩蕩蕩離開。

里正目送車馬走遠，皺著眉頭轉回來。「妳方才說什麼了？把人得罪成這樣。」

里正夫人臉都黑了，朝門外啐了口。「用得著我得罪嗎？說幾句話就擺臉色，還不知做了什麼黑心事，搞得一家斷子絕孫的。」

里正生氣。「那也跟妳無關，也不知這家什麼底細，回頭要是得罪了人，妳當我這里正是能通天嗎？」

里正夫人不耐煩。「怕她們做甚，這一家子都死絕了，就剩下孤女寡母……哎喲，還在我屋裡坐了這麼久，真是倒楣——我去跟劉三家的弄點桃木、艾葉去去晦氣。」說著，扭身就出門去了。

里正皺眉。「竟是絕戶？」

雨勢漸大，出了村子，荒野無路，車馬走得小心又緩慢。

顧馨之掀簾看著外頭，朝趕車的徐叔道：「徐叔，先去村口西邊的山神廟歇歇腳、擋擋雨。」方才聽那里正說過來著。

徐叔「誒」了聲。「奴才正是衝著那廟去的。」

顧馨之滿意。「還是徐叔老到！」

徐叔頭也不回，笑呵呵道：「不及姑娘！」

顧馨之放下簾子，回頭，就對上許氏泛紅的眼眶，忍不住扶額，開始跟她分析，什麼叫「逢人只說三分話，不可全拋一片心」。

雨中難辨方向，加上不熟悉路，這二里路，他們走了大半個時辰。

幸好那里正並沒有誆她們，那山神廟雖已無主事之人，但附近村民偶有供奉，倒也還算規整。廟裡總共就前後兩殿，前殿供著本地山神，後殿原是廟公起居之所，但年久失修，外牆都塌了，舒服算不上，好歹能擋雨。

振虎等人過來路上又淋濕了，雖說剛喝了薑湯，顧馨之想了想，讓徐叔帶著振虎等人去找找能用的枯枝樹葉，在後殿燒火取暖並烘乾衣物，燃的火堆還能熱點吃的。而她則先帶著許氏幾人避在前殿休息。

荒郊野外，又是下雨天，料想應該沒什麼人，徐叔沒多猶豫就應了。

振虎帶著人出去尋枯枝，只留下徐叔跟一名護衛在後殿守著。

振虎幾人都是顧元信早年親自帶過的，打仗行不行不知道，尋個枯枝敗葉，應當不會有太大問題。反正顧馨之很放心，挑了塊乾燥地方，略擦了擦，便直接席地而坐。

許氏略猶豫了下，也跟著坐了。

旁邊的莊姑姑和水菱則去收拾車上拿下來的食物和用具——這麼多人，還有兩位主子，午膳再簡單也得好好準備。

顧馨之看了她們幾眼，見她們忙活得過來，便將腦袋搭在膝蓋上，盯著外頭雨幕發呆。

天不亮她就起來了，這會兒，頭頂有雨聲落屋瓦的嘩嘩聲，廟裡有水菱她們輕輕的說話聲……不知不覺她便迷糊了。

直到一聲驚叫在耳邊響起。

顧馨之迷糊睜眼，看到廟外踏著雨幕而來的五、六名青年。擋雨的斗笠，濕透的裋褐、草鞋，手裡都提著扁擔或棍子。

隔著雨幕，這幾人的目光全都直勾勾望著她們。

顧馨之心頭凜然，慢慢站起來。「水菱，喊一下徐叔他們。」

方才驚叫的水菱忙不迭應下，扯著嗓子就往後殿跑——雨聲太大，不喊壓根兒聽不見。

那幾人似乎發現了，撒腿衝過來。

許氏有些緊張。「他們是來躲雨的吧？」

顧馨之冷笑一聲。「來者不善！娘您往後退。」她拽起裙襬，索利的打了個結，然後一把抄起水菱擺在旁邊、準備熱食物的長柄小鍋。

當渾身濕透的謝慎禮策馬奔至破廟前時，正好看到裙襬亂紮的顧馨之抄著長柄鍋，狠狠拍到對面男人臉上。

暗沈沈的雨幕裡，那雙染了怒火的杏眸亮得驚人。

渾身濕透的陸文睿抹了把臉，抬頭看前邊。一騎當先，走出老遠的謝慎禮已勒馬停在廟前，就見他飛身躍下，衝進廟裡。

緊接著雨幕中便傳來慘叫聲，然後是第二聲、第三聲……接連不斷。

眾人大驚，急急打馬奔過去。

待陸文睿一眾奔到廟前，這場一面倒的打鬥已然結束。

陸文睿狼狽滾下馬，大喊著「謝慎禮你悠著點」衝進去，對上一雙驚詫的杏眼。他愣了下。「啊？妳怎麼在這兒？」

顧馨之挑眉。「這話該是我問你們吧？」

陸文睿張了張口，擺手。「這個待會兒再說。」

他抹掉臉上雨水，打量顧馨之幾人，雖有倉皇，卻無甚狼狽之色，再看地上幾名青年，身上衣衫皆被開了口子，露出一道道鞭痕，血肉翻出，甚至隱約見骨，怪道這幾人只能躺在地上痛呼慘叫。

陸文睿「嘶」了聲。「你不知道輕點嗎？把人抽死了怎麼辦？」

謝慎禮正慢條斯理的捲著方才用來抽人的馬鞭，聞言眼也不抬。「死不了。」

陸文睿搖頭。「你那力道不好說啊。」

顧馨之頓時想起上回被謝慎禮抓了下，導致手腕青了兩天的事情。她下意識望向太傅大人的手——手指修長，骨節分明，是適合握筆的手，實在看不出來有這般力道。

然後她後知後覺的發現，這位謝太傅竟然沒穿平日的寬袖直裰。墨竹綠的窄袖短衫貼在修長結實的身軀上，更顯肩寬腿長，亦將結實的手臂、胸背肌肉展露無遺。連平日裡頗覺俊朗的五官，也因濕髮服貼，顯出幾分凌厲。

這人平時一舉一動都端著那股造作勁兒，不管站在哪裡，都彷彿正在高堂廣夏、碧瓦朱甍裡寫文作詩。如今濕透了，倒顯得氣勢十足了。

她打量了半天，謝慎禮竟然沒有給她冷眼，反而是水菱覺得她太過孟浪，扯了她一下，才讓她挪開視線，還不忘順手將手上長柄鍋遞回去。

謝慎禮宛若未覺，纏好馬鞭後，慢步踱過來。陸文睿已經跟驚魂未定的許氏打過招呼，他便只點點頭，喊了聲「顧夫人」。

許氏臉還有點白，在莊姑姑的攙扶下勉強回了個禮。

謝慎禮這才轉向顧馨之，視線掠過她有幾分皺褶但乾淨整潔的短襖，在胡亂紮著的藕荷色裙襬上停留片刻，他轉開臉，道：「顧姑娘要不要收拾一下？」

顧馨之暗罵了聲老古板，彎腰解裙結，完了敷衍的拽了兩下，權當拉平了。「好了。」

謝慎禮這才轉回來，對上她那雙明亮灼人的杏眸。他頓了頓，微微斂眉，聲音平靜，開始釐清狀況。「這些是什麼人？」

顧馨之聳肩。「我也不知道。」

陸文睿詫異，看向謝慎禮。「誒？那你幹麼抽人？」

謝慎禮語氣平淡敘述道：「我到的時候，顧姑娘正拎著鍋拍人，很是氣派。」

陸文睿看了眼丫鬟手裡的長柄鍋，再看看那幾名青年，果真看到一人臉上一片青紫，那形狀……他嘴角抽了抽，乾笑道：「顧姑娘好生勇猛啊。」

顧馨之沒好氣。「不然呢？坐以待斃，等你們來了剛好收屍？」

謝慎禮倒是沒有異議，示意陸文睿看地上棍棒。陸文睿不是傻子，再看那幾名青年，便冷了臉。

謝慎禮掃了眼四周，眉峰微微皺起。「妳的人呢？」

顧馨之也沒瞞著。「出去撿拾柴草了。」

謝慎禮聲音微沈。「荒郊野外，妳竟——」

顧馨之打斷他。「是啊，荒郊野外，下著大雨，我竟然還能遇上歹人，這大衍是要完了嗎？謝大人，你們還不夠努力啊。」

顧馨之再指指一旁如釋重負的徐叔和護衛。「若非我留了兩人，這會兒已經遭殃了。」

謝慎禮頓了頓，扭頭朝候在一旁的青梧道：「帶出去審審。」

「是。」

陸文睿提醒。「別弄出人命啊，我還在這兒呢。」

青梧看了眼謝慎禮，拱手應下，帶人將那幾名呼痛的青年拖拽出去。

顧馨之由得他處理，只問：「你們怎麼剛巧在這兒？這大雨天的。」

謝慎禮看了她一眼，沒說話。

陸文睿解釋道：「這不清明，打算去給顧大哥燒點紙錢……誒，妳們也是要去掃墓？」

顧馨之看了眼同樣詫異的許氏，點點頭。「不過，你們怎麼突然想到來給我爹掃墓？」

陸文睿回答。「往年都是派人來，今年慎禮說，咳咳，想親自過來賠罪，我就捨命陪君子了，誰知道走到半道突然下大雨……對了，妳們是掃完了回去嗎？」

顧馨之坦然。「沒有，兩年沒去了，摸不著路。」

第十二章

陸文睿乾笑。「妳倒是直接。」

「只是陳述事實，那兩年……」顧馨之看了眼謝慎禮，給他留面子，只福身道：「多謝兩位叔叔這兩年幫忙照看我爹。」

許氏也紅著眼眶跟著福身致謝。

謝慎禮略避開半身。「應當的。」

陸文睿也避開。「小事而已。」

顧馨之看看他們，想了想，朝水菱道：「去車裡取乾淨布巾過來，給兩位大人擦擦。」他們一群全是騎馬過來，應該什麼都沒帶。

水菱應了聲，抓上傘跑了出去。

謝慎禮朝她點頭。「多謝。」

陸文睿更是長吁口氣。「唉，能擦一下也是好的……也不知今天雨能不能停。」

顧馨之無所謂。「不停就不停，大不了找個地兒歇一晚。」她帶了一車的東西，夠在外頭過兩三天的。

陸文睿想想也是。「行，反正清明休沐兩日……我記得附近有個村子，是叫森柏村？到時去那邊借住一宿吧？」後一句是問謝慎禮。

謝慎禮道：「嗯。」

顧馨之神色淡淡。「我剛從那村子出來，就不去了。兩位叔叔若是有事忙，大可無須等待，雨停了還是趕緊回京吧。我爹那邊有我，你們的心意，我們領了。」頓了頓，她趕緊補了句。「方便的話，留個人給我們帶路。」

陸文睿沈默了下，看向謝慎禮。

謝慎禮微微皺眉，問：「妳們在那村子遇到事情了？」

顧馨之倒是沒想到他會問這個，輕描淡寫道：「沒事，我個人喜好罷了。」

謝慎禮若有所思的看著她。

此時，青梧頂著一身水回來。他先朝眾人行了個禮，再快步行至謝慎禮身側，稟道：「主子，問清楚了，那幾個是森柏村的村民。」

謝慎禮面色微沈。「如何？」

青梧小心翼翼看了眼顧馨之，吞吞吐吐道：「那個，他們聽說顧家只剩下一姑娘……長得水靈，有錢有奴，家裡還有田產鋪子。他們幾個打算，咳咳，把人搶回去，那什麼……」

他不敢往下說，但大夥兒都意會了。總之，這群人是聽說了顧家的情況，想吃絕戶。

許氏驚呼一聲，軟倒在莊姑姑身上，眼淚跟著便出來了，莊姑姑跟徐叔更是臉色難看。

陸文睿大怒。「這幫刁民！」

謝慎禮面無表情，烏黑深眸卻透著冷光。

顧馨之摸了摸下巴，長嘆了口氣。「這幫人見過我？眼光不錯，知道我長得好。唉，財貌雙全什麼的，果然是個負擔。」

陸文睿哭笑不得。「重點不是這個吧？」

顧馨之不以為意。「我知道，我出門都帶了護衛的，不就是防著這個，這次是個意外，以後我會記著留人了。」

謝慎禮掀眸，盯著她。「萬一失手呢？」

顧馨之隨意擺擺手。「我沒事琢磨著怎麼遭殃幹麼？有那工夫，我還不如好好做生意，多賺點錢，多養點人呢。」

陸文睿話題一下被她帶跑。「也是個想法。妳很會做生意？方便透露一下妳現在賺了多少嗎？」

顧馨之搖頭晃腦。「快了快了。」現在還往裡貼錢呢。

謝慎禮盯著她看了半天，突然喚她。「顧姑娘。」

顧馨之下意識歪頭。「嗯？」

謝慎禮對上那雙靈動有神的杏眸，修長指節摩挲著右腕上的馬鞭，緩緩道：「妳月前提出的建議很是不錯。倘若妳沒有改變主意，我們可以找個時間，商議後續事宜。」

顧馨之非常懂事，不明白也不會藏著掖著，直接問：「什麼建議？」

謝慎禮卻移開視線，慢聲道：「不著急，日後再說。」
陸文睿好奇插話。「是什麼建議？我不能聽嗎？」
謝慎禮沒理他，轉向青梧吩咐。「全部打斷右腿，扔出去。」
陸文睿連忙伸手拽住青梧。「誒誒誒，你們當我這個刑部官員是死的呢？」
謝慎禮瞟他一眼。「那你帶回去？判個滋事鬥毆還是毆打朝廷命官？」
總之，不能扯上顧家。
還嫌不夠似的，謝慎禮又問：「需要我出堂作證嗎？」
陸文睿訕笑著鬆開青梧。「打斷腿挺好的，斷一條腿死不了，也能給他們個教訓……呵呵，挺好的。」
謝慎禮朝青梧使了眼色，青梧領了命，拱拱手，出去幹活了。
許氏想說話，莊姑姑察覺，連忙朝她搖頭。
顧馨之沒發現，事不關己的站在旁邊看戲，至於那些心存歹念的村民下場，與她何干？
謝慎禮的視線落在她臉上，開口道：「妳——」
「姑娘，」水菱收傘走進來，右手艱難的抱著一大堆布巾，欲言又止道：「咱就帶了這些，都是……」
「沒事，都是要用的。」顧馨之知道她想說什麼，迎上去欲要幫忙接過布巾，卻被水菱避開。

「姑娘，這些重，奴婢拿著就行。」

顧馨之也不勉強，順手抽出最上面兩塊，分別遞給謝慎禮和陸文睿。「都擦擦，別著涼了。」

謝慎禮接過布巾，隨手展開。三尺餘長的布，除了宛如幾朵暈染開的茜紅，再無別的花紋。他愣了下，掀眸望過去。

顧馨之不解。「看我幹什麼，擦啊。」沒看地上都積了一灘水嗎？

謝慎禮頗有深意的看了她一眼，道：「我們去後殿。」

陸文睿已經將布巾按在臉上一通揉搓，此時放下來，驚訝道：「這料子還挺軟和的，妳在哪家鋪子買的——」對上謝慎禮的冷眼，他愣了愣。「怎麼了？」

謝慎禮已再度看向顧馨之那邊，道：「這些布巾都算我買了，回頭我再找妳結帳。」

哎喲，跟聰明人說話就是愉快。顧馨之彎起眉眼。「好好，我給你成本價！」

陸文睿後知後覺。「原來妳是要拿來賣的啊。」他扯下布巾打量幾眼。「這染得還挺有韻味的，又軟和……回頭我也找妳買點，妳嬸子肯定喜歡。」

顧馨之懶得跟他分辨柳霜華究竟是姊姊還是嬸子，只道：「等我鋪子開起來再說唄……水菱，妳把這些拿去給青梧小哥，讓他去分。記得留一點給振虎他們。」

「奴婢曉得了。」水菱抱著布巾福了福身，轉向後殿那邊。

謝慎禮跟著朝她頷首。「有勞顧姑娘稍等片刻。」

謝慎禮則轉向陸文睿，下巴朝後殿揚了揚。「去後邊擦。」

待他們都離開了，顧馨之走向許氏。「娘，剛才嚇著沒有？」

許氏搖搖頭，看了眼後殿方向，小聲問道：「那些布不是打算送去鋪子的嗎？會不會影響？」

顧馨之擺手。「賣誰不是賣啊，有錢掙就行了。」

許氏嗔道：「那妳還說給謝大人成本價？」

顧馨之笑得狡黠。「那不是隨我定嗎？」

「顧姑娘不怕隔牆有耳嗎？」謝慎禮微沈的嗓音從後邊傳來。

顧馨之看著對面尷尬不已的許氏和莊姑姑，淡定回身。

謝慎禮雖然還是那身窄袖衫，但是皺巴了許多，估計是被暴力擰乾的。頭髮也擦過了，看起來有些毛糙……雖然有點狼狽，卻比平日端著的冷模樣看著順眼多了。

顧馨之收回視線，沒有半點不好意思，笑咪咪道：「謝大人，我這是小本經營呢，你堂堂太傅，不會跟我計較這點錢的吧？」

謝慎禮直直盯著她的臉，問：「顧姑娘向來如此坦蕩的嗎？」

顧馨之點頭。「那是自然。」

「好習慣。」謝慎禮跟著頷首，不再多說，慢步走到門邊察看天色。

顧馨之看了眼緊張的許氏，走過去，停在數步外，跟著他一起望天。「看起來還要下很久。」她嘆了口氣。「看來今天是掃不了墓了。」

謝慎禮轉頭看她。「不等雨停？」

顧馨之白了他一眼。「你不怕淋雨，我還擔心我家的管家護衛們著涼生病呢。再說，下了這麼久的雨，上山多危險啊。咱是去掃墓，不是去陪葬，沒必要。」

「咳。」後頭傳來輕咳之聲。

謝慎禮頓了頓，權當不知，只微微側過頭看顧馨之。「顧姑娘向來這般說話的嗎？」

「啊？」顧馨之跟著轉頭，對上他沒甚表情的帥臉，茫然道：「我說什麼了？」

「咳。」

謝慎禮飛快掃過她的臉，再度望向外邊。「無事。」

「咳咳咳。」

顧馨之無奈，轉回去。「娘，您著涼了？」

許氏瞪她，道：「振虎他們一會兒該回來了，妳去幫幫水菱、秋月她們。」秋月是莊姑姑的名。「這麼多人的午膳，她倆怕是忙不過來。」

「喔。」顧馨之不會傻得以為許氏真要她去幹活……不過是怕她跟謝慎禮接觸罷了。她暗瞪了眼謝慎禮，灰溜溜走開。

自己撒的謊，只能哭著扛下去。

許氏看看四周，破舊的殿門大敞，顧馨之等人就在身後幾步外……她猶豫再三，終是主動上前，跟謝慎禮搭起話來。

談的都是顧元信的事情，謝慎禮語氣雖平淡，卻問無不答、知無不言，連那冷臉都難得的流露幾分懷念，引得顧馨之偷看了好幾眼。

沒多會兒，陸文睿也尋了過來，加入聊天行列。他比謝慎禮話多，幾句話工夫就變成了他跟許氏聊，謝慎禮只安靜的旁聽。

顧馨之倒是跟著乘機聽了不少顧爹的八卦。

出去找枯枝落葉的振虎等人陸續回來，看到謝慎禮一行，他們幾個都有些驚訝，倒也沒多問，只迅速燃起火堆，一堆在後頭烘烤衣物，一堆燃在前殿靠簷處供水菱幾人燒水熱食。

謝慎禮兩人各帶著一名近侍留在前殿，圍著篝火看她們主僕幾個折騰，順帶烤乾衣衫。

顧馨之也沒管，熱好餅、燒了水，給他們分了點。謝慎禮一行本就預料要忙活到下午，提前在路上用過了午飯，這會兒只是意思用了點。

吃過東西，眾人衣衫也烤得半乾了，那下了許久的雨終於停了。

因顧馨之堅持改期，大夥兒便收拾收拾，準備返程。

臨走前，謝慎禮指著青梧對她道：「接下來我要忙一段時間，約莫是沒有辦法親自去向顧大哥賠罪，妳若要掃墓，記得提前讓人過來知會一聲，青梧替我跑一趟。」

陸文睿也跟著指了名近侍，畢竟許氏母女上墳掃墓，外男跟著實屬不像話，但幫著打點一二還是可以的。

顧馨之福身。「兩位心意，我替家父領了。」

如是，一行便踏著泥濘返回京城。雖說顧馨之身邊有數名護衛，謝慎禮兩人依然先繞路送她回莊，再打馬回京。

顧馨之感謝都說累了，想著往後走禮多給幾分便是了。

沒等到她送禮呢，謝慎禮轉天就讓青梧跑了趟腿，送來買布巾的錢，還附帶了幾張大訂單。什麼劉府、張府、杜府的，她不認識，但謝慎禮是什麼人？他接觸的能是尋常百姓嗎？只看這些單子的量，就知非富即貴。

顧馨之大喜過望。

這時的人習慣用棉布巾擦臉、擦身，吸水性是不錯，柔軟性卻差了點，顧馨之用得很不習慣。

她上輩子是做布料的，如今手裡又有點錢，便想弄點新鮮玩意兒，打打鋪子名聲。毛巾就是很不錯的選擇，工藝簡單、成本低、家庭必備。

因此，趁著鋪子裝修，她掏錢買了織機、織娘。染料倒是不費什麼錢，畢竟只是毛巾，尋常染料都能用。

趁著連綿雨天，曬莨工作暫停，她就帶著人搓線、織布、紮染，弄出一大批毛巾。馬車裡那批，本是她打算拿去送給城裡布坊試水溫的，也不知香芹如何收拾的，塞在馬車裡就帶出去了。

如今陰差陽錯，得到幾筆大訂單，顧馨之自然開心。

清明雨還在下，曬莨工作仍得暫停。她便帶著人又做了一大批毛巾，還特地調了色，不再是大紅大綠，全走淺色系，粉紅、淺綠、月白、杏……各色各樣，加上紮染出來的暈染韻味，很是清新漂亮。

中途天氣好了幾天，她跟許氏，並謝、陸兩家僕從，去給顧元信掃墓。

謝慎禮似乎真的忙，青梧過來時還特地幫他傳了句話，說等他忙完，再約她詳談。

顧馨之莫名其妙，問青梧什麼事，他也摸不著頭腦，顧馨之便將之拋諸腦後。

忙忙碌碌，時間過得飛快，眨眼便到了三月下旬。柳霜華派人送帖過來，約顧馨之去逛金明池。

顧馨之有點懵，翻了翻原主記憶，才想起金明池是什麼地方。

金明池是皇家禁地，每年三月開放，允百姓入內觀賞遊玩。若是單提這金明池，大家還有些陌生，但若是提起瓊林宴，卻是無人不知無人不曉。

三月正是科舉放榜時，每年皇帝都要在瓊林苑宴請新科進士，再到對面的金明池遊覽觀賞。因此，每逢三月，就是金明池最熱鬧的時候。

原身在京城多年都沒去過金明池，顧馨之自然應允。

隔天，她特地裝扮一番，快馬加鞭直奔京城西郊。柳霜華一行已經在城門等著了，接了她，立馬趕往金明池。

鑽進陸家豪華馬車裡的顧馨之看看左右，詫異道：「妳怎麼沒帶妳孩子們？」遊玩啊，不都得帶孩子逛逛的嗎？

「他們還小，帶出來做甚？往後有的是機會。」

也對，就琢玉書院那名聲，估計每年都能有學生出席瓊林宴，他們柳家應當每年都要來金明池。顧馨之便不再多說，扒到窗邊看外頭，滿心雀躍。「看起來好多人啊。」

柳霜華點頭。「對啊，皇上今日要在瓊林苑擺宴咧。」

顧馨之詫異回頭。「那我們還能進去嗎？」

柳霜華不解。「為何不能？」

顧馨之看看左右，確認車裡只有自己人，方壓低聲音。「皇帝老兒不都怕刺殺、謀反什麼的嗎？」

柳霜華怔了怔，捧腹大笑，連她的丫鬟都憋紅了臉。半晌，她才終於緩過來，擦著眼淚道：「妳是不是戲本子看多了？哪有那麼容易，那禁衛軍可不是吃素的……再說，這幾年，皇上出行，都有太傅大人隨駕護衛，妳不知道嗎？」

太傅？顧馨之愣住。「妳是說，謝大人？」

柳霜華道：「當然啊。」

顧馨之更不解了。「他有那麼大能耐嗎？」

柳霜華笑了。「妳是裝不知道還是真不知道？」

顧馨之撓腮。「我就知道他少年成材來著……」

柳霜華擺手。「咱現在不提他的文才。」

顧馨之不以為意。「那也只是一個人，能頂什麼事？」

柳霜華無語。「謝太傅天生神力，又身手了得，天天跟在皇上身邊，皇上多放心啊。再者，他排兵布陣的諸葛之才，隨便點點禁軍護衛，就連隻蒼蠅都飛不進去……沒看皇上走哪兒都帶著他嗎？」

顧馨之咋舌。「合著他這太傅就是幹護衛的活啊？」

柳霜華恨鐵不成鋼。「妳要不想想辦法搬到京裡住？瞧妳這萬事不知的模樣！」她沒好氣。「謝大人剛忙完科舉事宜，怎麼到妳嘴裡成了護衛頭子了？人日理萬機，哪有空管禁衛，也就是出行的時候搭把手而已。」

怪不得這廝前些日子特地跟她說會忙一段日子。顧馨之感慨。「這允文允武的，看來也不是什麼好事啊。」

柳霜華忍不住笑。「好像也是……反正啊，咱大衍朝能人多的是，不需要妳一小女子操心皇上出行的安全！」

顧馨之忍俊不禁。「是是是，是小女子目光狹隘了！」

說話的工夫，她們的馬車便到了金明池。遊人如織，馬車壓根兒進不去。她們只得下車，走著進去。

一路過去，有各類飲食、手工藝商販，彩棚帷幕，鱗次櫛比。三兩成群的姑娘、婦人比比皆是，涼傘翠蓋，翠紅柳綠。還有遠處的鼓聲、樂聲交相應和，震耳欲聾。

偶爾還有三兩駿馬在一旁留出的小徑飛馳而過，馬上皆是腰束錦帶的禁衛。

一派盛世景況。

顧馨之眼睛都看不過來，跟著柳霜華東鑽西鑽。吃的買得少，大都是買些可愛湊趣的玩意兒。正逛得興起，池子那邊陡然響起陣陣鳴鑼擊鼓之聲，遊覽的眾人頓時騷動起來。

柳霜華眼睛一亮，拽住顧馨之，喊道：「走，表演要開始了，我們擠過去！」

顧馨之二話不說跟上去，行人也紛紛趕往池邊。

波光瀲灩的水池上，許多船隻已列位。船身五彩描畫，船上雜彩戲衫，一看便知待會兒要在船上表演節目。隔著遼闊的池面，能看到對岸金碧輝煌的大殿。兩側站滿儀仗和禁衛，想來表示皇上觀演之處。

顧馨之只看了兩眼，便將注意力放在船上。

傀儡戲、旋舞、百戲、舞旗……輪番上演，甚至還看到著軍裝的大衍水軍競演賽船。

顧馨之看得激動不已，跟著周圍觀眾喝彩拍掌，連蹦帶跳……這樣的情景，跟以前看演唱會、看體育賽事差不多，實在能帶動氣氛，除了有點累人，沒啥大問題。

等到水上表演偃旗息鼓、暫時休息時，她的嗓子都喊啞了。

柳霜華無奈，拽著她往安靜些的西邊走去。「妳怎麼跟沒見過世面的小姑娘似的？」

顧馨之啞著嗓子。「往事休要再提。」

惹得柳霜華哈哈大笑。

柳霜華對金明池是真的熟，帶著顧馨之左拐右拐，拐進一條牙道，兩旁皆是松柏，與前邊柳岸垂楊的景觀大為不同，連人也少了許多。

「走，這邊都是酒樓，咱們歇會兒吃點東西，下晌還有別的節目。」

顧馨之自然無異議。

柳霜華帶著她一路往前，直走到桔繡酒家前，當先入內，回頭解釋。「柳家每年都會在這酒家訂下包間，誰要是來金明池，直接過來便是了。」

顧馨之讚嘆這土豪作派，金明池開放一個月，就包一個月的意思嗎？

聽說是柳家來人，掌櫃笑容滿面。「擇桂閣已經有人了，夫人若是介意，老朽再給您安排一間，您看合適嗎？」

柳霜華詫異。「誰來了？」

掌櫃道：「是柳三爺。」

柳霜華眼睛一亮。「不用換了，我直接過去就成了。」

掌櫃的也不意外。「好嘞，那夫人您自便，回頭要加點什麼，儘管吩咐小二們。」

柳霜華點頭，拉著顧馨之風風火火往樓上走。

顧馨之隨口問道：「那是誰？妳的熟人嗎？」

「是我三堂哥。」柳霜華安撫她。「放心，我三哥很隨和的，跟誰都聊得來。」吃個飯而已，顧馨之自是無所謂。兩人快步上樓，沿著廊道直走到底，停在擇桂閣前。

柳霜華敲了敲門。「三哥，是我。」

裡頭隱隱約約的說話聲停下，接著廂房門從裡被打開，一書僮站在門邊，笑吟吟行禮。「二姑娘。」待看到一旁顧馨之身上，書僮面上閃過詫異，立馬行禮。「姑娘好。」

顧馨之點點頭回應。

柳霜華道：「免禮免禮，我哥呢？」

「三爺在裡頭跟——」

「好好，秋蟬帶著水菱她們去休息用膳吧，這裡不用伺候了。」柳霜華扔下一句，拉著顧馨之踏進廂房。

房間很大，甚至還分出前後廳，以屏風隔開，估計是為了考慮到出行遊玩有男有女，方便分桌行事。

顧馨之胡思亂想著，漫不經心的隨著柳霜華繞過屏風——

對上一雙沈黑深眸。

第十三章

「三哥——」柳霜華呀了聲。「謝大哥你也在這兒？」

坐在靠屏風處的，正是著寬袖常服的謝慎禮。他站起身，朝兩人拱了拱手。「陸夫人、顧姑娘。」

柳霜華回禮。「沒想到謝大哥也在，失禮了。」

顧馨之跟著福身，聲音微啞。「謝大人。」

謝慎禮頓了頓，微微頷首，主動朝身邊跟著起立的年輕人介紹道：「這位是顧姑娘。」然後轉向顧馨之。「這位是柳山長之子，名晏書，行三。他雖有進士之名，卻不曾入仕，妳喚一聲柳先生即可。」

那名年輕人，也即是柳晏書看了謝慎禮一眼，眸中帶著幾許戲謔。

顧馨之沒有察覺，只聽話的朝柳晏書福身，道：「柳先生大安。」

柳晏書微笑。「顧姑娘好，久仰大名了。」

柳霜華拉著顧馨之入座，顧馨之挨著她坐下，發現對面的謝慎禮仍直勾勾盯著自己，遂挑了挑眉。有何問題？

謝慎禮收回視線，慢吞吞掀袍落坐，完了還慢吞吞掖起袖口。

顧馨之暗啐他龜毛！

另一邊，柳霜華隨口問：「馨之又不常出門，三哥久仰什麼大名？」

柳晏書想了想。「母親對顧姑娘的字讚不絕口。」

開門的書僮送來茶具餐具，正要提壺，卻被掖好袖口的謝慎禮揮退。只見他長臂微伸，提壺，倒茶，將杯盞擱到顧馨之面前。

「這是晏書從湖州帶回來的春茶，正是適口，顧姑娘嚐嚐。」語調和緩淡然，自然得彷彿經常這般。

顧馨之心裡有點發毛。「多謝謝大人。」

謝慎禮看著她。「不嚐嚐嗎？」

顧馨之眨眼，端起茶抿了口，認真道：「還挺清新的，但我不太懂茶，也就解個渴。」

謝慎禮點頭。「妳聲音有異，是生病了？」

顧馨之老實回答。「不是，剛才太興奮，喊啞了。」

旁觀的柳霜華敲敲桌子。「謝大哥，我的茶呢？你眼裡只有馨之嗎？」

顧馨之差點嗆到。不是，姊姊，東西可以亂吃，話不能亂說啊。可以直接說謝慎禮沒禮貌，但別搭上她！

謝慎禮終於移開視線，放下壺，淡淡道：「陸夫人說笑了，夫人自有晏書照顧，何須謝某操勞？」言下之意，他只需照顧顧馨之。而且，他竟沒反駁柳霜華那句話。

顧謦之詫異極了。怎麼回事？沒事就說「顧姑娘慎言」的謝太傅，也被魂穿了嗎？

柳霜華壓根兒沒反應過來，只是好笑。「知道謝大哥要照看顧家，但這些小事就不必了吧？」

柳晏書似笑非笑的看了眼謝慎禮，挽袖提壺，給她倒了杯茶。「好了，不過是小事，為兄給妳倒便是了。」

「多謝三哥！」柳霜華頓時美了，她看看左右。「嫂子今天沒來嗎？」

柳晏書溫和道：「她約了朋友，嫌我累贅呢。」

柳霜華抿嘴樂。「怪不得你找謝大哥。」

柳晏書搖頭。「我本沒打算過來，是慎禮約我。」

柳霜華詫異不已。「我以為謝大哥今日不得空，不是還要參加瓊林宴。」

謝慎禮輕描淡寫。「我推辭了。」

柳霜華不解。「好好的，辭了做甚？若是惹皇上不快，多不好啊。」

柳晏書笑笑。「恰恰相反，皇上更喜歡慎禮這般行事。」

柳霜華蹙眉思索，片刻後問：「因為這次科舉，謝大哥是主考之一？」

柳晏書點頭。「然也。」

柳霜華有點明白了。「這是想避嫌？可以往不曾聽說主考官需要避嫌的。」

「顧姑娘，」謝慎禮突然開口。「妳認為我這般推辭，做得得當與否？」

捧著茶慢慢潤嗓子的顧馨之正聽得熱鬧，冷不防被點名，傻乎乎看向他。「啊？」

謝慎禮眸中閃過一抹笑意，溫聲又問了一遍，柳家兄妹順勢看向顧馨之。

「這，我隨便說？」見謝慎禮點點頭，顧馨之才小心翼翼接話。「那個，因為你文武雙全？」

柳霜華無語。「這算什麼理由？」

謝慎禮卻讚許。「顧姑娘果然聰慧。」

「顧姑娘慧眼如炬。」柳晏書笑著轉向柳霜華，解釋道：「慎禮是正兒八經科舉出身不錯，身居太傅，兼任科舉主考官是理所當然。但慎禮在軍中數年，戰功赫赫，威名遠揚，遠比他文名高遠，倘若他再把這批新進進士抓在手裡……那真就是文武雙全了。」

當然，此「文武雙全」，非彼「文武雙全」。

「竟是這樣嗎？」柳霜華頓悟，繼而一陣後怕，看向顧馨之的眼神也不太一樣了。「妳竟然能想到這些。」

顧馨之眨眨眼。「話本上都這樣寫啊。」當然，她看的是現代版話本。

柳霜華信了。「我沒見過這樣的話本，妳看的是哪些，也借我看看。」

顧馨之瞄了眼對面的謝慎禮，心虛道：「我也不記得是在哪本書上了……可能是在謝家看的，哪裡拿得出來啊？」希望謝大人不要多嘴。

她心虛不已，下意識捧起茶盞抿了口——唔？沒了？

對面的謝慎禮突然伸掌，懸在她面前。

顧馨之正緊張呢，見狀，捧著茶盞往後縮，戒備的看著他。「怎麼了？」

連準備說話的柳霜華也愣了下。

謝慎禮神色不動，示意道：「茶。」

「哦。」顧馨之眨眨眼，乖乖把茶盞遞過去，放到他掌心，指節滑過那寬厚掌心，帶出一絲幾不可察的溫熱。她頓了頓，飛快收回手。

謝慎禮挽袖提壺，滿上後，才把茶盞推回給她。

「謝謝。」顧馨之迅速端起來喝兩口。這老古板今天幹麼這麼反常？無事獻殷勤，非奸即盜，得防著。

柳霜華看得愣愣的，倒是柳晏書掃了眼謝慎禮，卻也不說話。

因這一小插曲，柳霜華忘了要說什麼，只道：「看來還是我看的書太少。」

柳晏書極為認同。「妳偏喜歡那些傷春悲秋的詩文，沒看過也正常。」

「三哥你別拆我臺。」

柳晏書笑笑的看向顧馨之。「顧姑娘不光字寫得好，還博覽群書。」

顧馨之心道，對啊對啊，博覽網路上晉江諸多小說。面上則造作微笑。「過譽了，不過是平日無事，看看閒書打發時間罷了，比不過你們。」

謝慎禮若有所思的看著她。

柳晏書嘆氣。「如今見到妳，倒真覺得慎禮當初的決定錯了，妳跟謝……是謝家配不上妳。」

顧馨之愣了下。

柳霜華也連連點頭，同時怒瞪謝慎禮。「我也覺得！」

謝慎禮卻搖頭。「此言差矣。」

顧馨之眯眼。「謝大人這是何意？」是不是賊心不死，還想撮合她跟謝宏毅？

謝慎禮卻不再多說，換了個話題。「顧姑娘有何忌口之物嗎？」

顧馨之道：「沒有。」

謝慎禮頷首。「甚好。」

顧馨之迷糊了。

謝慎禮已然轉頭跟柳晏書說起話。「先生那邊，得勞你多幫我美言幾句了。」

柳晏書收起笑容。「怕是不好說。」

「知道，欠你一份人情。」

柳晏書再次確認。「你真確定了？」

謝慎禮點頭。

柳晏書嘆了口氣。「行吧。」

柳霜華不解。「你們在打什麼啞謎？」

顧馨之也好奇的看著他們。

柳晏書溫聲拒絕。「是慎禮的私事。」

「哦。」柳霜華果真不問了。

柳晏書兩人也轉了話題，聊起這次科舉。不是聊題，是聊這批新科進士。琢玉書院今年考中八個，謝慎禮向柳晏書詢問這幾人的情況，從性情到文章，再到出身，不一而論。

柳晏書也一一作答。

等到小二敲門上菜時，謝慎禮最後說了句。「大致了解了，回頭看看行事如何，再來安排。」

柳晏書搖頭。「你連瓊林宴都避嫌，怎麼反倒要提攜書院之人？這事你別沾了。」

「這點倒是無妨，畢竟同個書院出來，脫不開先生與我的關係，我也不會做太多，該他們得的，不讓人搶了去就行。」

柳晏書感慨。「這點於常人已是極難了。」

謝慎禮不以為意。「於我不過舉手之勞。」

柳晏書舉杯。「替他們謝你這位師兄了。」

謝慎禮跟著舉了舉杯。

旁聽的顧馨之對謝慎禮的權力地位又多了一層新的認識。

不過，與她無關。當務之急，是要填飽五臟廟。她大清早就趕來京城，又在金明池逛了半天，早就餓壞了。

桌上擺著點心盤，是蜜餞瓜條和糖炒花生。她方才嗓子喊疼了，怕這兩樣太甜，膩著嗓子，便不敢吃。但她跟柳霜華進來後，也沒見人去加菜，她有點擔心……柳家捨得包一個月包廂，不至於讓客人吃不飽吧？

帶著這般猜測，她便目光炯炯的盯著小二上菜。

醬菜是桂花醬芥，然後是鹽水牛肉、陳皮兔肉、松鼠鱖魚、滑溜鴨脯、炸鵪鶉，素菜有油燜鮮蘑、素炒冬筍、上湯白菜，湯是罐煨山雞絲燕窩，還有芸豆卷和菊花佛手酥。一桌子滿滿當當，再來兩個人也夠吃的。

顧馨之震驚，看了眼正說話的謝慎禮兩人，壓低聲音問柳霜華。「姊姊，柳家這麼闊的嗎？」

柳霜華搖頭，然後扭頭問：「三哥，你們有客人？」

柳晏書不解。「沒有，怎麼了？」

柳霜華指了指桌上。「怎的這般隆重？」

柳晏書一掃，了然，道：「就是招待妳們的。文睿早早跟我說了妳們今日要逛金明池，想著妳們肯定是要來用膳，慎禮便點了席面。」

顧馨之兩人連忙道謝。

謝慎禮搖頭。「倒是我疏忽了，想不到顧姑娘這般……激動，連嗓子都喊傷了。」視線一掃，嘆道：「有幾道菜不合適了。」說著，他挽起寬袖，長臂一伸，將顧馨之面前的炸鵪鶉端走，放到離她最遠的地方。想了想，猶覺不足，又將松鼠鱖魚、菊花佛手酥換了個位置。

顧馨之懂了，謝慎禮是逼婚不成，打算走慈祥長輩人設。唉，看著挺年輕的，沒想到長了顆爹心。

顧馨之淡定了，柳霜華卻不淡定。她既吃驚又好笑。「謝大哥，你什麼時候這般照顧人了？」

謝慎禮慢悠悠答道：「這便算照顧了？不過抬抬手的工夫。」

確實也是如此，但由他做來，便是不妥。

柳晏書扔給他一個眼神，個中含意，約莫只有謝慎禮能懂。

謝慎禮眉眼不動，只問：「都不吃嗎？」

「吃，吃，怎麼不吃了？」柳霜華扶筷。「難得謝大哥作東，必須要吃。」

柳晏書更不客氣，直接給她挾了炸鵪鶉，揶揄道：「顧姑娘不能吃，妳卻是能吃的。」

柳霜華大笑。「對對對，我可以吃。」

謝慎禮沒搭理他們，只看著顧馨之，溫聲道：「無須拘謹。」

顧馨之暗忖，這謝太傅還挺入戲的啊。她扶起筷，笑道：「不會，我臉皮厚。」

柳霜華噗哧。「吃個飯，要什麼臉皮？」

的。」

顧馨之道：「有一種人極為要臉，生怕吃相難看、吃得太多，遭人笑話，吃飯都會端著

柳霜華吃驚。「真有這種人？」

顧馨之隨口道：「挺多的吧。」

柳霜華有點明白了。「不是說能吃是福嗎？」

謝慎禮看她們光說不動筷，略有些無奈。「知道了知道了，食不言寢不語嘛。」

柳霜華嘆氣。「不如，先用飯？」

謝慎禮頷首。「正該如此。」

柳霜華小聲說：「我爹都沒你講規矩。」

謝慎禮沒搭理她，看向顧馨之。

顧馨之心裡腹誹，吃飯不說話，還吃什麼飯？怪不得單身到現在！

但她不會在這種場合下他的面子，這人再怎樣，對她確實挺好的。因此，她乖乖拿筷端碗，扒了口飯。

一頓飯下來，除了柳霜華低聲給顧馨之介紹哪個菜好吃，餘下時間，真的是安安靜靜。

好在顧馨之有強大內心，半點沒被影響，就著這桌子菜吃了四碗飯。第三次要添飯的時候，幾個人都看過來，伺候的書僮也有些躊躇。

柳霜華吃驚不已。「妳還添啊？」

顧馨之看看手裡袖珍的小碗，再看他們，不解。「這一碗飯還不夠幾口的，吃三、四碗也挺正常的吧？」再抬頭，看向放在一旁盛米飯的小木桶。「是不是不夠米飯了？」

柳霜華一愣。「那倒不是。」

謝慎禮冷冷掃了眼伺候的書僮，聲音溫和。「不夠了再讓廚房送，不用擔心。」

那書僮打了個激靈，迅速接過顧馨之手裡的碗，添上滿滿一碗後，恭敬遞回給她。

顧馨之滿意不已，還招呼其他幾人。「都快吃啊，這家店的菜好吃，涼了就浪費了。」

謝慎禮頷首。「喜歡就多吃點。」頓了頓，又道：「也別吃太撐，待會兒還可以去瓊林苑那邊看百戲。」

顧馨之詫異。「皇上在那邊，我們也能過去看嗎？」

「自然，不過，妳們只能在圍牆外邊觀看，視線會差些，還得隨著戲幕移動。」

顧馨之高興了。「那也行。怎麼看不是看呢。」

謝慎禮看著她彎起的眉眼，輕「嗯」了聲，柳霜華不禁疑惑的看他一眼。

柳晏書挾了一筷子菜放進她碗裡，道：「妳也多吃點，帶小三兒很累吧，妳都瘦了。」

柳霜華被拽回思緒，道：「沒有，我還胖了點呢，可不敢多吃。」

接下來又是安靜用餐。

飯畢，撤盞上茶。

柳晏書端著茶盞與謝慎禮閒聊。「你推了瓊林宴，待會兒直接回去嗎？」

謝慎禮抿了口茶，慢條斯理道：「還不行，應了劉大人，晚些時候一起回京。」

柳晏書啞然。「他這禁衛統領可真是……」

顧馨之聽出意思，下意識打量謝慎禮。寬袖長袍，顏色莊重，但，看起來就不那麼方便行動啊。

謝慎禮察覺了，側頭看她。「怎麼了？」

顧馨之眨眨眼，看看左右，壓低聲音。「謝大人，你是要護衛皇上回宮嗎？」

謝慎禮跟著放輕聲音。「算不上，只是陪皇上聊聊天，解解悶。」

那就是了。顧馨之朝他豎起拇指。「謝大人真會說話。」

謝慎禮微微勾起唇角。「過譽。」

顧馨之看見了這微笑，差點吹口哨，好險在最後一刻停住。但口哨吹不成，調戲之心卻不死。眼看那抹笑意轉瞬即逝，她忍不住道：「謝大人該多笑的。」

謝慎禮挑眉。「哦？」

顧馨之繼續道：「你長得這麼好看，就該多笑，親和點，這樣才好討媳婦，我也能早日有個嬸子——」

「噗——咳咳咳咳！」柳晏書嗆得驚天動地。

柳霜華唬了一跳。「三哥你怎麼了？」

柳晏書邊咳邊道：「沒事，咳咳，你們，咳，繼續，咳咳。」雖然形容狼狽，面上卻是不加掩飾的幸災樂禍。

謝慎禮冷冷掃他一眼，看向顧馨之，慢聲問道：「我平日還算溫和有禮吧？」

顧馨之覺得柳晏書的言行有點奇怪，但也沒多想，聞言收回視線，回憶了下，老實道：「是挺有禮貌的。」就是，太有禮了。

謝慎禮又問：「妳覺得我討不著媳婦，是因為不笑？」

顧馨之接不上話，只能道：「謝大人，我只是開個玩笑。」

謝慎禮微微頷首。「我知道了。」

顧馨之懵了。他知道什麼？

柳霜華看看她，再看看謝慎禮，若有所思。

柳晏書已經緩過勁來，笑吟吟道：「謝大人，任重道遠啊。」

謝慎禮瞟他一眼，舉了舉茶盞，權作回應。

顧馨之心中狐疑，總覺得這兩人話中有話。

不等她多想，謝慎禮當先起身。「歇夠了，走吧。」

顧馨之詫異抬頭，柳霜華也不解的看著他。

謝慎禮慢聲提醒。「不是要去瓊林苑觀百戲嗎？時間差不多了。」

柳霜華訝異。「謝大哥也一起去嗎？」

謝慎禮慢條斯理撣了撣袖口衣襬，再次恢復平日的端肅齊整，聲音倒是溫和。「嗯，本就要過去那邊，陪妳們走一趟。」

柳霜華了然。「那三哥也去嗎？」

謝慎禮跟著望過去，眼裡透著幾分威脅。

柳晏書到嘴的拒絕只得嚥下去，無奈，一語雙關道：「去，當然要去，往後可沒有這樣的熱鬧可看了。」

柳霜華跟著點頭。「確實。一年就一次呢。」

柳晏書但笑不語。

他要同行，顧馨之更是無所謂。一行四人踏出廂房，柳霜華並顧馨之的丫鬟忙跟上來。

謝慎禮一掃，微微皺眉，問顧馨之。「妳只帶了兩個丫鬟出門？」

顧馨之搖頭。「當然不，振虎他們看著車馬啊。」

柳霜華笑道：「難不成在金明池還怕出事？沒看我只帶了一個嗎？」

謝慎禮便不再多說，當下踏出酒樓。

第十四章

這條路多是酒家食肆，此時正值飯點，遊人比她們剛來時多了不少，不少都是帶了丫鬟奴僕的公子姑娘。路不算寬，人又多，他們一行走著走著，便慢慢錯開。

柳晏書護著柳霜華走在前頭，防著旁人衝撞了她。顧馨之走在後頭，旁邊是慢步輕踱的謝慎禮。

她看了眼他端在腹前的右手，一副文質彬彬的模樣。方才在飯桌上就想問的問題再次冒出來。「謝大人。」

謝慎禮微微低頭。「嗯？」

顧馨之愣了下。這人長得高，自己僅到他肩膀處。他這般低頭，倒也沒錯，就是……有點奇怪。她扔掉詭異思緒，問出心中疑惑。「你穿成這樣，方便行動嗎？萬一遇到什麼事，打架是不是會跟跳舞似的。」

謝慎禮倒也沒有不悅，只道：「並不會。」

真的嗎？顧馨之的神情如是道。

謝慎禮莞爾，想了想，虛攏在身前的右手突然抬起，越過她頭頂，在路邊松樹伸出來的枝椏上一折。顧馨之只聽得一聲脆響，下一刻，他收回去的手上已多了截松枝。

謝慎禮捏著松枝，一邊走，一邊慢條斯理的摘去枝上松針。

顧馨之好奇的盯著看。手指修長、骨節分明……是雙適合握筆的手，擱現代，還能彈鋼琴。

謝慎禮終於摘乾淨松針，略掃了眼，將手臂長的細枝舉到顧馨之面前，慢吞吞道：「看清楚了。」

顧馨之立馬緊盯他指間細枝。沒了松針，不就一普通細枝幹嗎？

謝慎禮停下步伐，隨手一扔。

顧馨之一錯眼，他手裡的細枝已然不見，她立馬跟著停下，瞪大眼睛。「哪兒去了？」

杏眸圓睜的模樣，與平日的狡黠機敏大相徑庭，看著傻憨憨的。

謝慎禮微微勾唇，指了指路邊。

顧馨之忙探頭去看，方才那根脫了松針的細枝，正顫巍巍插在泥地裡，只露出一指長的尾巴。顧馨之不敢置信，兩步奔過去，蹲下，試圖將那細枝拔起。

謝慎禮好整以暇等在旁邊。

顧馨之拔了半天，沒拔出來，便開始去摳泥。但金明池一年就開一個月，又要接御駕，底下官員哪敢馬虎，這泥地被夯得實實的，摳了幾下也摳不出來。

謝慎禮就看到她蹲在那裡刨土，哭笑不得，俯身隔著衣衫握住她手腕。「別挖，髒。」

顧馨之眼睛猶自盯著那細枝。「我不信，都插進去了……你是不是作弊了，樹枝是不是被你偷梁換柱了？那是特地製作的尖頭細箭是吧？」

謝慎禮把她拉起來後便鬆開，退後一步，解釋道：「沒有，就是松枝。我天生神力，尋常物件都能當作武器，所以，這長衫寬袖，並不會太過影響我。」

顧馨之以為她穿越的是古代種田世界，其實，是武俠世界嗎？什麼神力，那一定是內力吧！是吧是吧！她目光灼灼的盯著謝慎禮。「謝大人，收徒弟嗎？」

謝慎禮不明所以。

顧馨之做了個扔飛鏢的姿勢，道：「我想學這個……摘葉飛花皆可傷人的武功！」她信誓旦旦。「你放心，我很能吃苦的！」

謝慎禮神色複雜的看著她。

顧馨之笑嘻嘻。「練不到你這種程度，有一半也行啊。」

謝慎禮認真道：「妳當真想習武？」

他一認真，顧馨之就玩不下去了，連忙擺手。「不不不，我就是開個玩笑，我只是條鹹魚，別搞我。」

謝慎禮愣住。「鹹魚何解？」

顧馨之歪頭想了想，答道：「就是取閒字的諧音，富貴閒人的閒，意思就是說，我毫無理想，不想努力，只想躺著當閒人。」

謝慎禮無語。「行。」

不等她問，前邊的柳家兄妹發現他們停下了，柳霜華直接大喊：「馨之，怎麼了？」

顧馨之「哎喲」一聲，轉身回話。「沒事，這就走。」然後招呼謝慎禮。「走了走了。」

謝慎禮信步跟上。

前頭的柳霜華只道是個意外，也放心的繼續往前。倒是柳晏書似笑非笑的看了謝慎禮，見他一臉淡定，宛若未覺，柳晏書暗嘖了聲，轉回頭去。

顧馨之半點沒發現這兩人的貓膩，腦子裡還琢磨著方才那細枝。

「在想什麼？」微沈的嗓音在身側響起。

顧馨之頭也不抬。「在想你——」

謝慎禮沈默了。

顧馨之等了會兒才慢慢抬頭，發現他定定的看著自己，好心的補上後半句。「……的力氣和武功。」

謝慎禮臉都黑了，顧馨之登時笑得打跌，因顧及周圍人多，只得盡力忍著，直把自己憋得渾身顫抖。

謝慎禮一時不知如何應對，只沈默的放慢腳步，隨著她慢慢往前挪——明明只是很小的言語捉弄，她也能笑得宛如偷了腥的小狐狸，一副孩童心性。但她分明聰慧過人，處事又老練周到……當真矛盾。

跟在後頭的蒼梧看得清楚、聽得分明，心裡幾要苦出膽汁，想到那護衛院的茅房，又把膽汁塞回去。他這邊分心胡思亂想，等身後突然鑽出一人，直撲前頭的主子時，登時嚇得魂飛魄散。

未等他提醒，前邊的謝慎禮宛如後腦長了眼，身形一晃，同時甩出寬袖，將身邊猶在發笑的顧馨之輕輕一推，送至道旁松木下，同時寬袖到位，擋在其身後助其站穩。

突然位移的顧馨之一臉懵的瞪著謝慎禮背影。「怎麼了？」

背對著她的謝慎禮看清怎麼回事後，緊繃的肌肉慢慢放鬆，右手虛攏回腹前，溫聲道：「無事。虛驚一場。」

蒼梧疾奔過來。「主子，奴才失職——」

謝慎禮擺擺手。

還有些沒反應過來的水菱、香芹湊過來。「姑娘？」

顧馨之搖頭。「沒事。」

「謝大哥！」清脆女聲突然響起，帶著幾分撒嬌之意。「你動作還是這麼快，我差點就摔倒了。」

「鍾姑娘。」謝慎禮聲音轉淡。「別來無恙。」

姑娘家？有八卦！顧馨之眼睛一亮，繞過謝慎遠，循聲望去。

一名鵝黃短衫、淺綠長裙的姑娘俏生生站在幾步外，朱唇粉面，豔若桃李，漂亮得令顧馨之都呆了呆——要知道，在現代有網路加持，什麼美女沒見過？

那豔麗姑娘看到謝慎禮身後突然冒出名姑娘，愣了愣，下意識問道：「這位姑娘是？」

謝慎禮沒回答她，轉向顧馨之，介紹道：「這位是琢玉書院鍾先生的小女兒。」再轉回去，聲音轉淡道：「這位是顧家姑娘。」

介紹人的時候，大都會按照尊卑親近排個順序，謝慎禮先朝她介紹這位鍾姑娘，說明這姑娘並沒有太高的地位……顧馨之心思急轉，面上仍揚起笑容，福身。「鍾姑娘日安。」

鍾姑娘沒回禮，仔細打量她，然後扭頭皺眉問謝慎禮。「哪個顧家？我為何沒印象？」

禮貌呢！不是書院先生的女兒嗎？顧馨之不作聲，默默看戲。

謝慎禮眸中閃過冷意，語帶譴責。「天下姓顧的人家如此多，連掌管戶籍的戶部也不能盡知盡識。鍾姑娘沒印象，又有何問題？」

鍾姑娘不高興的噘起嘴。「你又凶我，待我回去稟告爹爹！」

謝慎禮淡聲。「鍾姑娘隨意。」

鍾姑娘似乎早已習慣，輕哼一聲，轉而又欣喜的看著他。「我昨兒剛回來，聽說皇上設瓊林宴，我就知道你會在這兒！求了爹爹好久，他才讓我出來的……對了，我給你帶了許多東西，明兒我讓人給你送府裡去吧？」

顧馨之心嘆，哇，如此大膽，謝太傅還不得來一句「於禮不合」？

果然，眉眼半斂的謝慎禮淡聲拒絕。「於禮不合，鍾姑娘莫做出這等讓人誤會之事。」

那鍾姑娘臉上難過，上前一步，咬唇道：「謝大哥……」

謝慎禮立馬退後一大步，微微皺眉。「男女授受不親，鍾姑娘請自重。」

鍾姑娘的眼睛都紅了。「我為了你被爹爹訓斥，扔到那又窮又無聊的麟州大半年，你——」

謝慎禮冷聲打斷她，話說得很重。「鍾姑娘若是再胡言亂語，謝某便要讓人將姑娘帶回鍾家，問問鍾家是如何教女兒的了。」

鍾姑娘泫然欲泣。「你好狠的心啊……」

謝慎禮漠然，甚至打算轉身離開。顧馨之發現，一把拽住他衣袖。

他垂眸看她，顧馨之朝那鍾姑娘努了努嘴，壓低聲音。「就這樣不管啊？」

幾人容貌皆是不俗，站在道邊說話，自然引人注目，眼看美女落淚，便有人朝這邊指指點點，其中幾名青年正驚豔又憐惜的看著她呢。

謝慎禮的視線在顧馨之那帶著些微潤澤的櫻桃粉唇上停留一瞬，道：「無——」

「你們究竟怎麼回事——」折返回來的柳霜華頓了頓，隨即笑容略收了些，朝著抹淚的鍾姑娘道：「是曉玥啊，什麼時候回來的？怎麼沒聽說。」

見有人管了，顧馨之便放開手中布料。

謝慎禮掃了眼袖襬上被抓出來的幾絲褶痕，想了想，任由其留在上頭。

另一邊，被喚作曉玥的鍾姑娘愣了下，紅著眼眶行禮。「霜華姊姊、柳三哥。」

她身後兩名丫鬟跟著福身行禮。

緩步過來的柳晏書溫和道：「鍾姑娘。」打完招呼，他意味深長的看了眼謝慎禮，謝慎禮卻連眼神都懶得給他一個。

柳霜華看看左右，皺眉。「妳一個人嗎？」

「對啊。」鍾曉玥憶及方才柳霜華的問話，她快步過去，一把挽住柳霜華的胳膊，道：「我一個人好生無聊，跟你們一起走吧。」

柳霜華不自在的掙脫她，委婉道：「我今兒是跟朋友一起的，妳不認識，估計也聊不上來……金明池還算安全，妳帶著丫鬟，亦是無妨。」

鍾曉玥嘟嘴，美眸一轉，看到顧馨之，立馬問：「妳是說顧姑娘嗎？」

柳霜華點頭。「對。」

「我現在認識了，我可以跟你們一起走了。」

看熱鬧的顧馨之笑笑。姑娘，妳連招呼都沒跟我打呢。

柳霜華也有點不耐了。「曉玥別鬧了——」頓了頓，她扭頭就攆謝慎禮。「謝大哥，你不是要去當差嗎？趕緊去吧。」

顧馨之眨眨眼，噗哧一聲笑了。柳霜華真是一擊即中，把謝慎禮趕走，這鍾姑娘可不就不跟了嘛。

謝慎禮聽到這聲笑，眼底閃過一抹無奈。

不光他聽到，那鍾曉玥也聽到了，美眸掃過來。「妳笑什麼？」

顧馨之眨眨眼。「啊？我想笑就笑了唄。」

鍾曉玥猶自泛紅的美眸瞪著她。

謝慎禮眸色微沈，正要說話。鍾曉玥已然轉回去，委屈的對柳霜華說：「我的好姊姊，妳就帶上我吧，我一個人在麟州待了大半年，難過極了……」

軟聲嬌語，又是多年相識，柳霜華有點心軟了，便詢問般看向顧馨之。

顧馨之自然無所謂，遂點頭。

柳霜華這才鬆了口。「行吧行吧，我們現在要去西岸賞百戲，妳去不去？」

「去去去。」鍾曉玥一掃委屈，欣喜道：「我也想看百戲。」

「那走吧。」

鍾曉玥歡喜的看了謝慎禮，摟住柳霜華胳膊，開心的往前走。柳晏書也看了眼謝慎禮，抬腳跟上。

顧馨之沒錯過這兩人的眼神，嘖了聲，扭頭看謝慎禮，他也正好垂眸看她。

顧馨之愣了愣，努嘴。「你還不趕緊跟上去？」

「跟誰？」

顧馨之擠眉弄眼。「前頭的鍾姑娘啊。」

「她不是跟陸夫人一道嗎？」謝慎禮臉色不變。看了眼前邊，問道：「要不要與她們分開走？」

「為什麼要分開？」顧馨之莫名其妙。想了一下，才恍然道：「哦，我剛才沒生氣，就是個小姑娘，犯不著。」

謝慎禮心想，她才多大，老氣橫秋的。

顧馨之一看。「哎喲，她們都走那麼遠了，走走走！」

謝慎禮只得無奈跟上。

走沒幾步，前頭的鍾曉玥回頭找人，看到慢步跟在後頭的謝慎禮，便眉目帶笑，眼角一掃，發現他身邊竟站著顧馨之，頓時愣住，停下腳步。

被挽住胳膊的柳霜華只得跟著停步。「怎麼了？」

鍾曉玥卻沒搭理她，驚疑不定的視線在謝慎禮、顧馨之兩人身上來回打轉。

這麼會兒工夫，謝慎禮兩人也走到了跟前。

鍾曉玥鬆開柳霜華，愣愣問道：「欸，妳……妳叫什麼名字？」

顧馨之挑眉。「妳不是說認識我了嗎？」

鍾曉玥瞪她，聲音轉厲。「妳為何貼著謝大哥？妳不知道他不喜歡旁人靠近嗎？」

顧馨之下意識看了眼自己與謝慎禮之間——足足有兩個巴掌寬，哪來的貼著？她沒好氣的開口。「妳瞎了嗎？這麼大一條楚河漢界，看不見嗎？」嫉妒的人果真是沒有理智的。

前邊跟著停下的柳晏書又想笑了，收到謝慎禮警告的視線，才堪堪憋住。

柳霜華沒注意，只是沈下臉。「曉玥，妳要是再胡鬧就自己玩去。」
鍾曉玥生氣。「我哪裡胡鬧了？她纏著謝大哥——」
謝慎禮打斷她。「鍾姑娘，我如何行事，與妳無關。」
鍾曉玥不滿。「謝大哥，我知道你向來講規矩，肯定是她不懷好意——」
謝慎禮神色微冷。「鍾姑娘，倘若妳還沒有反省過來，我會建議鍾先生，盡快在麟州為妳擇一親事。」
鍾曉玥大驚，再次紅了眼眶。「不要！你不能這樣對我！你明知道我心裡只有——」
謝慎禮打斷她，索性直接道：「鍾姑娘慎言。我將要訂親，這些失禮之語切莫再提。」
顧馨之、柳霜華齊齊詫問。「你要訂親了？」
鍾曉玥更是震驚。「是誰？」
謝慎禮淡聲道：「我想，這與妳並無干係。」
言辭拒絕，都不如這訂親消息來得震撼。飽受刺激的鍾曉玥哭著跑走了。
顧馨之收回視線，嘖嘖兩聲，感慨道：「禍水啊。」
柳晏書贊同點頭。「確實。」
柳霜華倒是好奇不已。「謝大哥你要訂親了？怎麼一點風聲都沒有？是不是上回大伯父壽宴定下來的？」
謝慎禮想了想。「算是。」

柳晏書背著手，含笑看戲。

柳霜華接著問：「我就知道……是哪家姑娘啊？」

顧馨之也眼巴巴看著，等著聽第一手消息。

謝慎禮視線不經意般掃過她那無知無覺的神色，暗嘆了口氣，道：「過段時間再說吧，現在為時尚早。」

柳霜華道：「啊？」

顧馨之摸了摸下巴。「這麼說，謝大人還沒俘獲美人芳心？」

謝慎禮沈默。他也想知道。

顧馨之又追問。「真不能說嗎？好好奇喔。」究竟是誰摘下這朵高嶺之花啊？

謝慎禮想了想。「她非常……健忘。」前腳說與叔叔情難自禁，後腳就忘到腦後。

顧馨之驚訝不已，委婉道：「健忘的，是不是大都比較單純？你喜歡這樣的啊……還真沒看出來。」

謝慎禮挑眉。「誰說她單純了？」都敢拿手指勾引叔叔了，還單純？他嘴角微勾。「若非有些不莊重，熱情如火更適合她。」

「熱情如火？」顧馨之頓時來勁了，她看看左右，壓低聲音，八卦兮兮。「是我想的那樣嗎？誰主動？」

謝慎禮淡淡答道：「她。」

顧馨之道：「哇！」聽起來就好刺激啊！

知悉內情的柳晏書忍不住想，自己究竟聽到了什麼？他會不會被滅口！

顧馨之卻突然反應過來，斜睨謝慎禮。「你逗我玩呢？」

謝慎禮不解。「何以見得？」

顧馨之輕哼。「方才你還說沒有俘獲美人心呢，美人怎麼可能對你熱情主動？」

謝慎禮沈默片刻，才道：「許是因為我長得好？」

顧馨之有點不敢置信，盯著他沈靜的臉看了半晌，緩緩道：「謝大人，我沒想到你……還挺自戀的。」

謝慎禮坦然接受。「顧姑娘過譽。」

顧馨之嘖聲。「我並沒有表揚你的意思！」

謝慎禮沈靜頷首。「嗯。」

顧馨之彷彿一拳頭打在棉花上，很是無力。

柳晏書暗暗好笑，適時插話道：「好像聽見前邊百戲開場了，有什麼事回頭再說吧。」

這話題便擱下不提。

一行人再度往前，走沒幾步，就拐出松柏道，重回楊柳垂岸的金明池畔。沒了那些酒樓食肆的遮擋，喧囂撲面而來，遊人如織、熙熙攘攘，幾乎都是前往西岸的人潮。

謝慎禮皺了皺眉，停下腳步。

方才一番插曲，他們四人走出松柏道時是倒了個順序，謝慎禮並顧馨之在前頭。因此，他一停，其餘三人便跟著停下。

「往年的金明池有如此多人嗎？」柳晏書也很是詫異。因太吵，他還特地提了音量，問柳霜華。

這裡就柳霜華年年遊玩金明池。

謝慎禮前兩年才回京城，平日也忙得分身乏術，壓根兒沒來過金明池。柳晏書則是對這些吵鬧的活動不感興趣，向來都是在外圍繞一圈，今兒反倒是第一回進裡頭。

柳霜華忍不住笑。「對啊，一年就這麼一次呢，誰不想沾沾天子的龍氣、新科進士們的文氣。」

顧馨之不介意，甚至有點興奮。「人多熱鬧啊……快走啊，這麼多人，等會兒找不到好位置了！」

柳霜華也巴巴等著，謝慎禮與柳晏書對視一眼，均有些無奈。兩個姑娘都不嫌棄，他們只得捨命陪君子了。

一行人匯入人潮，柳霜華仗著自己來過，興沖沖走在前頭，柳晏書緊跟在旁，護著她不讓旁人靠近。

顧馨之也在四處張望，眼睛都快看不過來了，也就沒注意，謝慎禮依舊走在她身側，偶有行人擠進道路裡側，從顧馨之另一邊擦過，都被他不經意般拂袖推開。

人太多，擦撞在所難免。行人注意力都在前邊喝彩不斷的百戲上，以為自己碰了誰，有些甚至還會隨口來句抱歉。顧馨之毫無所覺，她甚至想，這時代的人還滿有水準的，都不會擠人，路過都要說聲抱歉失禮。

如是這般，隨著人潮慢慢前移，他們終於來到金明池西岸。

鑼鼓喧囂，累珠妙曲。岸邊彩棚連綿，湖上彩舫成片。遠遠望去，湖對岸的水榭高臺清晰可見，甚至能看到臺上閒坐的官員、進士，水榭周邊全是手持長槍的禁衛。

他們來得有些晚，正對著水榭的臨湖佳位都被擠得滿滿當當的。所幸幾人也不挑，順著人流直走到金明池最西側。這邊人也多，卻總比前面好點，好歹能擠出幾個位置，當然，丫鬟、僕從們是萬萬擠不進來，只蒼梧例外。

他背後還揹著個大布包，一點都沒影響他在人群裡移動，一直緊跟謝慎禮。顧馨之暗忖謝太傅這侍從，好生盡責。

念頭一閃而過，注意力很快轉回湖面。

湖上剛賽完舟，喝彩聲、歡呼聲剛剛停歇，彩舟畫舫重新布陣。很快，布陣完畢的彩舟上，著索利短打、膀大腰圓的漢子開始耍雜技，竹竿頂碗、搶碗、舞大旗、攀高枝……

顧馨之不甚感興趣，轉頭去盯水榭。細看之下，竟然在人群中發現影影綽綽的明黃色身影，立馬驚嘆出聲。「哇，還真能看到皇上啊？」

謝慎禮解釋。「那是臨水殿，此次瓊林宴就設在那邊，一是臨水景觀好，二是能欣賞水上百戲。」

顧馨之「哦」了聲，後知後覺的發現，謝慎禮低著頭跟她說話，輕淺的氣息拂過後頸，隱隱透著股曖昧。

顧馨之微微挪開視線，假裝看湖對岸。周圍真的太吵了，為了說話，也是正常。她這般想著，心裡卻覺得有幾分不自在。

然後，低著頭的謝慎禮便發現，那半掩在鬢髮間的小巧耳朵突然漫上紅暈，他愣了愣，心情瞬間變得大好。忍不住的，開始主動給她介紹。「這邊的百戲與上午的不同，上午大都是民間戲班子，現在湖上這片，今年應當是輪到東營的水軍獻演……」

語速不疾不徐，語調平淡自然，配上那把微沈的嗓音，入耳極為舒服。

顧馨之下意識抬頭。

謝慎禮察覺，看著她眼睛。「怎麼了？」

顧馨之眨眨眼，搖頭。「沒事。」說完立即扭回頭去。

謝慎禮掃了眼她通紅的耳朵尖，心情愉悅。「那我繼續？」

「嗯。」顧馨之不知為何有點尷尬，胡亂找了個話題。「怎麼是軍士獻演？為什麼不讓專業的人來？」剛剛結束的划龍舟還好說，這會兒都要雜技了，哪個不需要時間練習？這些士兵們在軍營就練這個嗎？

謝慎禮低聲解釋。「兵部要向皇上和百姓展現水軍的實力，揚我大衍國威。」

顧馨之了然。「懂了，閱兵。」

謝慎禮微微勾唇。「嗯，真聰明。」

幾句話工夫，顧馨之已經丟掉那絲不自在，聞言白了他一眼。「你都解釋得這般清楚，我要是聽不懂那才糟糕。」不等謝慎禮說話，她湊過去，稍稍壓低聲音。「但這樣軍演，是不是……有點兒戲？」

謝慎禮眸底閃過一抹意外。「何出此言？」

顧馨之沒發現自己的腦袋已經快貼上他下頜，再往前一步，便會偎進他懷裡。她只看著水上那些雜技表演，道：「把兵士當耍猴的，能練出什麼勁兒？這跟街上雜耍有何分別？要軍演，就演一些能展現力量、氣勢的啊。」

謝慎禮這回是真詫異了。他想了想，透露幾分。「這些是先帝折騰出來的玩意兒，皇上前幾年顧著穩固朝政，並沒有精力多管……今年會是最後一年。」

顧馨之大驚，她很喜歡這種熱鬧，明年還想來玩來著。急忙問道：「要關閉金明池？」

謝慎禮聽出她言下之意，莞爾道：「不是，是要改掉這些浮華之風。」

顧馨之眨眨眼。「皇上聽著挺靠譜的啊……」

謝慎禮一頓，略帶警惕的掃視四周。顧馨之見狀忙捂住嘴，小聲道：「我是不是不能隨便說皇上？」

謝慎禮心裡微微發軟。「私底下說說可以。」

顧馨之眨眨眼，比了個ＯＫ的手勢。

謝慎禮不懂，顧馨之補充說明。「就是明白、懂了的意思。」

看百戲的柳霜華看了他們幾眼，臉上顯出幾分狐疑。兩人毫無所覺，就著這姿勢繼續說話。

「待會兒皇上看完百戲，擺駕回宮，瓊林苑便會開放給百姓遊覽，那邊有許多從南邊運來的花卉，妳可以——」

當此時，異象突起。

獻演的彩舟大都集中在湖心，有幾艘分散在四周，他們所在的湖西側也停留了幾艘。表演正酣、眾人不停喝彩之時，那幾艘彩舟不知何時抵達了水榭之下。為獻演著索利短打的十數兵士突然停下表演，翻身爬上水榭欄杆，揮舞著不知何處抽出的大刀，衝向榭中百官。

別處的人尚無察覺，他們湖西側這邊的百姓卻看得一清二楚，當即尖叫出聲。

顧馨之還未看清楚什麼情況，就見身邊男人突然展袖伸臂——

「蒼梧！」

「在！」一直跟在後邊的蒼梧已然解下背上包袱，拽下布巾抖開，跟著翻開腰間長壺，抽出羽箭。

顧馨之這才發現他隨身揹著的是弓箭。

謝慎禮面容沈靜，一手拿弓，一手接箭，淡定搭弦，拉弓，射——

再接箭，搭弦，拉弓，射——

動作行雲流水，自然隨意得宛如只是武場練箭，一記記破空聲響起，對面水榭接連傳來慘叫。

周圍百姓驚呼連連。

「天啊！這湖面足足有幾十丈寬吧？」

「全、全都射中了！」

「那是誰？」

「是謝太傅！一定是謝太傅！」

「真是謝太傅！不愧是他！」

周圍吵雜驚呼，謝慎禮卻絲毫不受影響，面容沈肅，冷靜又快速的射出一枝枝羽箭，一壺箭很快便十去六七。

對岸值守的禁衛已然反應過來，飛快衝出，將餘下亂兵齊齊拿下。

謝慎禮冷眼盯著水榭看了片刻，確定再無餘孽，皇上也被好好護著，這才鬆了弓弦，交給後邊的蒼梧。然後低頭看向顧馨之，冷意稍斂，溫聲道：「我這邊還有事要忙，妳別亂跑。待我忙完，再送妳回去。」

顧馨之呆呆的看著陽光下耀眼又帥氣的男人，下意識點了點頭。「喔。」

傻乎乎的。謝慎禮眸底閃過笑意，忍下拍拍她腦袋的衝動，朝蒼梧交代。「看顧好顧姑娘。」

蒼梧凜然道：「是！」

謝慎禮再朝柳晏書兄妹點點頭，寬袖翻飛，大步離開。

顧馨之目光隨著那高大背影移動，心中宛如尖叫雞炸場——

媽吔，好帥啊啊啊啊啊啊！

第十五章

這場騷動，前後不到半盞茶工夫。其他地方的人只聽到驚呼尖叫，沒等他們反應過來，事情便平息下去。倒是他們這一角的人看得清楚分明，許多人擔心惹禍上身，立馬離開這是非之地，匯入別處人潮中。

顧馨之幾人倒是留在原處，有謝慎禮在後頭，顧馨之倒是不擔心他們被牽連，就是金明池這場盛宴要落幕了嗎？

柳晏書想了想，推測道：「倘若皇上沒有受傷，應當不會有變動。」

顧馨之詫異。「不怕再出事？」不說金明池有多少人，方才那些人可是直接從水軍裡殺出來的。

柳晏書笑笑。「若是這就怕了，如何能坐穩這龍椅？」先帝可不缺兒子，皇上也不缺野心勃勃的兄弟。

顧馨之亦有所聞，頓時有點明白皇帝的性子，遂道：「那我們等等。」

一如柳晏書所料，這場意外恍如小石入水，轉瞬無息。

湖面寬廣，加上彩船各自前行，湖上百戲完全不受影響，依舊是鑼鼓喧天，歡呼者眾，甚至他們所在的西側角落，也漸漸站滿了人。

顧馨之放下心來，安心欣賞百戲。

聽起來是很不務正業，但這些兵士水準是真高。還有熱情高漲的觀眾氛圍加持，到後半段她已經徹底忘掉刺殺事件，跟著大夥兒一起拍掌歡呼，還拉著柳霜華熱烈討論哪個兵士身材好、模樣佳，聽得旁邊的柳晏書哭笑不得。

倒是聽令留下的蒼梧非常……絕望。從開始的一臉複雜，到後面的痛不欲生。等到御駕離開，百戲散場，他已滿心麻木。

顧馨之的聲音徹底啞了，柳霜華也好不到哪兒去。她興奮不已的拽著顧馨之。「哎呀，早認識妳好了，往年跟別人來，一個賽一個的矜持，不是嫌人多，就是嫌吵鬧，還有嫌這些百戲不登大雅之堂的……可無趣了！」

顧馨之啞著嗓子嗤笑。「大俗即大雅，連雅俗共賞的道理都不懂，是他們的問題！」

柳霜華哈哈大笑。「對對對，是他們不懂！」

柳晏書無奈。「好了，百戲散場了，還去瓊林苑嗎？」

兩人對視一眼，笑了。「去！」

柳霜華拉住顧馨之。「走走走，去湊個熱鬧。」

顧馨之自然不會拒絕，正要走，扭頭看到緊跟著自己的蒼梧，愣了下才問：「謝大人讓我等等他，他沒說要在這裡等吧？」

蒼梧忙笑道：「自然是可以走動的，哪能讓姑娘站這兒受累呢。」

顧馨之遲疑。「那他待會兒怎麼找我們？」

蒼梧委婉道：「姑娘放心，主子能找到咱的。」

言下之意，他們有自己的聯繫方式？顧馨之放心了。「那我們繼續逛去了。」

「誒。」柳晏書自然不會離開，兩個姑娘手挽手走在前頭，他便背著手跟在後頭。

瓊林苑在金明池對面，他們得繞行一段距離。但遊人大都會去瓊林苑遊玩，沾沾龍氣，人半點也不少，甚至因地方小些，更顯擁擠。一行人慢慢挪進瓊林苑，發現壓根兒什麼都看不了——人太多了，不是看遊廊字畫、梁柱彩繪，就是看人頭，賞花什麼的更是想都別想。

顧馨之怒瞪柳霜華一眼。柳霜華卻笑得不行，在她耳邊扯著嗓子嚷道：「總得讓妳見識一下！」沒辦法，太吵了，不嚷嚷根本聽不見。

顧馨之懂了，合著這柳霜華故意的呢。

柳晏書也很無語，他才被折騰得不輕。他想要照看兩姑娘，奈何人太多，他又沒有謝慎禮那一身武功，左支右絀，難以招架。若非有蒼梧及他帶的書僮，光靠兩人的丫鬟，說不定她倆剛進瓊林苑就被沖散了。

好不容易挪到皇家擺宴的水榭前，蒼梧彷彿看到什麼，拍拍柳晏書，指了個方向。

柳晏書了然，立馬去拽柳霜華，她以為有啥好看的，順手把顧馨之帶上。

一行人你拖我拽，慢慢橫穿人潮，鑽進一條小路。蒼梧領頭，帶著他們左轉右轉，經過幾名禁衛防守的園門，繞道水榭後方一座小樓前。
顧馨之暗樂。這是走後門了？
果不其然，蒼梧翻出個牌子上前說了幾句，他們一行便順利入內。
看到一名面容白淨俊秀的青年，笑容可掬的迎上來。「奴才這廂有禮了。」
柳晏書當先回禮。「公公有禮了。敢問公公是……」
顧馨之驚了，面前這帥哥竟然是公公？她忙不迭跟著柳霜華回禮。
那青年笑咪咪接了，然後道：「奴才六安，小小人物不足掛齒。謝大人有事需得提前離開，特地請奴才多留片刻，給幾位帶帶路，賞賞花。」
柳晏書下意識掃了眼顧馨之，顧馨之壓根兒沒多想，她覺得自己是託了柳家的福，連柳霜華都朝她哥擠眉弄眼。
有了六安帶路，他們一行避開人群，好好的欣賞了遍皇家休憩之所。
富麗堂皇，那些名貴的貢花也皆有陳列，還有各種名家字畫。甚至還有一間屋子，專門展放歷任狀元的筆墨文章。而這些，都是不對百姓開放的。
柳家兄妹看得津津有味，柳晏書嘴裡還念念有詞，大有將其中幾篇詩文背下來的意思。
顧馨之掃了眼牆上或寫意或工整的墨字，嗨了一天的身體終於累了，打了個大哈欠。
緊跟在她身後的蒼梧臉都裂了。好在地方不大，不足半個時辰，這片地方就逛完了。六安公公把他們送出小樓，站在園子門口目送他們離開。

轉出園子沒幾步，瓊林苑的喧囂便灌入耳中。
柳晏書停步。「花也看了，連旁人看不到的東西都看了。裡頭就不去了吧？」
柳霜華依依不捨。「馨之還沒見識過裡頭的景況呢……」
顧馨之忙道：「不必了，時間也不早了，我回去莊子還要老久呢。我們還是回去吧。」
柳霜華這才作罷。
蒼梧適時站出來，說可以帶路，繞開人群出園。
顧馨之看到他，才想起某人的話。「謝大人都走了，我不需要等著了吧？」
蒼梧汗顏，忙道：「當然當然。主子留了話，說怕是又要忙一陣子，望姑娘多擔待。」
顧馨之略有些奇怪。「忙是好事啊，我有啥可擔待的——哦，他之前還說有事跟我商量來著，那就等他忙完再說。」
「是。那奴才送您回莊子。」
顧馨之擺手。「不用麻煩了，送我到園子門口就行，我家護衛在那兒呢。」
蒼梧苦著臉。「求姑娘別嫌棄奴才，奴才要是不送這一趟，回頭主子要罰的。」
顧馨之頓時好奇了。要是法子不錯，她也可以學起來。「他通常怎麼罰你們？」
蒼梧尷尬了。「這個，說出來怕污了您的耳朵。」
他不說這句還好，說了，連柳霜華都來興趣了。「快說快說。」
蒼梧哼哧半天，終於還是倒了出來。

柳晏書皺眉。「怎的還把他在軍營裡的那套法子搬回來了。」

顧馨之卻拍掌。「好方法啊！我也學起來，回頭莊子裡的人犯事，我讓他去村子裡收農家肥。」

柳霜華好奇。「何謂農家肥？」

顧馨之笑咪咪。「就是人體自然排泄物。」

排泄何意，懂的都懂。

蒼梧的臉更苦了。主子已經熱衷此道了，未來主母似乎也……這日子可怎麼過啊……

金明池之行後，天氣轉好。曬莨再次提上日程。

許氏已經做過幾回，顧馨之便將活兒交給她，自己則是京城莊子兩頭跑，查探各家布坊的布料、價位、目標客群……還得找貨源。

鋪子的裝修已至尾聲，她將來要主推的布料還未出品，毛巾剛出了一批貨，新品還在加班加點製作中。這麼算下來，她的鋪子，連一點能賣的布都沒有。

這還怎麼開張？

所幸市場調查已做得差不多了，她便開始專心找貨源。

品質好、染色好的，價格太高；品質略次些的，染色不行；價格低的，品質太差……京城各大南北貨鋪、布坊都走了一遍，顧馨之也沒找到滿意的合作商。

思來想去，她決定大膽一點，直接去湖州進貨。湖州通江臨海，河運海運皆通，又緊挨京城，是大衍繁華的州府之一，相當於是一個古代版的貨物集散地了。

最重要的是，湖州與京城，只需三、四天路程。

三、四天……顧馨之琢磨著，她家護衛還挺靠譜的，再找個商隊什麼的一起走，應當還是可以的？

她當即讓徐叔去打聽，有沒有靠譜的商隊、商家要去湖州的。

徐叔以為她想託人帶東西，認認真真去打聽了，還給她推薦了幾家有信譽的，說這幾家最近都有商隊出發去湖州。

顧馨之點頭，隨手挑了家日期最近的，道：「就這家吧。」

徐叔道：「好，姑娘想要進點什麼？奴才讓人去打點。」

顧馨之詫異。「嗯？我不買東西啊——哦，我是說，我自己去買。」

「你去找振虎安排一下，我要去湖州一趟，家裡留兩個人，剩下都跟我走，喔，水菱我也帶走。徐叔你要去嗎？我再找姑姑陪我走一趟。」出門在外，有位年長的婦人跟著，方便點。

徐叔、許氏連番勸說，都沒把堅決的顧馨之摁下。他們沒法，只得趕緊準備起來。

家裡總共就八名練過的護衛，留下兩名看顧莊子，剩下六名全都帶走，水菱伺候，莊姑姑作陪，連徐叔也硬擠上名單，幫著駕車。如是，出行人員便算定了。

兩日後，顧馨之一行跟著雲來南北貨行的商隊出發，前往湖州。

謝慎禮踏著斜陽回到府中時，管家許遠山已經在廳裡等著了。

謝慎禮掃了他一眼，不忙說話，進裡間換下官袍。出來後，他接過蒼梧遞上來的濕毛巾擦手。柔軟的月白色毛巾讓他心情好了幾分，開口的時候，聲音便算得上溫和了。

「出了什麼事？」他問道。

皇上在金明池遇刺，自然得查。查，倒是不需要他，但接連有官員被革職，導致許多工作停滯，他身為太傅，在這種時候自然責無旁貸，忙得腳不沾地。

許遠山身為他的管家，明知道他的情況還過來，定是有大事。

許遠山卻猶豫了下。「也不算急……」

「不急就日後再說。」謝慎禮眉眼不抬，將擦完的毛巾遞給蒼梧。「讓青梧把東西放進書房——」

「主子，是關於顧家姑娘的。」許遠山終歸還是開口了。

謝慎禮遞毛巾的動作一頓，掀眸。「說。」

「今日雲來的掌櫃來府裡交帳，順口提了句，說鋪子接了顧姑娘的單，她要跟著咱家商隊一起去湖州來著……」在蒼梧殺雞抹脖子般的示意下，許遠山的語速越發遲緩。

「商隊什麼時候出發？」謝慎禮聲音平靜無波，輕輕淡淡，彷彿閒話家常。

跟了他多年的許遠山卻嚥了口口水。「今晨便已啟程，約莫已經抵達泰安鎮。」

屋裡陡然安靜下來，許遠山冷汗都要冒出來了。

只聽謝慎禮慢慢道：「我當初怎麼吩咐你的？」

許遠山一驚，急忙道：「好好照看顧姑娘，別讓她被旁人欺了去。主子，奴才都盯著呢，沒人欺負——」

修長指節敲了敲茶几，打斷他的話，謝慎禮語氣淡淡。「那你說說，她為何去湖州？」

許遠山縮了縮脖子。「奴才不知……」

謝慎禮道：「所以，你便是這麼照顧的？」

許遠山冷汗涔涔。

「回來再收拾你。」謝慎禮收回視線，寬袖一甩，大步向外。「備馬。」

出門前，他想到什麼，多帶了些人，蒼梧、青梧面面相覷。主子武功高強，什麼時候出門帶過這麼多人了？

一行人騎著高頭大馬，順著出城人流出了東門，待行人少了，便打馬加速，飛奔前進。

坐了一天的車，顧馨之整個人都不好了。

許是前些日子連綿春雨，官道上坑坑窪窪，顛得她吐了兩回，中午都吃不下東西……這還是常年維護的官道。想來，那些什麼詩和遠方，與她是徹底絕緣了。

她果然只適合當鹹魚。

一行停留在一個叫泰安的鎮子，坐落在湖州、京城之間，來往商客極多，酒樓林立，車水馬龍，繁華得很。

她們住的這家客棧，雲來南北貨行的人慣常居住，在鎮子周圍，便宜些，也清靜，就是環境算不上好，連獨立的小院都沒有。

徐叔擰著眉給他家姑娘定了上房，千叮萬囑讓水菱、莊姑姑萬不可離了姑娘身邊，才憂心忡忡的帶著振虎幾人去住處梳洗用飯。

暈車的顧馨之蔫頭耷腦的，連晚飯也不想吃了，各種雜事只交給徐叔和莊姑姑打理，只催促水菱趕緊去找店家要水，她想擦洗一番。

這年頭沒有水泥路，土路夯得再實在、鋪了再多碎石，那也是土路。坐在車裡一天，她現在感覺一身都是塵土，急需打理。

等到水來了，顧馨之把水菱她們打發去用飯，然後鎖起房門，確定門窗都關緊了，才進裡間，用自家帶來的小盆兌了點溫水，開始擦拭。那黑乎乎的浴桶也不知多少人用過，她可不敢用。

顧馨之拆了長髮擦兩遍，綰起，再脫了衣裳擦身，接連換了四盆水，才覺得自己身上乾淨了。

換了身衣裙，她以手當梳，一邊順著頭髮一邊往外走，心裡嘀咕著，水菱她們用飯怎的如此久，她都擦多久了……

屋子不大，水菱走前也點了燈，雖然不亮堂，但也夠了。只是，她剛步出裡間，窗外颳過一陣風，窗櫺被吹得嘎吱作響，緊接著，透過窗縫進來的風便將燈火吹得搖搖晃晃、明明滅滅，映照在半舊的、暗紅色的房梁木牆上，顯得陰森可怖。

顧馨之腳步一頓。

「姑～～娘～～」顫巍巍的女聲突然從門外傳來。

顧馨之渾身寒毛豎起，「啊」的一聲縮到牆根。「誰誰誰在——」

「砰」一聲巨響，落了門的門板分開，高大身影在明滅光影中衝了進來。

四目相對。

披頭散髮的顧馨之一臉懵。「你怎麼在這兒？」

衝進來的正是謝慎禮，他先是上下打量顧馨之，見她除了頭髮散亂，衣裳都好好的，微鬆口氣，轉開視線四處查看，問道：「發生什麼事？」

顧馨之還沒回神。「啊？」

「姑、姑娘！」緊張不已的水菱繞過謝慎禮跑進來，一把攙住她。「您沒事吧？」

顧馨之茫然。「我沒事……」想起什麼，瞪她。「剛才是妳在外邊喊我？」

水菱不解。「是、是啊。」

顧馨之氣得拍她胳膊。「妳沒事壓著嗓子幹麼？還拉長音……妳嚇死我了知不知道！我還以為撞鬼了！」

打完人顧馨之才冷靜下來，她看了眼那扇被踹開的木門，再看低頭站在外邊的蒼梧、青梧，最後看向踹門的謝慎禮。

她瞇了瞇眼，陰惻惻道：「你踹我房門幹麼？」

謝慎禮掃了眼她攏在身側的長髮，移開視線，緩緩道：「一時情急，請顧姑娘見諒。」

顧馨之可不聽他的客套話，當即扠腰。「這裡又不是你謝家，你情急個——」等下，方才她似乎尖叫了？她眨了眨眼，問：「你以為我遭賊了？」

謝慎禮側著頭並不看她。「嗯。」

顧馨之沒好氣。「我閂著門呢，你想什麼呢？」

謝慎禮沈默片刻，道：「我沒想到，顧姑娘竟然怕鬼。」

顧馨之瞪他。「你管我！」

謝慎禮不答。

顧馨之扭頭戳水菱。「妳怎麼把他帶過來了？」

「奴婢剛用完膳就遇到謝大人了……回來時您正在擦身，謝大人不讓奴婢打擾。」水菱很委屈。她被謝太傅押著站門口等了半天，差點嚇死了。

顧馨之能想像那是什麼情景了，怪不得方才喊她跟招魂似的。「妳怎麼知道我在擦身？」隔著個廳堂呢。

水菱怯生生看了眼謝慎禮，吶吶道：「謝、謝大人說的。」

顧馨之睇眼看向謝慎禮。「你怎麼知道的？」

依舊盯著牆的謝慎禮喉結幾不可察的滑了下，輕聲道：「聽見水聲了。」

得得得，知道練武的人特別厲害。顧馨之沒好氣。「那你怎麼在這裡？」

謝慎禮飛快掃了她一眼，答非所問道：「我剛從京城趕來，還未用晚膳。」

顧馨之下意識道：「這都幾點了，你幹麼不用？」

謝慎禮只得接話。「妳收拾一下，我也去別的屋子收拾一番，待會兒一起用膳。」

顧馨之後知後覺的發現，這位謝大人身上長袍灰撲撲的，燈光昏黃，才掩去了幾分。

「你怎麼——」

沒等她說完，謝慎禮已然轉身往外走，還不忘吩咐。「蒼梧，去找個結實點的門閂，青梧守著。」

門外兩人立即應道：「是。」

等蒼梧弄來新的門閂，謝慎禮也打理好自己，客棧也將熱騰騰的飯菜送了過來——也不知這傢伙什麼時候去點的。

問過顧馨之後，謝慎禮直接讓人將飯菜擺在她屋裡，再揮手讓蒼梧、青梧下去用膳，屋裡有水菱盡夠了。

顧馨之看他跟主子似的將一切安排好……想罵人。

沒等她開口呢，謝慎禮就抬手請她入座。

顧馨之看了眼敞開的大門，外頭烏漆抹黑的。她們抵達客棧時已是戌時，這會兒怕是已經亥時了。都快深夜了，這人風塵僕僕還沒吃飯……算了算了，不與他計較了，反正自己也沒吃，剛好用點。如是一想，她便心安理得的坐下來。

水菱麻溜的給他們上飯——喔不對，給謝慎禮上飯，給顧馨之端的是白粥。熬得稠稠的白粥冒著幾許熱氣，正適合暈車吐得胃裡空空的她。

顧馨之笑彎了眼。「還是水菱疼我。」

水菱愣了下，瞅了眼淡定拿起筷子的謝慎禮，低聲道：「奴婢慚愧，是謝大人讓人準備的。」

顧馨之也愣住了，狐疑的看向謝慎禮。

他微微掀眸。「不合胃口嗎？」

「那倒不是。」顧馨之端起碗。「多謝啦。」

謝慎禮語氣溫和。「應該的。」

她懂她懂，叔叔嘛。顧馨之索性不再多言，低頭喝粥。

溫熱的白粥入腹，還真勾起了她的餓意。

顧馨之掃了眼桌上，上湯白菜、春筍肉片、臘肉芹菜、豌豆排骨煲。菜色不多，看著都清清爽爽的。顧馨之滿意不已，拿起筷子，配著粥吃了起來。

對面的謝慎禮神色微鬆，這才開始專心用膳。

兩人一聲不吭，一個一口氣吃掉半鍋米飯，一個連喝兩碗粥，桌上菜色也都清掉大半。

水菱飛快收好殘局，用完飯回來的青梧遞上新泡的茶水。

顧馨之意思意思抿了兩口，斜睨過去。「說吧，大半夜找過來，是出了什麼人命關天的大事嗎？」又是闖門又是陪吃飯，她要看不出來這人衝著自己來，這些年都白活了。

謝慎禮正喝著茶，聞言頓了頓，慢慢放下茶盞，抬頭看她。

方才他讓她收拾自己，這位姑娘卻嫌棄頭髮還濕，只是鬆鬆綰起。此刻有幾縷鬆脫，軟軟垂在她肩頸上，將平日靈動俏皮的姿容勾出幾分風情……

謝慎禮再次垂眸，不答反問。「妳為何突然要去湖州？」

顧馨之隨口道：「去看貨啊，不然我那鋪子賣什麼——不是，你監視我？」

謝慎禮淡淡道：「湊巧，這雲來南北貨行，是我開的。我記得我說過。」

顧馨之死魚眼。「忘了。」

謝慎禮看了她一眼，神色有些嚴肅。「妳記不住鋪名，總歸記得我有南北貨行，為何不派人來問問？妳要什麼盡可讓下邊人去採買，何須自己跑一趟？」

顧馨之吃飽喝足，有些犯睏，遂懶洋洋道：「人情債不好還啊，你不是深有體會嘛。」

這不，都追到泰安鎮來了。

「再說，我跑一趟也沒啥，既然這雲來是你家商隊，往後我可以多跑幾趟了。」

謝慎禮板起臉。「妳以為這是在京城閒逛？湖州人員雜亂，犯事者眾，妳一個小姑娘過去，被人生吞了都不知道怎麼回事。還想多跑幾趟？」

顧馨之不以為意。「我帶了人啊，振虎幾個能打的。」

提起這個謝慎禮就來火，他直指要害。「上回在廟中，這幾人已讓妳落單一次，這次甚至還自顧自去歇息，把妳一人丟在房中，這般怠忽職守，如何護著妳？」

顧馨之嘟囔。「都說上回是個意外啦……再說，我剛才落門閂了，一個人在房中有什麼關係？」

謝慎禮眉心跳了跳，忍怒道：「小小門閂能做什麼？這種東西只防君子不防小人！世風日下，人心不古，妳以為外邊是天下天平、萬民富庶嗎？天子腳下尚且有人敢盯上妳，妳一個姑娘家行走他鄉，安知不會有人打妳主意？君子不立危牆之下，妳怎可如此輕忽？」

顧馨之眨眨眼，坐直身體聽訓。

是她想岔了，這年頭的治安，可不比現代。現代都會有入室盜竊、入室殺人之類的案件了，這年頭可沒有監視器跟強大的犯罪預防系統，她確實不能仗著自己身邊那幾個人而亂來。

她老實道歉。「抱歉，是我沒考慮清楚。」

謝慎禮神色稍緩。

顧馨之撇了撇嘴，又補了句。「但我還是要去湖州啊，我家裡一堆人得吃飯呢。」

總而言之，她錯了，但她不改。

第十六章

謝慎禮捏了捏眉心。「妳想看什麼布料，我讓雲來的人幫妳帶回來。」

顧馨之嫌棄。「他們看布料的水準肯定比不過我。」

見謝慎禮不肯，顧馨之瞪他。「我都到這裡了，你別想讓我回去。」

兩人對峙片刻後，謝慎禮先敗下陣來。「我帶了些人過來，妳帶著一起去。還有蒼梧，他功夫好，人也機靈，妳把他帶上。」

顧馨之眨眨眼，笑了。

謝慎禮叮囑。「只能在湖州待兩天，身邊也不許離人。」

顧馨之眉眼彎彎，乖乖點頭。「好。」

謝慎禮盯著她看了半天，才道：「往後有事先找我，不得擅作主張。」

顧馨之以手托腮。「什麼事都行？」

謝慎禮微微頷首，骨節分明的修長手指再次端起茶盞。

顧馨之看他端端正正、慢條斯理的端茶，一副禁慾系高冷模樣，又想逗他了。「事無鉅細？」

謝慎禮眉眼不抬，輕「嗯」了聲，抿了口茶。

「包括月事？」

「噗——咳咳咳咳咳。」謝慎禮嗆得差點把茶盞扔了。

青梧嚇了一跳，急忙上前，欲要給謝慎禮順氣。

謝慎禮不等他靠近便擺擺手，自己咳了一會兒緩過氣來。他看向顧馨之，不敢置信的問道：「妳說什麼？」

哈哈大笑得前俯後仰的顧馨之終於停下來，她擦擦眼角笑出的淚，道：「你不是說事無鉅細都要找你嗎？」

一旁的水菱大氣也不敢喘。

青梧第一次面對顧馨之的……肆意，這一刻，突然理解了蒼梧的苦。

「這種事情，妳應該找大夫——」謝慎禮突然停頓住，神色嚴肅。「妳找大夫看過了？」

顧馨之眨眨眼。「我又沒病，看大夫幹麼？」

謝慎禮遲疑。「妳不是兩年不曾……」提及這話題，他略有些不適。

顧馨之恍然，她擺擺手。「你說不孕啊？我有才怪呢，你那好姪兒還要癡情人設呢。」

謝慎禮聽懂言外之意了，心中隱隱有些慶幸。

顧馨之想到什麼，又道：「唔，可能還有叛逆期到了。」十八歲的年紀，心有所屬卻被迫娶親，可不是得叛逆叛逆。「所以，說來道去，都是怪你。」

謝慎禮不甚明白，看著她嗔怪的面容，卻忍不住點頭。「嗯，我的錯。」

他這般，顧馨之反倒不好找碴了。

謝慎禮卻接著方才的話題。「回去給妳找個好大夫看看。」

「看什麼，不孕不育嗎？我不看，我又不生。」

謝慎禮皺眉。「妳將來成親了總是要生。」

顧馨之想了想。「先不說成親與否……就算成親，我生不生，隨緣。」又不是有皇位要繼承。

謝慎禮微怔。「妳不喜歡小孩？」

顧馨之隨口回答。「喜歡啊，但喜歡不代表一定要生吧？」

「妳想過繼或收養？」謝慎禮垂眸想了片刻，點頭。「也是可以。」

顧馨之用死魚眼看他。「謝大人是不是太閒了？大老遠跑到泰安鎮跟我討論收養、過繼的問題？」

謝慎禮撣了撣衣袖，起身。「既然事了，我該回京了。」

青梧鬆了口氣，立馬行了個禮退出去準備。

顧馨之驚了，跟著站起來，看看外頭烏漆抹黑一片，詫異的問：「大半夜的，你還趕回去？」

「嗯，明兒還要早朝。」

「那豈不是回去就得上朝了？」

謝慎禮估摸了下，道：「還是有時間梳洗一番。」

顧馨之皺眉。「那豈不是通宵？不能告個假嗎？」

這是擔心他？謝慎禮眼眸轉柔，聲音溫和道：「我習武，一、兩天不睡也不礙事。」

顧馨之沒忍住，隨口就說：「謝大人，少時不注意，老大徒傷悲啊，你也老大不小了，該注意還是得注意的。」

謝慎禮動作一頓，掀眸看她。「妳覺得我年紀太大？」

顧馨之一陣無語。半天才語重心長的說：「我就隨口一說。你一個大老爺在意年紀幹什麼呢？大人，你才二十八，依現——依我看，正是大好年華，沒事多關心關心天下事，盯著年齡幹什麼？」

雖然這話說得謝慎禮通體舒暢，但……他略有些無奈。「倒也不必這般高抬我。」

顧馨之敷衍。「嗯嗯嗯。」

謝慎禮看了眼外頭，向外走。「我該走了。」

顧馨之跟上，禮貌道：「我送送你。」

謝慎禮搖頭。「更深露重，別送了。」

顧馨之覺得他多心了。「想什麼呢，我就送到門口。」

顧馨之果真言出必行，只將他送到門口，目送他下樓離開後，轉向旁邊候著的蒼梧。

「蒼梧小哥，接下來又要麻煩你了。」

蒼梧忙不迭躬身。「應該的應該的。」

顧馨之笑咪咪。「所以，我家的莊姑姑呢？」按理來說，莊姑姑應當不會留著她與謝慎禮單獨相處才對。

蒼梧一窒，尷尬道：「莊姑姑似乎有些誤解……那個，奴才讓她在隔壁歇著。」

顧馨之皺眉。「暈了？」

蒼梧連忙搖頭。「沒有沒有，就讓人守著而已，待會兒會請她回房。」

顧馨之點頭。「那就好……已經這個點了，去歇著吧，明兒還要早起呢。」

蒼梧「誒」了聲，卻不挪步。

畢竟是謝慎禮的人，顧馨之也沒多說，朝他點點頭，回屋收拾去了。沒多會兒，等一臉複雜驚懼的莊姑姑回來，便讓水菱關門落門，自去安歇。

另一頭，青梧牽著馬等在客棧門口，看到熟悉身影踏出客棧，連忙迎上去。

謝慎禮卻停下來，望向客棧上房方向。在這個位置，依稀還能聽見顧馨之與蒼梧說話的聲音。

「都吩咐好了？」他問。

「都囑咐過了，蒼梧也會盯著。」

「嗯。」

青梧順著他的目光看了眼，斟酌道：「主子，既然不放心，為何不把顧姑娘帶回去？」

謝慎禮語氣平淡。「她看著隨和，實則性子剛強，若是強行帶回去，必定生怨……我既然要護她，何必惹她不快。」

青梧一臉複雜。他們以前遇到的硬茬，哪個不要強的？主子這真是……

謝慎禮聽著那邊闔門聲響起，終於回轉身，接過青梧遞來的韁繩，翻身上馬。「走。」

「是。」

鞭響馬鳴，兩騎駿馬奔入夜幕中。

顧馨之醒來，收拾好出門，蒼梧竟然還站在那兒，她嚇了一跳。「你一夜沒休息？」

「哪能啊，今兒還得跟您出門呢。」蒼梧笑答，指了指隔壁。「奴才在旁邊歇了的。」

顧馨之這才鬆口氣。

蒼梧又道：「輪值的護衛今晚可以歇息，姑娘別擔心。」

還是有人值夜啊。顧馨之無語。「你都歇在隔壁了，不至於吧？」

蒼梧正色。「姑娘的安全重要。姑娘放心，奴才幾個習慣了。」

顧馨之好奇。「你們跟著謝大人也要這般值夜？他不是武功很好嗎？」

蒼梧撓頭。「但奴才做的就是護衛工作啊。」

顧馨之點點頭。「也對。」

總之，有人安排護衛，顧馨之更輕鬆了。不光是她，連徐叔，以及原本憂心忡忡的莊姑姑也放鬆不少。

雲來商隊的領隊看到蒼梧一行，嚇了一跳，也不敢多問，恭恭敬敬將顧馨之請到隊伍中間，昨兒還跟在隊伍後邊吃塵的顧馨之更為滿意了。

顧馨之乘機讓徐叔打聽湖州的布坊情況，只等抵達湖州後一一走訪了。

為此，顧馨之忍不住感慨。「果然是背靠大樹好乘涼啊。」

莊姑姑欲言又止。

顧馨之沒管，只對水菱道：「回頭提醒我一聲，有什麼好東西記得給謝大人送一份。」

「誒，奴婢曉得了。」

餘下便不再多談。

一路緊趕慢趕，終在兩天後抵達車馬如龍的湖州。

暈車的顧馨之睡了一夜便緩過勁來，開始走訪各大布坊。雲來的管事估計是接了令，直接丟下手裡活計，帶著她去看布、選色、議價。兩天時間，竟然真的把所有事情談妥，還擬了簡單的合同、交了訂金，屆時跟著雲來的商隊一起送回京城。

顧馨之非常滿意。

然後按照約定，第三天一大早就啟程返京。又是一路顛簸和暈吐，回到莊子，強撐著揮別蒼梧等人，她直接躺平了。

許是一路暈車嘔吐、吃得少，又或許是這次出門壓力太大，如今事了，又到了家，放鬆下來的她，當晚就發起了高燒。

還是值夜的香芹發現她不妥，京城有宵禁，沒法進城找大夫，許氏只得讓徐叔等人趕緊去周邊村子找來郎中。

顧馨之睡得迷迷糊糊，被吵醒的時候還有些雲裡霧裡，待聽說要去村裡找大夫，連忙制止。

「大晚上的，別折騰了。」她聲音有些嘶啞，有氣無力道：「村裡大夫也不知道水準如何，萬一把我小病治成大病……」

許氏正哭著，聞言忍不住瞪她。「怎麼敢給妳亂找大夫……我讓人去找陳里正，他總不能找個赤腳大夫。」見她神情懨懨，又忍不住軟下語氣。「妳安心歇著，有娘在呢。」

顧馨之笑笑，忍著嗓子疼，慢慢道：「沒事的，我就是這幾天累著了上火，嗓子發炎，給我弄點……板藍根，煮得濃濃的喝下去就行。」

香芹趕緊去看許氏。

許氏急死了。「妳又不是大夫，怎能胡亂給自己開藥。還是找大夫安心吧。」

顧馨之擺擺手，轉頭吩咐香芹。「準備熱水，我想洗個澡。」

許氏大驚。「妳都發熱了，還敢洗澡？」

顧馨之摸了摸額頭，笑著安慰她。「正是因為發燒了，才要洗個澡降降溫。」現代物理告訴她，溫水浴可以降體溫。

許氏自然不肯，拉過被子摀住她。「發燒了應當捂著，捂出汗了就好了。」

「娘，捂過頭了會死人的。」

許氏嚇了一跳，手裡被子扔也不是，不扔也不是。「真的？」

顧馨之軟軟點頭。「真的。我這不是著涼發燒，不能捂……先降降溫，再喝點清熱解毒的藥。」她轉頭又吩咐。「香芹。」

香芹咬了咬唇，扭身出去。「奴婢去準備熱水。」

顧馨之這幾個月一直是一言堂，做事也極為靠譜，賞罰分明、獎懲有度。莊子從一開始的忙亂無措，到井井有條，大夥兒已經習慣了聽她的，此刻壓根兒不敢違逆。

許氏急得不行。「那也得請個大夫啊。」

顧馨之搖頭。「不用了，煩勞莊姑姑幫忙熬一碗板藍根。」前些日子挖溝渠，她在莊子裡備了許多藥材，板藍根這種日常藥品，更是囤了許多。她嗓子疼，肯定是因為路上奔波，喝水少，又睡不好，上火的。

莊姑姑看看許氏，遲疑了下，還是聽令福身。「奴婢這就去熬。」

許氏眼看伺候的一個個被遣走，既無措又生氣。「妳都病著，怎的還這般、這般……」

顧馨之沒給許氏想詞的機會，伸手。「娘，扶我一把，我想換身衣服。」她出了汗，身上都黏糊糊的。

許氏眼看她顫巍巍的，趕緊過去攙扶。

接著顧馨之沐浴、更衣、喝藥，連被褥都被香芹重新換過。折騰了許久，顧馨之重新躺回床上，將許氏等人趕回房歇息後，她也很快陷入沈睡。

再醒來，竟換了個陌生環境。

看看頭頂的八寶帳、身上的萬蝠錦被，顧馨之有點懵。

她又穿了？

她試圖爬起來，發現全身痠痛得彷彿剛跑完馬拉松。還未等她坐好，帳子突然被掀開，陽光傾瀉而入。

顧馨之下意識瞇起眼。

「姑娘醒了！」是香芹。

一串慌亂腳步聲傳來，然後是許氏的嗚咽。「嗚嗚可算醒了……」她一把摟住顧馨之。

「就知道不該聽妳的，嚇死我了嗚嗚嗚嗚……」

好的，看來她沒穿。顧馨之想說話，發現嗓子乾得快要冒煙，盡力嚥了口口水，才緩緩問道：「什麼情況？」話剛出口，便發現嗓子啞了，比金明池喊啞的那天還難聽。

許氏嗚咽。「妳昏迷了大半天，嚇死人了。」

「啊？沒這麼嚴重吧？」顧馨之啞聲道：「我就是出趟門累著了——」

「顧姑娘，」低沈冷肅的嗓音突然插進來。「人貴自知，切不可諱疾忌醫。」

顧馨之嚇了一跳，循聲望去，只看到一面山水屏風。

她吶吶。「謝大人也在啊？」

謝慎禮那低沈的聲音難得帶上諷意。「可不是。有人膽大妄為，自己治病開藥，把自己治昏迷。在下不才，想見見這般人物。」

得，連老古板都發火了，無照行醫果然要不得。

還未等顧馨之說話，謝慎禮又開口了。「煩勞大夫再看看。」

「應該的應該的。」一年邁的聲音恭敬響起。

顧馨之才知道大夫也還在外頭等著。

香芹攙扶顧馨之坐好，在她背後塞了個軟枕，還不忘把她略凌亂的衣衫拉好。她還穿著睡前那身寢衣，因她發燒，許氏給她挑的，厚實。

一名長鬚老者轉進屏風，低著頭，拱了拱手。「老夫失禮了。」

顧馨之看了眼他身後面無表情的謝慎禮，啞聲道：「煩勞您了。」

老大夫這才走到床邊小凳上落坐，伸手，凝神把脈。

謝慎禮站在幾步外，視線飛快掃過她燒得豔紅昳麗的臉，落在大夫身上。

半晌，大夫放下手，笑道：「問題不大，再喝幾天藥，養養就好了。」

許氏大鬆了口氣，謝慎禮那緊握在腹前的手也微微鬆開。

顧馨之忍著嗓子疼意，問：「大夫，我不就是上火了嗎？怎的這般嚴重？」

大夫叮囑道：「妳這是熱邪入裡，並不是普通上火。板藍根雖好，也不能亂用。」尤其是這姑娘還讓人熬得濃濃的。

顧馨之有點尷尬，下意識看向面無表情的謝慎禮，對上那雙沈黑深眸，心虛的笑了笑。

卻聽大夫接著道：「再者，妳底子有點弱，又兼勞神傷心、憂思過度，平日應當多注意些。」

顧馨之眨眨眼，正要說話，就見許氏突然紅了眼，連謝慎禮也皺起了眉。

顧馨之不知道該怎麼解釋。

她在這裡有娘、有鋪子，還有粗大腿，除了費點心思搞小事業，平日就是衣來伸手飯來張口，比在現代當社畜，勞心勞力還沒錢舒服多了好嗎！

憂思過度的分明是前身！

但面前幾人分明是不信的。

許氏哽咽著道：「煩勞大夫仔細看看，給我女兒開點調理方子。」

大夫捋鬚。「調理這事急不來，得等姑娘身上熱邪下去了，身體養好了再說。」

許氏點頭稱是。「那便麻煩您了。」

送走大夫，謝慎禮留下也不方便，遂跟著出去了。

顧馨之正想問問能不能洗漱梳頭，就見兩名丫鬟走進來，一個端著水，一個端著盤，上面擺著帕子梳子之類，兩人進來後，齊齊福身。「姑娘。」

顧馨之怔了怔，丫鬟已自覺的起身過來，不經意般將愣住的許氏幾人擠到後邊。

渾身痠痛、手腳發軟的顧馨之便在丫鬟的伺候下，漱口淨面、更衣梳髮。若非她身體不適，這兩個丫鬟彷彿恨不得幫她把指甲也修剪染色。

不過，有人伺候確實爽。片刻工夫，她已經好好坐在桌邊，喝著溫潤適口的燕窩粥潤嗓子兼填肚子。

等那些個丫鬟退出去了，顧馨之忍不住感慨。「這就是太傅家了嗎？太奢侈了！」

許氏摸摸她還有些熱的手，心疼道：「妳想喝，咱也去買點。」她以為顧馨之說的是燕窩。

顧馨之連忙擺手。「哪能啊，咱家家底可經不起這般折騰。」她舉了舉碗，笑咪咪道：「偶爾蹭一點就可以了……對了，咱們怎麼在這兒呢？」

許氏紅著眼。「香芹昨夜裡守著妳呢，還沒天亮，妳又燒了起來，還開始說胡話，喊都喊不醒，嚇死人了。想著趕緊揹妳上車進城，可我們幾個沒力氣，還是找廚房的劉嫂……」

她絮絮叨叨，事無鉅細的講了一通。

顧馨之摘錄了下大意，就是天沒亮她又燒起來了，許氏帶人送她進城，醫館沒開門，病急亂投醫，找到謝家，恰好遇上要上朝的謝慎禮，她就被帶進謝家西院，然後是請大夫、灌藥……直到她醒來。

許氏喟嘆。「多虧謝大人。」

顧馨之好笑，沒過腦子就道：「這會兒不嫌棄人家啦？」

許氏瞪她。「我何曾嫌棄過？若不是你們……」

顧馨之心道糟了，果然見許氏又嘆氣了。她不敢吭聲，默默低頭喝燕窩粥。

卻聽許氏猶猶豫豫道：「接連幾次都是託他的福……反正妳爹也走了……」

顧馨之不解。「娘您要說什麼？」

許氏彷彿下定決心般，朝她道：「謝大人對妳如此有心，娘就放心了。回頭讓他擇個日子，把親事定了吧——」

「噗——咳咳咳。」終日打雁，終被雁啄了眼。顧馨之捶胸狂咳，差點沒把肺咳出來。

許氏嚇了好大一跳，又是撫胸又是拍背又是溫水，急得滿頭大汗。等顧馨之順過氣來，熬好的藥也送來了。

這話題就算這麼過去了。

顧馨之喝了藥略坐了會兒，又開始犯睏。

她看看天色，強打精神道：「大夫也看了，藥也開了，咱回莊子吧。」這裡畢竟不是自己家，隔壁還有謝家一大家子，沒得招人詬病。

「妳還有點燒呢，萬一晚上熱起來怎麼辦？這發燒啊，晚上最容易反覆起熱。」

顧馨之皺了皺眉。「再起熱也是吃這些藥，熬過去就好……莊子裡一大堆事呢，曬莨也到緊要關頭了，我不在您不在，誰看著啊？那可是關乎我們下半年喝粥還是吃飯的大事！」

許氏遲疑。

「顧夫人、顧姑娘。」微沈嗓音傳來。

幾人循聲望去，衣冠端整的謝慎禮正站在門外。

許氏連忙起身行禮，顧馨之也扶著桌子站起來。

謝慎禮飛快掃了眼顧馨之，眉眼半垂，拱了拱手。「在下失禮，方才聽了幾句……顧夫人，可否聽在下一言。」

許氏自然不會拒絕。「大人請講。」

「若是家裡事情走不開，顧夫人可先行回去。但顧姑娘身體抱恙，不宜顛簸，不如留下暫住幾日，我已經與張大夫商量好，他會每日過來診脈，等顧姑娘身體好轉，再自行離開便可。」

許氏躊躇。「這……於禮不合。」

謝慎禮眉目不動，一副沈靜模樣。「規矩是死的，人是活的。如今自當以顧姑娘的身體為重。」

這話直戳許氏心窩。她咬了咬牙，點頭道：「那就麻煩謝大人了。」

謝慎禮再次拱手。「顧夫人多禮了。」

顧馨之看他三言兩語將許氏說動，挑了挑眉，也不多說，只朝許氏道：「娘，那您趕早回去，天黑了我不放心。」

謝慎禮不吭聲了。

既然定下來，許氏也不遲疑，只拍拍顧馨之的手，小聲安撫她道：「好好養病別多想，以後……有什麼事，有娘在呢。」

顧馨之好笑又感動，撒嬌般摟住她，腦袋也膩歪到她肩上。「好，以後我就等著娘照顧我。」信不信另說，但若是能讓許氏堅強起來，這場病也算值了。

許氏疼愛的摸摸她髮鬢。「嗯。」

又叮囑了幾句話，許氏留下莊姑姑與香芹，帶著徐叔等人回去了。

顧馨之身體還虛弱，不管許氏還是謝慎禮都沒讓她去送，她就心安理得的窩回床上，安安穩穩睡過去了。

第十七章

再次醒來，屋裡已是霞光滿牆。

香芹跟莊姑姑都不在，只有兩名眼熟丫鬟候著，顧馨之頭暈腦脹，也不想多問，只隨她們擺布。丫鬟們伺候她穿好衣服、梳好頭髮，小心翼翼扶著她走出房。

顧馨之隨口問：「是不是去吃——謝大人？」

小廳裡，已然熟悉的高大身影正端坐其中。家常寬袖長衫平整如新，束髮整整齊齊，手中捧著書，就著桌上的燈看書。門外霞光斜映紅，燈下帥哥面如玉。

虛弱如顧馨之也忍不住吹了聲口哨。

旁邊伺候的蒼梧絕望的閉了閉眼。

謝慎禮早就聽見裡頭的動靜，只是想先把那頁書看完，倒沒想到……他收起書冊遞給蒼梧，才看向顧馨之，道：「身體還虛弱，就這般調皮。」

蒼梧震驚，主子竟不教訓顧姑娘吹口哨的行為？

顧馨之更不會在意，慢慢走到桌邊落坐，問：「謝大人在這裡做什麼？」

「等妳起來用膳。」謝慎禮語氣平淡，朝蒼梧示意。「傳膳吧。」

顧馨之看著蒼梧應諾離開，有點無語。「我都不知道會睡到幾時呢，你等我幹麼？」

「到點了自然會叫妳起來。」謝慎禮摸了摸壺，倒了杯茶。

顧馨之瞪大眼睛。「你好殘忍，竟然不讓病人休息。」

謝慎禮將茶推到她面前，道：「吃了東西再睡也一樣，妳今天只吃了碗粥。」

「多謝了。」顧馨之看看茶盞，端起來抿了兩口。「但我喝了好多碗藥，喝飽了，沒什麼餓的感覺。」

顧馨之有點累，反正她在謝太傅面前已無甚形象，索性以手支額，懶洋洋看他，嘴裡調侃道：「我以為謝太傅是規矩人，跟我一起用膳，不怕旁人說你沒規矩嗎？」

謝慎禮語氣平和，說出來的話卻半點都不平和。「倘若我屋裡的事情旁人都能知道，這些下人也不必留著了。」

顧馨之發誓，她看到站在一旁的兩名丫鬟抖了下。她有些不敢置信，忍不住坐直身體，仔細打量面前男人。

外頭的霞光已徹底消失，屋裡通明的燈火下，那張平日顯得冷肅的臉也帶上幾分柔和。

顧馨之斟酌了下用詞，問道：「你是不是把治軍那一套拿來管家了？」

謝慎禮不否認。「殊途同歸。」

「你這樣，不怕半夜睡覺被搞死嗎？」管得太凶殘，說不定有人起義啊。

丫鬟們驚恐的看著顧馨之，連轉回來的蒼梧也嚇了一跳。

謝慎禮似乎勾了勾唇。「他們得有這樣的實力。」

「你好囂張喔。」
「過獎。」
顧馨之翻了個白眼。
謝慎禮轉而又道：「家裡細碎東西太多，我不太擅長，平日也忙，只能照葫蘆畫瓢。」
顧馨之直了會兒腰又覺得累了，重新塌軟下去，支著額頭看他。她還有些低燒，兩頰泛著暈紅、櫻唇如塗脂抹蔻，沐浴在柔暖燈光下，宛如盛開的芙蓉，豔得逼人。
謝慎禮眉眼微垂，掩下眸中熱意，緩緩道：「待我成親，這府裡如何管，自然是夫人說了算。」
顧馨之半點不察，她只是想到當初看到的那幕告白，還有金明池遇到的鍾姑娘……她腦子還不太清醒，說話有點不過腦子，隨口就道：「你整日拿規矩壓那些小姑娘，哪裡能娶上媳婦？你自己都說了，規矩是死的，人是活的。但凡你騷一點，你現在孩子都能打醬油了。」
謝慎禮頗有深意的看她一眼，頷首。「受教了。」
顧馨之扶著腦袋胡亂點頭。「孺子可教。」
略聊了幾句，晚膳送過來了。蒼梧指揮她們去側廳布菜擺飯，然後伺候謝慎禮洗手。
顧馨之仍是那兩名丫鬟負責，連起身都不用，水都端到面前那種。
顧馨之好氣又好笑。「我只是發個燒，不至於起不了身。」

圓臉的丫鬟笑道：「姑娘想啊，您病著呢，能多歇一會兒，興許就好得快啊。」

顧馨之挑眉。「妳真會說話。」

圓臉丫鬟似乎很高興。「姑娘不嫌棄就好。」

顧馨之笑笑不說話。她嫌棄不嫌棄的有什麼打緊，不過是住幾天的客人而已。

洗了手擦乾淨，圓臉丫鬟將水端走，另一名眉略粗的丫鬟輕聲細語。「姑娘，奴婢攙您過去。」

顧馨之確實還虛著，也不勉強自己，順著她的力道起身，竟一陣頭暈目眩。

「姑娘！」粗眉丫鬟驚呼方出口，身上重量驟減。

差點摔倒的顧馨之站了會兒才緩過勁來，她抬起頭，看向抓著自己胳膊的謝太傅，在他微皺的劍眉上掃過，道：「多謝……不過，要是能稍微放鬆點就更好了。」

謝慎禮不期然憶起那勾人的輕觸，手上不自覺加大了幾分力道。

顧馨之道：「嘶——」

謝慎禮急忙鬆開。「妳——」

顧馨之苦著臉。「上回被你抓手腕，青了好幾天。這回不知道要幾天才能好了……」

謝慎禮臉上閃過愧色，扭頭。「蒼梧，去取藥。」

顧馨之忙道：「不用。」

已然轉身的蒼梧立馬停下，偷覷謝慎禮。

顧馨之也看他。「不至於啊，謝大人。」

謝慎禮垂眸看她，默了下。「回頭送過來。」

「好。」顧馨之笑著看了眼胳膊上修長的指節，道：「那我可以走了嗎？」

謝慎禮頓了頓，慢慢鬆開她。

旁邊站著的圓臉丫鬟連忙上前，與粗眉丫鬟一左一右，好生攙著她走向側廳。謝慎禮單手橫於腹前，緩步跟在後頭，目光一直不離她身上，生怕她再暈一次。

顧馨之毫無所覺，抵達側廳落坐後，便將注意力放到桌上菜品。六道菜，四道帶綠，兩道蒸菜，還有一盅潤肺的羅漢果雪梨湯。

顧馨之略有些無奈，道：「怎麼跟你吃飯都吃得那麼清淡啊……」

剛落坐的謝慎禮一頓，淡淡道：「等妳好了，吃什麼都行。」

「行吧。」人家主人都陪她吃了，她還嫌棄什麼呢？

遂不再多言，扶筷開動。

兩人各自端碗吃飯，屋裡一時只聞碗箸碰撞之聲。

菜色雖然清淡，味道卻不差。顧馨之雖然胃口不開，也是吃了一碗，到第二碗是實在吃不完。她看了眼桌上還剩許多的菜，眼帶可惜的放下筷子。

「不合胃口？」謝慎禮微微皺眉。怎麼一頓比一頓吃得少？

顧馨之摸了摸肚子，搖頭。「還病著呢，吃不下。」不等他開口，接著又道：「你繼續吃吧，我喝點湯。」

又不是第一回一起吃飯，這傢伙看著斯斯文文，吃得可多呢，眼下他才剛裝第三碗，肯定不夠。

謝慎禮這才作罷，不再要她多吃。丫鬟飛快給顧馨之盛來湯，顧馨之有一口沒一口的喝著，眼睛不停往吃飯的謝慎禮身上飄。

謝慎禮眉眼半垂，嚥下食物，緩聲道：「有話想說就說。」

顧馨之笑咪咪。「你不是不愛吃飯的時候說話嗎？」

謝慎禮挾了一筷子菜，瞟她一眼。「妳吃完了。」

「原來如此！」顧馨之煞有介事點頭，然後便笑了。「我算是發現了。你這人啊，規矩是規矩，但都是裝出來的。」

謝慎禮頓了頓，繼續用膳。

竟然不否認！顧馨之懂了。她一副感慨模樣。「世風日下，人心不古啊。連堂堂太傅也如此虛偽。」

謝慎禮眸中閃過笑意，道：「看來妳恢復許多。」都能調侃他了。

「本來就不是什麼大問題。」顧馨之皺皺鼻子。當然，她也不否認自己輕忽大意。

謝慎禮看她一眼，不置可否。

顧馨之摸了摸鼻子，低頭喝湯。

很快，謝慎禮用完晚膳，接過丫鬟遞來的帕子擦了擦，道：「我還要去書房忙一會兒，妳吃得少，待會若是餓了，讓下人給妳弄吃的，別忍著。」

顧馨之笑問：「你看我像那種委屈自己的人嗎？」

謝慎禮搖頭。「不像，但妳怕麻煩。」

顧馨之愣了下。

謝慎禮起身。「我平日在府裡的時候少，他們都閒著，妳若是精神還行，就使喚一下，別讓他們懶著。」

顧馨之又想笑了。「堂堂太傅，難不成還養不起幾個閒人嗎？」

謝慎禮順著她的話。「嗯，養不起。」

顧馨之倒是意外了。「你竟然會開玩笑？」

見謝慎禮又沈默了，顧馨之擺手。「好了好了，不鬧你了，去忙吧。」

謝慎禮許是真有事，也不多說，掃了眼她後頭兩個丫鬟。「小心伺候。」

「是。」

顧馨之看著他帶人離開了，扭頭問丫鬟。「我家的人呢？」

圓臉丫鬟忙答道：「她們昨夜幾乎沒怎麼睡，主子作主讓她們去歇息了，待會兒應當就會回來了。」

顧馨之一想也是。吃飽了精神好多了，她便在屋子裡遛達起來，兩個丫鬟亦步亦趨的跟著。

屋裡點了燈，四處纖毫可見。雕梁畫棟不說，各種陳設、器具都是新亮的，新得毫無人氣那種。顧馨之沒話找話。「這裡是客房嗎？怎的彷彿沒住過人？」

圓臉丫鬟笑道：「確實沒有。」

「謝家不是挺多親戚朋友的嗎？」顧馨之詫異。她記憶裡，東院那邊隔三差五都要招待一下各位爺們的好友，或者各位夫人的親戚來著。

圓臉丫鬟搖頭。「主子喜清靜，這邊都不讓住的。」

「這矯情的……那朋友呢？」比如陸文睿之類的。

「似乎都是來議事的，倘若留宿，也是在前院。」

「那還買這麼大的院子做甚。」光是客人就能住一個院子，這西院說不定得多大。

丫鬟們可不敢接這話。

顧馨之看了眼外頭，黑漆漆的，歇了往外逛的心，問：「有沒有書？」睡了一天，總不能又去躺，總得打發打發時間。

丫鬟愣了愣，忙道：「府裡的書都在書房或正院，奴婢要去問問。」

圓臉丫鬟福了福身，快步出去了。

顧馨之又晃悠了一會兒，回到廳裡呆坐了會兒，那圓臉丫鬟就抱著一大疊書回來了。

「姑娘，」丫鬟有些喘。「主子正在忙，這是許管事拿來的，不知道您愛看什麼，各種都給您拿了點。」

顧馨之客套道：「替我多謝許管事。」

隨手翻起書，是一本遊記。

喲，謝太傅府裡還有這等閒書？她挑了挑眉，懶懶散散靠在桌邊，翻開遊記。是本記錄南邊諸州風土人情的書籍。

旁邊還有注解，或者說，是觀後感。特意調淡的墨色，字體也非常小，並不會影響正文閱讀。

顧馨之便不理會注解，對著文謅謅的正文慢慢看了起來。筆者不知何人，雖還是通篇之乎者也，卻用詞簡單，深入簡出，連顧馨之這種半吊子都能看懂，加上言語詼諧，將日常瑣事記錄得極為有趣，引人入勝。

直到她看到一道小吃。

作者遊歷到一個叫高臺鎮的地方，吃到當地特有的白玉凍，清甜潤滑，入口即化，驚為天人。作者不光在色、香、味等方面做了細緻描述，還特地描述了製作之法。

顧馨之一看，這不就是豆腐腦嗎？

還是甜豆腐腦。

顧馨之一笑而過，正打算翻頁，目光一掃，看到旁邊淡墨色的蠅頭小字——

異端！豆腐腦當配鹵！

字體是當下最流行的館閣體，字形端正，筆鋒銳利，就是這內容……顧馨之一挑眉，突然起了興致，索性返回前邊翻看注解。

竟對姑娘家品頭論足，有辱斯文！

早霞雨、晚霞晴，吃早飯已感慨過霞光漂亮，卻不注意，淋雨活該！

無知，病則就醫服藥，拜佛祭祀有用，神佛豈不是得天天下凡治病？

言辭激烈，態度張狂，作者的觀點、評論，都被指點批判了遍。放在現代網路上，妥妥就是名槓精。

顧馨之笑得不行，抬頭朝伺候的丫鬟揚了揚手裡書冊，問：「這都是妳們主子的書？」

圓臉丫鬟不知其意，小心翼翼道：「府裡極少待客，主子又極愛看書，既然這書是由許管事挑選的，應當是主子的沒錯。」

那應該就是了。顧馨之點頭，再度看向書上注解。字體端正是端正，也有點鋒芒畢露，但遠不到柳夫人所說的自成風格。想來，應當是謝太傅年少時留下的見解。

她忍不住笑。「妳們主子……小時候還挺可愛的嘛。」

謝慎禮剛處理完正事，端起茶盞飲了幾口，緩了渴意，才緩聲問：「那邊情況如何？」

蒼梧秒懂，忙上前稟告。「顧姑娘方才說悶，遣人過來要書，您正與路先生他們商議北邊旱情，許管事便作主在內書房挑了幾本書，給姑娘送去了。這會兒，估摸正在看書呢。」

許管事還嘀咕著要讓顧姑娘多多了解他們家主子，特地挑了注解多的舊書……不過，憑他這段日子的觀察，主子應當不會計較這等小事。

謝慎禮果然點頭。「生病不能勞累，看看書也好。」

蒼梧頓時欣喜。看，這不就做對了嘛！

謝慎禮隨口又問：「拿的什麼書？」

蒼梧回憶了下，列了幾本書名，越說謝慎禮臉色越沈。蒼梧看他臉色不對，惶然道：「可是拿錯了？」

謝慎禮神色複雜。「倒也不算錯。」

就是……有點尷尬。

謝慎禮看看時辰，放下筆起身。「去看看。」

蒼梧欲言又止。主子，都這個點了，還去看啊？是不是不太合適啊？

謝慎禮自然聽不到他的心聲。他將茶水一飲而盡，站起身，隨手整理了下長衫袍服，確認無礙後，踱步走出書房。

蒼梧認命跟上。

星光稀疏，院子裡黑得幾乎看不見腳下。蒼梧剛從奴僕手裡接來燈籠，謝慎禮已走出去老遠，唬得他忙跟上去。

踏著星光一路疾行，很快便抵達客院門口。

守門的婆子看到他，忙不迭行禮，謝慎禮反倒停了下來。

蒼梧將戰戰兢兢的婆子揮退，老實在旁邊候著。隔著院子，能看到客院正房裡暖黃的燈光，還有隱隱約約的說話聲。

謝慎禮暗嘆了口氣，轉身。「罷了，走吧。」

蒼梧詫異。「主子？」

「夜深了。」謝慎禮宛若解釋。於情於理，他都不該上前打擾。

蒼梧牙疼的從中聽出幾分惋惜，主僕再次轉道，回了正院。留守的侍從行罷禮，遞上一張紙條。

「主子，是清渠閣那邊送來的。」

清渠閣——謝慎禮就是剛自那兒回來，裡頭現正住著一名姓顧的姑娘。往裡走的謝慎禮腳步一頓，伸手接過來。

紙張很熟悉，是他日常所用的，必是許遠山給她準備的。裁剪過的紙張疊得四四方方，一面有道口子斜角而過，宛如一個開口荷包。

他不忙打開，只看著那侍從，淡聲問：「看過了？」

侍從忙道：「沒有，夏至姑娘親自送過來，奴才接手後便一直收著，不曾開啟，亦不曾經他人手。」

謝慎禮這才收回目光，就近落坐，低頭研究手中摺紙。蒼梧揮手將侍從揮退，麻溜移來一盞燭臺，方便他細看。

謝慎禮頓了頓，看他一眼。「你不是該下值了嗎？」都跟著他忙了一天了。

蒼梧覥著臉。「主子剛收到顧姑娘的信呢，萬一要回信呢？奴才正好順帶跑一趟。」

「你倒是機靈。」

蒼梧嘿嘿笑，安靜待在旁邊。

謝慎禮將紙張翻看了會兒，確定只是取巧的摺封，便沿著那道口子輕輕拆開，露出裡頭圓潤可愛的字體。確實是顧馨之的字，一如本人，可愛又圓滑——咳咳。

謝慎禮收斂心神，一目十行的看起內容。

翻閱藏書，不甚明白，若是大人得空，可否答疑？若是不得空，亦可推薦幾本書冊，讓我自行查閱。甚是感謝！

看內容，竟是正兒八經來問問題的。謝慎禮呆了呆，才道：「蒼梧，備筆墨——」

他眼角一掃，發現半摺起來的頁尾似乎還隱著一行小字。他眼皮一跳，手指已下意識摁開那摺痕。

另，不承想大人亦有這般意氣風發、揮斥方遒的輕狂少年時，真是令人耳目一新啊！

謝慎禮想了片刻，耳目一新是這麼用的嗎？行吧，也不算太過出格。

接著往下看。

再另，夏日喝一碗冰冰涼涼的甜豆腐腦，乃極致享受，建議大人嘗試喔>o<

最後那簡單幾筆，非常直白、形象的將小姑娘的心情表現了出來。

謝慎禮突然不是很想回信答疑了。

第十八章

顧馨之的燒反覆了兩回，直到第三日才徹底降下去，嗓疼、全身痠痛的症狀也隨之慢慢好轉。

這期間，謝慎禮每日晚膳會過來，旁的時候壓根兒忙得不見人影。顧馨之曾問過夏至，她只說主子忙，最近算是比較有空，下晌就能回來，以前一天到晚不見人影，經常深夜才回來梳洗用飯，天不亮就出門。

顧馨之咋舌，這就是天才的代價啊。

謝慎禮不在，她倒也自得其樂，精神些了就在院子裡轉轉，累了就看看書。看不懂的地方，還有當朝太傅答疑。她去請教是真，調侃也是真，沒想到這人竟然半分不計較。

她本質是個外來人，學的是現代文化系統，擱這裡就差不多是個文盲。憑藉原主記憶，她能看懂一二，稍深些的就不行了。

但堂而皇之找先生，又有點小題大做。索性借著這次機會，跟太傅大人請教一二，若得到答案，就是賺了；得不到，她也不虧。所以她心態很平和，甚至還不忘在紙上調侃兩句。

結果，如此忙碌的謝慎禮不光不介意，還認真作答，順帶附參考，指明在某頁某處。

顧馨之大為感慨，覺得這人真是……責任心太重了吧。

倒是讓她占便宜了。

有謝太傅的縱容，顧馨之頓時飄了起來，每天攢下一堆問題，還不會忘記在頁尾放上逗趣表情，和調侃話語，試圖逗逗這位端肅的古代老幹部。

謝慎禮竟也不生氣，甚至還跟著她在信裡瞎聊，拐彎抹角的回應她的調侃，倒是顯出幾分批注裡直白狠辣的少年氣。

兩人都有些樂在其中。

他們自知是在答疑解惑，蒼梧等人看來，那就是暗通款曲、私相授受！

不說蒼梧幾人如何作態，伺候顧馨之的夏至等人，卻是越發恭謹。顧馨之絲毫不覺，謝慎禮更是聽之任之。

數日時間倏然而過，待大夫診脈，確認恢復後，顧馨之竟有些不捨了。

不過，家裡鋪子一大堆事，能偷得幾日空閒已是可以了。如是想來，顧馨之便決定告辭離開。

彼時謝慎禮上朝未歸，許管事自然不敢專擅，百般挽留。

但顧馨之做了決定，哪裡會改，跟他借了馬車，拍拍屁股走了。

天還未熱呢，許管事急出一頭汗，忙不迭讓人去宮門口守著，務必第一時間稟報主子。

另一頭，顧馨之坐著太傅家的馬車，慢悠悠開往鋪子。

香芹、莊姑姑望著遠去的謝太傅家，齊齊鬆了口氣。

顧馨之不解。「怎麼這樣，太傅家不是對咱挺好的嗎？」

莊姑姑還有些躊躇，香芹已經快嘴說出來。「好是好，這不是拘得很嘛。那府裡竟是跟東院天差地別，連個說話的人都沒有。」

顧馨之不懂。

香芹開始吐苦水。「偌大院子，這麼多人，每天從早到晚，只能跟姑姑說上兩句話。這家的丫鬟、奴僕啊，讓站著就站著，讓幹活就幹活，一個字都不帶往外吐的。想聊個天吧，他們就說不能壞了規矩……」

顧馨之愣了下，忍不住笑。「這多好啊，一看就是盡職盡責，不會分心壞事。妳該多學學。」一人說物似主人型，這謝太傅家，連家裡下人都跟他似的。

香芹懋屈，吶吶道：「奴婢也沒壞事啊……而且，那得多悶啊……」

顧馨之暗忖，活潑是不壞事，但粗心大意就不太好了。

香芹跟水菱都是十歲出頭時買回來的，許氏跟原身又不是那等會調教人的。水菱還穩重些，香芹就有些咋呼，經常需要她提醒，在規矩方面，確實也不如太傅家的。

好在都算盡心盡責，幹活也索利。

唔，反正她就一莊子姑娘，有人伺候著盡夠了，想這麼多做甚。

一路閒話，顧馨之那裝修中的鋪子便到了。

香芹敲開門，顧馨之進去遛達，已經榮升小管事的李大錢亦步亦趨的跟著，仔細給她稟報各項進度。

「櫃子昨兒奴才去看過了，已經在磨邊了，等上了漆晾乾，就能送過來。您要的粗桿已經鋪上了，吊燈已經送過來，奴才都試過了，準備下午掛上去來著。」

顧馨之安靜聽完，點頭。「你做得很好。」

李大錢高興不已。「還是姑娘指點有方！這些東西，奴才以前都不曾見過呢！咱家鋪子往後定然紅紅火火的！」

顧馨之笑笑。「那是自然。這幾日留意著，雲來南北貨行的人會幫我運一批布料回來，別急著收，讓人通知我，我來查驗。」

不光湖州那邊的商鋪，包括雲來，他們都是第一次接觸。先做小人後做君子，往後才好常來常往。

雲來雖說是謝慎禮的產業，但人都有私心。這幾日下來，她已看出謝慎禮有多忙——怪道以前壓根兒沒法注意原身的處境。他這般忙，手下鋪子如何作派，他估計也管不上，那些管事的人品秉性如何，她得自己看。

李大錢自然應諾。

確定餘下雜事都按計劃執行，顧馨之滿意不已，再度坐上謝家馬車，準備回莊子。

剛走出街口，就被攔住。

「誒，長松？」陌生的嗓音在外頭響起。

駕車的侍從鎮定作答。「三少爺日安，恕奴才不便，沒法給您行禮了。」車裡假寐的顧馨之睜開眼。三少爺？那不就是謝宏毅的堂弟，二房的嫡子，謝宏勇嗎？

謝宏勇的聲音接著傳來。「你怎麼在這裡？小叔叔在裡頭嗎？」

「沒呢。」一名喚長松的侍從力持鎮定。「奴才正給主子辦差跑腿，三少爺若是無事，奴才便先告退了。」

「既然小叔叔不在，你送我一趟，我要去趟城西梵花樓。」

顧馨之挑眉，掃向旁邊緊張莫名的香芹、莊姑姑兩人。

侍從自然不肯。「三少爺，這不太方便，奴才有要事在身——」

「就繞一趟，能耽誤什麼事啊。」

腳步聲隨之響起。

侍從著急之聲傳來。「三少爺，真的不行，奴才真有急事！」

「行了行了，你要真急，就該騎馬，駕著車慢悠悠的唬誰——」一臉嫌棄的謝宏勇掀開車簾，對上好整以暇靠在車座上的顧馨之，下意識喊了句。「大嫂？」

顧馨之笑咪咪打招呼。「幾月不見，小三兒彷彿長高了不少啊，怎麼腦子沒跟著長？」

好傢伙，兜頭就諷刺他不長腦子，這還是那個唯唯諾諾、哭哭啼啼的大嫂嗎？謝宏勇驚疑不定的看著她。

半開的簾子掩不住外邊好奇探望的視線。

顧馨之收起笑容，斥道：「愣著幹什麼？上來。」

謝宏勇回神，傻乎乎大叫。「妳怎麼在這裡？」

顧馨之轉向他後頭，道：「長松小哥，煩勞你把他扔進來。」這等小要求，想必謝家的僕從不會拒絕。

果然，外邊的長松沈默了下，應道：「是。」

謝宏勇大驚。「你們敢？」

下一刻，站在車廂前的他就被駕駛位上的長松一提一推，塞進了車裡。

顧馨之滿意了。「走。」

車簾一晃，馬車再次啟動，半跪在車廂裡的謝宏勇差點摔個狗吃屎。

「我日。」他罵了句。「大嫂妳——」

顧馨之朝謝宏勇腦門就是一巴掌。「叫顧姊姊。」

顧馨之想了想，又補了一巴掌。「小朋友不要說髒話。」她沒記錯的話，這小子冬月出生，如今號稱十六歲，實則十五都不到，擱現代，也就是個國中生。

謝宏勇瞪大眼睛。「妳打我？我、我……」我了半天，也不知如何威脅，索性發狠。「當心我找妳算帳。」

「嗯嗯，現在就算吧。」顧馨之敷衍點頭，指了指空著的凳子道：「跪著幹麼？坐。」

車裡三面都釘了座椅，她單獨坐了上座，香芹、莊姑姑本來分坐兩側，因謝宏勇上來，香芹讓到了莊姑姑那邊，空出了一側。

謝宏勇鼓著氣爬起來。「我不坐，我要下車。」

顧馨之疑惑。「你不是要去城西嗎？不坐車啦？怕我啊？」

謝宏勇聞言一屁股坐下來。「誰怕了，我是擔心妳哭鼻子好不好！」

顧馨之笑咪咪。「這麼關心我啊？」

謝宏勇登時漲紅了臉。「誰關心妳了？妳都不是我們謝家人了。」

顧馨之道：「這麼絕情啊，好歹吃過你幾回糕點呢。」當然，是送給原身的。

在謝家時，原身被謝宏毅冷遇，又整日被鄒氏叱罵，奴僕自然看菜下碟。二房對她還算好，隔三差五會給她送點東西，謝宏勇偶爾會跑跑腿。

原身也是傻，一點點好意就掏心掏肺，家底沒多少，補貼著都要給二房送東西，惹得鄒氏母子大怒，最後被關起來，連院子都不給出。

不管謝家二房目的為何，對她而言，總是比謝家大房好上幾分。

謝宏勇臉更紅了。「我們那是看妳可憐。」

「嗯嗯。好人一生平安。」

顧馨之言歸正傳，問道：「你去城西梵花樓做甚？」

梵花，梵花，這可不是什麼佛家的清淨之花，而是可摘擷的繁華之花，也就是俗稱的青樓。這小屁孩才多大？大白天的，就要去那等地方？

謝宏勇語塞，然後扭過頭，粗聲粗氣道：「跟妳無關，妳別管。」

顧馨之點頭。「哦，那你也別去了，先送我回去吧。」

「妳敢——」謝宏勇想起什麼，瞪大眼睛。「妳怎麼在小叔叔的車裡？」

顧馨之笑咪咪回懟。「跟你無關。」

「妳是不是還想著大哥？」謝宏勇皺著眉頭，語帶嫌棄道：「大哥有什麼好，天天跟那——咳咳，反正他現在連書院都不去，天天花天酒地不著家的，將來肯定沒什麼出息。」

顧馨之好奇了。「他不是對他那個青梅竹馬愛得不行嗎？怎麼還去花天酒地了？」上回謝慎禮才允了他納張明婉，這才多久啊？

「妳知道啊！」謝宏勇詫異，莫名興奮的說：「妳怎麼知道的？妳是不是因為這個才要和離的？對了，妳不知道吧？大哥從琢玉書院退學了！」

顧馨之非常配合，瞪大眼睛。「什麼？他不是要科舉嗎？」

旁觀的香芹、莊姑姑愣住。姑娘，咱不是早就知道了嗎？

謝宏勇沒注意那兩人，繼續道：「對啊，本來今年要下場考舉人。現在他被琢玉書院退了，我看玄乎了！」

顧馨之佯裝擔憂。「畢竟學了這麼久，自己也能學的吧？」

謝宏勇冷笑。「學什麼學，前腳退學，後腳家裡就擺宴，堂而皇之的給他納妾！好不快活。」

顧馨之捂著胸口。「天啊！他、他竟然……」

香芹、莊姑姑無語。姑娘，有點假了。

「妳也覺得荒唐吧？前腳剛和離，正房也還沒娶進來，就先大張旗鼓納妾。這下好了，滿京城的好人家，哪個能看上他？」

許是終於找到傾訴對象，謝宏勇一股腦兒往外說：「妳應該知道妳這親事是小叔叔保的媒吧？」

顧馨之連連點頭。「對的，就是小叔叔保的媒。」

「那妳知不知道，小叔叔許了大房什麼東西？」

顧馨之還真不知道，她歪頭想了想。「讓你大哥去琢玉書院？還有錢和鋪子？」

謝宏勇恨鐵不成鋼。「小叔叔出手誒，他能這麼小氣嗎？」他扳著手指開始數。「大房拿了大頭，除了大哥進書院，手裡的鋪子，還有大伯母的爹被調到富得流油的戶部，大哥的舅舅……連我爹也從戶部接了個大單子。」

顧馨之當真是震住了，謝大人好大手筆啊！怪不得當初堅持要她重回謝家。

連香芹和莊姑姑也面面相覷。

「不過，現在都沒了。」謝宏勇冷笑。「大哥他們竟然還敢去小叔叔面前鬧！」

顧馨之這下真好奇了。「結果如何？」

謝宏勇壓低聲音。「上月底皇上遇刺，一大堆官員被罷黜抄家，大伯母娘家也不知道怎麼扯上關係，全被拉下來了。大伯母都歇了，在府裡也不敢鬧騰了。」

「大伯母家什麼德行？他們怎麼敢摻和這事，肯定是小叔叔動了手腳。」他一臉慶幸。「幸好我爹就是接個單子搭上戶部關係，不礙什麼事。」

顧馨之點頭。「不錯，不錯。」

謝宏勇再看她。「妳說妳，後邊站著小叔叔呢，怎麼這麼不頂用！還被休出謝家！」

顧馨之捂臉。「嗚嗚嗚嗚我真是太失敗了，我愧對小叔叔……」

謝宏勇愣了愣，下意識改口。「其實，和離也好，大哥估計也廢了。」

顧馨之透過指縫看他，見謝宏勇八卦兮兮的繼續說：「大哥那貴妾不簡單啊，大伯母天天被氣得肝疼，找大哥鬧了好幾回，大房那邊可熱鬧了，天天吵架。大哥本來就因為琢玉書院的事心煩，哪裡忍得了這兩人哭哭啼啼、吵吵鬧鬧的，就整日出去鬼混。這不，昨夜就去了梵花樓，聽說喝多了，讓我去接呢。」

香芹還未反應過來，莊姑姑已變了臉。

顧馨之一頓，慢慢放下手。「你去青樓接謝宏毅，為何不用家裡的車？」

謝宏勇愣住。「妳沒哭啊……這不是怕我娘知道嘛，我連人都不敢帶，準備去外頭借輛車來著——」

顧馨之道：「那行，去吧。」

謝宏勇正疑惑，顧馨之揚聲朝向外頭。「長松，靠邊停一下。」

「是。」外頭的長松拽緊韁繩。

在城中車速慢，韁繩一緊，噠噠兩聲蹄響，車便停了下來。

謝宏勇震驚的看向顧馨之。「妳什麼意思？」

顧馨之敲敲車身。「我還坐在車裡，怎麼跟你去青樓接人？」

謝宏勇不明白。「那是大哥啊，妳跟他夫妻一場，有什麼干係。」

「不好意思，不熟。」顧馨之微笑，示意香芹拉起車簾。「自己走還是我送你？」

謝宏勇生氣，抱胸坐定。「我不管，都到這裡了，我要用車。這是謝家的車，妳才是客人。」

顧馨之慢聲道：「謝大人這般照顧我，我怎能讓他的車被拉去青樓，污了他的名聲？」

謝宏勇狡辯。「不就是輛車嗎？小叔叔又不在這兒——哎喲！」

謝宏勇側腰挨了一腳，整個人摔趴在車板上。

顧馨之提著裙子，繼續把人往外踹，同時招呼香芹。「香芹，來，把他踹下去。」

香芹從愣怔中醒來，立馬上前幫著推搡。莊姑姑遲疑了下，也一臉複雜的上前幫忙。

謝宏勇大怒。「妳們幾個潑婦——哎喲——再踹我就要打人——嗷——」砰的一聲，他整個人摔出馬車，重重砸在地上，疼得眼淚差點冒出來。

顧馨之居高臨下的看了他一眼，確定他沒斷胳膊斷腿，冷哼一聲，甩下車簾。「長松，走。」

目睹整場經過的長松道：「是。」

當晚，踏著暮色回府的謝慎禮還未來得及為顧馨之的離開悵然一下，便聽說了這事。

屋裡安靜了片刻。

他捏了捏眉心，問：「宏勇受傷了嗎？」

許管事忍笑，道：「聽說，青了幾塊。」

「宏毅呢？」

「下晌便回來了，這會兒怕是還在醒酒。」

「把他關進祠堂，跪兩天。」

「是。」許管事等了片刻，見謝慎禮無甚表示，忍不住又問：「那，顧姑娘那邊……」怎麼處理？

謝慎禮眸中閃過笑意，神態是難得的輕鬆。「讓人給她送點東西，就說……腳法不錯，下回繼續。」

第十九章

隔天，東西就送到顧馨之的莊子上。她看看桌上的點心匣子，一臉茫然。「什麼？」

來人是長松，他有些拘謹，重複說了遍。

這是調侃她呢？這麼點小事，至於特地送一堆點心過來嗎？真把她當小孩哄呢。

顧馨之好氣又好笑。「知道了，替我多謝你們家主子——等等，來都來了，帶點東西回去吧。」

隨即讓人抓了兩隻雞、一簍雞蛋、一籃子新鮮春菜，給長松帶了回去。住在莊子就是這點好，隨便抓點就能當禮。

等長松離開，她好奇的打開點心匣子。

徐叔候在旁邊等著稟事呢，見狀笑呵呵。「這是桂花樓的點心，出了名的貴。謝大人有心了。」

顧馨之摸了摸匣子上精美的雕紋，再看一匣才那麼幾塊的精緻點心，咋舌。「貴是貴在匣子了吧？」

徐叔莞爾。「誰知道呢。」

顧馨之挑挑揀揀，摸了塊點心塞進嘴裡。甜絲絲，確實好吃。「你們也試試。這麼多匣呢。」

徐叔等人都已然習慣她的處事方式，跟著一起吃，自然都是讚不絕口。

顧馨之連吃了四塊才停下，喝了口茶後，她問：「有人選了嗎？」

「誒。」徐叔忙嚥下糕點，連忙將人選列出來。

他們是在挑選鋪子的工作人員，婦人接待客人，男人守著鋪子，選夫妻過去比較合適，就挑了兩家，每家都有個半大孩子，正好教起來。

顧馨之想了想，點頭了。「成，就這兩家吧，小孩別安排太多事情，累壞了就不好。」

徐叔微笑。「姑娘心善，跑個腿說說話什麼的，能累到哪兒去呢。那李大錢他們如何安排？」

「李大錢跟著我，他嘴巴索利，以後跑腿送禮的工作，都交給他。其餘兩個，你看著安排。」

「是。」

這事便算定下了。

顧馨之接著開始愁薯莨，湖州晃了兩天，只看到布料，沒問到薯莨。她心裡掛念許氏，也不想忤了謝慎禮的好意，只得讓雲來的管事幫忙留意，便回來了。

如今她手裡的薯莨已經用完，熬出來的莨水暫時夠應付這一批試水布料，但她不可能只做一次，總得多備點。倘若短時間內找不到更多貨源，那她得想想別的產品，總得把銷路打開。

再者，病了一場，她越發覺得在莊子住太偏了，勢必得在京裡買套宅子。關鍵是錢不夠……京城寸土寸金，她這段日子除了賣了批毛巾，餘下的，得進貨、得生活，已經夠緊巴了，還是得先把鋪子開起來。

越想越頭大，顧馨之索性不想了，爬起來去看許氏那邊的工作。

又過了兩日。

綢坯經過數次煮綢、曬莨，今日要過泥了。

顧馨之剛搬回莊子時，已經讓人開始挖河泥，加上挖溝渠時引進來的河泥，攢到現在已經頗為可觀。

看完帳、將各種瑣事安排妥當，她戴上斗笠，麻溜趕往河邊。

那廂，許氏已帶著人往布料上糊泥了。

顧馨之遠遠看著，養了幾分肉的許氏笑容燦爛，穿著舊布衫裙，跟著婆子媳婦子們一起往綢坯上糊泥，半點沒有初見時的苦相。

看來這些活兒交給她是對的，許氏性子軟，但做事細緻、耐心又負責，曬莨的時候顧馨之便發現了。

以前她帶徒弟，好多細節、要點，需要反覆叮囑和提醒，但許氏卻不用，記不住許氏會拿筆記下來，不確定就反覆詢問，確保每一件事情都不出差錯。幾次下來，顧馨之後面就把曬莨工作全交給她，反倒讓她精氣神更好。

也算是意外之喜。

不過到了新環節，顧馨之還是得盯著。

眾人看到她，紛紛起身打招呼。

顧馨之擺手。「不必多禮，都忙去吧。」她快步走到許氏身邊。「娘，這會兒曬著呢，您怎麼不戴個斗笠？」

許氏笑呵呵。「不礙事……妳快看看，糊成這樣可以嗎？」

如今才剛巳時，太陽確實不算曬，顧馨之便不再多話。拽起裙襬隨意打了個結，她蹲下來，抹開綢坯上的泥，仔細打量。

其餘人等緊張的看著她。

顧馨之微微皺眉。「不夠均勻，這裡厚，這裡又露了點。厚薄無所謂，必須都覆蓋了，不能有漏出來的地方。」

「是。」

許氏也緊張。「誒，咱從頭再檢查一遍。」

顧馨之點頭。「走，我也一起去。」

糊泥、抹勻、攤曬半個時辰、再去河裡清洗掉泥巴，最後鋪在河岸邊晾曬。幾塊綢坯輪流折騰完，已經過午。

顧馨之摸了摸餓得咕嚕叫的肚子。「總算好了。」

旁邊催了好幾回的水菱大鬆了口氣。「可算忙完了……奴婢去趟廚房，讓他們趕緊把菜飯熱一熱。」

顧馨之擺手。「去吧去吧，我們先回去收拾收拾。」

「誒。」水菱提起裙襬就小跑了出去。

顧馨之無奈，轉頭朝許氏道：「等明兒最後一次覆烏，這布料就算成了。」

許氏大喜。「終於要成了？」

「要不是前些日子一直下雨，早該好了。不過，也不礙事，這布料，就得等天熱了才好賣。」

許氏也不懂，只道：「能賣就行，能賣就行。」

顧馨之傲然。「那肯定能賣，絕對不比高州那邊的差。」

高州的絲綢布料盛譽天下，有點類似她原來世界的蘇杭。

許氏好笑。「妳自己都是第一回做，信心這般足？」

顧馨之做了個鬼臉。「我有天賦嘛。您看，我鼓搗出來的毛巾，多受歡迎。」

許氏一想也是，連連點頭。「能賣就行，也是個進項。」

顧馨之攬住她胳膊往回走。「您放心，肯定掙錢，等錢到帳了，給您買十個八個丫鬟，讓您出門氣派十足。」

許氏笑得不行。「妳就嘴貧吧。」

顧馨之笑嘻嘻。「我樂意哄——」

「馨、馨之？岳母？」突然，震驚的聲音從前方傳來。

顧馨之循聲望去，憔悴許多的謝宏毅站在她們家莊子門口，身後是謝家的馬車奴僕。這會兒，他滿臉驚愕，不敢置信的目光在幾人身上梭巡。

「妳們怎麼……妳們竟然……」他嚥了口口水。「妳們竟然已經淪落到下田了？」

顧馨之下意識低頭。褲腳、鞋子不說，連裙襬袖口都沾滿泥水，看著確實像是剛下田。不過……

顧馨之抬頭，斂了笑，淡聲道：「你來幹什麼？」

「宏毅啊……」許氏也收了笑容，她想了半天，沒什麼話說，只乾巴巴道：「你過來是有事嗎？」

謝宏毅拱手行禮。「岳母，我——」

許氏連忙擺手。「使不得使不得。」

顧馨之也嫌棄。「別胡亂攀親戚，有事說事，沒事就滾。」

謝宏毅神色複雜。「畢竟夫妻一場，我過來看看妳們……」他回頭招呼僕人，把東西拿出來，然後又朝她們道：「莊子這邊畢竟生活不便，我給妳們送點東西過來。」

顧馨之皺眉。「我們不缺東西，你帶回去吧。」
謝宏毅堅持道：「都是吃的用的，妳們日常用得上，留著吧。」
顧馨之不是很耐煩。「我就是客套一下，看不出來我們不想要你的東西嗎？你直接說，過來幹什麼？」
許氏一聲不吭，只安靜的站在那兒。
謝宏毅有些受傷，然後道：「我就是來看看妳們……家裡沒個男人，日子肯定不好過，我多來幾次，別人知道你們家有人照看著，多少會顧忌些。」
顧馨之挑眉。「喲，隔了幾個月，謝大公子可算想到這一點啊，真是有心！」
謝宏毅有些尷尬。「前些日子事情多……」
顧馨之冷哼一聲。「行了，我不稀罕。東西怎麼拿來就怎麼拿回去，恕我們不招待。」
她拉著許氏便要離開。
謝宏毅忙上前兩步。「馨之，別這樣。宏勇都跟我說了，前兩天妳還為我的事情傷心憤怒，想必心中還是有我。妳們如今……我沒別的意思，我只是想照顧妳們。」
顧馨之打了個寒顫。「照顧就免了。謝公子請回吧。」
謝宏毅頹然。「我知道妳怨我，我、我只是想好好照顧妳。」
顧馨之皺眉瞪著他。「你姓謝我姓顧，我們沒有任何關係，我不需要你的照顧。」
謝宏毅神色有些複雜。「顧家沒有男丁——」

「那也是我顧家的事。」顧馨之打斷他。

謝宏毅沈默片刻，咬牙道：「妳若是擔心名聲……我可以再娶妳進門！」語氣之決絕，彷彿下了多大的決心。

顧馨之驚呆了。「你是不是有病？我差你這點照顧嗎？還有，你對你那位溫婉端莊的張姑娘不是忠貞不二嗎？你這樣對得起她？」

謝宏毅道：「明婉敬愛我，又是那般寬宏大度的性子，定然也會支持我的。我聽說妳們過得艱難，究其緣由，還是因為我們和離了……我、我現在就去找小叔叔，讓他再次為我們主婚。」

這什麼腦回路？

顧馨之還沒罵回去，一直安靜的許氏卻突然開口。「不行。」

兩人詫異的扭頭。

許氏咬了咬牙，道：「我家馨之準備跟謝太傅訂親了，她將來就是你的嬸子，你身分尷尬，往後，沒事就不要過來了。」

什麼叫搬石頭砸自己的腳？

這就是。顧馨之頭都大了。

「妳，妳、妳們……」謝宏毅「妳」了半天才反應過來。「岳母，不是的，那是馨之為了氣我，故意說的。」

顧馨之剛要說話，被許氏按住了。

許氏看著謝宏毅。「我知道，馨之早就與我說了，是不是故意，我自有判斷。」她神色轉厲。「你們已經和離，本來往後應當老死不相往來，但馨之若是與你叔叔成親，往後總會有見面機會，請你謹言慎行。」

謝宏毅不信，連連搖頭。「不可能，小叔叔規矩是最嚴厲的，他怎麼可能娶自己的姪媳婦？」

許氏冷聲。「我家馨之現在是待嫁之身，謝大人亦是家無妻妾，有何不可？」

顧馨之看著戰力暴漲的許氏，突然覺得，讓她這般誤會，似乎……也挺好的？

謝宏毅卻驚得臉色都變了，他看向淡定自如的顧馨之，不敢置信道：「這不是真的，馨之妳是在氣我嗎？往日是我不知好歹……」說著說著，他又開始提起方才的話。「我不計較妳往日的蠻橫了，妳跟我回謝家吧，我雖深愛明婉，但我保證明婉絕對不會越過妳，妳才是明媒正娶的妻室。」

許氏臉也變了。「謝宏毅，我顧家再如何不堪，我亡夫亦是皇上親賜的鎮國將軍，你不光毀我女兒名聲，還將我女兒跟一名妾侍相提並論？」

謝宏毅吶吶。「我、我不是這個意思……畢竟夫妻一場，我想往後好好照顧她……」

許氏步步進逼。「鎮國將軍的女兒，你想棄就棄，想娶就娶？」

謝宏毅額上冒汗。「岳母，和離非我所願，是馨之拿著利器威脅我的！」

許氏眼睛都紅了。她哽咽著怒斥道：「我家馨之以前多麼溫柔、多麼乖巧，在你們謝家熬了兩年，生生變得如此潑辣！你還好意思說非你所願，你是要逼死我女兒嗎？」

顧馨之滿臉黑線。這個，吵歸吵，別人身攻擊啊！誰潑辣了！

不過她算是看出來了，對許氏而言，她爹跟自己，就是逆鱗啊！很好，以後就往這個方向。

那廂，謝宏毅仍在疾聲道：「岳母，您信我，以前是我不懂事，往後我會改的——」

「不必了。」顧馨之打斷他。她娘都這般表態了，她不妨加把火吧。

她盯著謝宏毅，慢慢開口。「當初我顧家與你們謝家結親，是你們謝家求娶，是你家拿了謝大人的好處，迎娶了我。」

謝宏毅辯解。「我知道，我往後——」

顧馨之打斷他。「你們拿了好處，不光不照顧我，既嫌我娘家勢弱、又嫌我不知好歹，對我百般刁難，是為言而無信，是貪得無厭。你往日迷戀舊情，捨棄正妻，是為不義。現在舊情不如你意，又想把我帶回去，享齊人之福，是為不仁。」

「你這般不仁不義、言而無信、貪得無厭的小人，何德何能，膽敢站在我顧家門前，說要再次娶我為妻？」

顧馨之伸掌直指京城方向。「我這裡不歡迎你……謝大少爺，請吧。」

謝宏毅面無血色，失魂落魄的離開了。

顧馨之轉回來，朝仍在抹淚的許氏吹了聲口哨。

許氏動作一頓，顧不上難過，抬頭怒瞪她。「姑娘家家的，哪學來的流氓行徑？」

呃，一時大意了。顧馨之趕緊賠笑，挽住許氏胳膊。「娘，方才您好生威風啊！要不是您在，我都要被嚇死了。」

許氏信她才有鬼。她抬手就是個一指禪，點著顧馨之腦門訓斥。「我不管妳這兩年跟誰學的，把這些亂七八糟的作派給我忘了！」

「是是是，我的親娘誒，輕點，輕點！」

許氏這才放下手，看著顧馨之皺著眉頭揉額頭，有些悵然。「唉，真不捨得再把妳嫁出去……」

顧馨之順嘴。「那就不嫁唄，咱好好鼓搗鋪子，以後坐產招婿！」

許氏搖頭。「不行。」

顧馨之撇嘴。

許氏嘆氣。「妳既然跟謝大人情投意合，何必說這些負氣話……是不是他反悔了？」頓了頓，她自己又否決。「看著也不像，這幾個月他對咱們家、對妳確實是盡心盡力的。」

顧馨之內心搖頭。那是老爹的人情債！跟她無關啊！

許氏仍在猶豫。「我方才是不是說太快了？那謝宏毅嘴巴靠譜嗎？事情還未定下來，萬一他說漏嘴了……」她開始著急。「妳跟謝大人有什麼討論章程沒有？他後續有什麼安排？」

「沒有。」對上許氏泫然欲泣的淚眼，顧馨之嚥下到嘴的吐槽，乾巴巴道：「我這不是剛和離嘛……怎麼著也得再等等？」

雖然很是對不起謝慎禮，但……死道友不死貧道。他既然說要照顧自己，那背點緋聞，應該也是……沒問題的吧？

許氏卻恍然大悟，擦掉急出來的眼淚，連連點頭。「對的對的，是我想左了，這事確實不宜太著急，省得別人知道了你們的私情。」

對不起謝大人，回頭一定給您多送點東西，補不了名聲，補補身子也好！

許氏思索片刻，有些惋惜道：「起碼得過了今年。」

顧馨之頓時雙眼放光。「對對對，不能讓人非議，翻過年再說。」

許氏看了她兩眼，蹙眉。「翻過年妳就二十了，會不會年紀太大了？」

顧馨之連忙道：「二十好啊，二十身體才長成呢。」十來歲成親什麼的，太不人道了。

許氏白她一眼。「胡說八道，天下姑娘都早早嫁人，單妳沒長成？」

顧馨之汗顏，挽著她往屋裡走。「所以很多人生孩子跟過鬼門關似的啊，太危險了。過了二十才好。」

許氏皺眉。「真的假的？」

顧馨之道：「真的真的，醫書上寫著呢。」

「盡誆我，妳哪來的醫書？」

「唷，就前幾天啊，這不是在謝大人府上養病來著，恰好就看到了嘛……」

這事暫時就這麼過去了，顧馨之轉回去專心鼓搗她那些綢坯。

過了河泥的綢坯還要進行一次覆烏，即第四次封莨水，然後在薄暮時分，鋪在草地上陰乾。至此，質地挺爽軟滑、紋理古樸美觀的香雲紗，便製成了。

雖然全程經了手，許氏仍然難以相信，捏著紗綢，不停的問：「這真的是那價值連城的香雲紗？不是騙我的？」

「當然啊，您摸摸不就知道了嗎？」

香雲紗，源自響雲紗，因其輕薄挺爽，行走間沙沙作響，取名響雲紗，後取諧音美化為香雲紗。在她原來的世界，香雲紗已有千多年的歷史，是國家級無形文化遺產。

她很幸運，機緣巧合之下踏入這個行業，兢兢業業多年，學下一身本領……沒想到，穿越一遭，還能繼續靠這門手藝吃飯。

許氏猶自怔怔。「這麼簡單就得了？」

顧馨之生氣了。「哪裡簡單了?從選綢坯開始，每一步都是很專業的好不好?!」說她什麼都可以，質疑她的專業就不行！

許氏唬了一跳，連忙安撫她。「不不不，娘不是這個意思……就……妳也沒做過啊，咱這是一次摸索出來了？」

顧馨之頓時心虛，佯裝驕傲道：「看來我有天賦！您看，開布坊的這麼多，誰能想到毛巾這種東西？」

「確實。」許氏看著面前的香雲紗，問：「那這些，送到鋪子裡賣？」

顧馨之挑眉。「現在不賣……都收起來，收起來。」

「啊？」

顧馨之笑得狡黠。「等天熱了——」

「夫人、姑娘！」香芹氣喘吁吁跑過來。「那個，謝大人來了。」

顧馨之愣住，許氏也愣了，下意識看向天邊。她們近暮才曬的布，如今剛收起來，天都快黑透了。許氏下意識道：「這麼晚過來，是有急事？」

顧馨之也蹙起眉。「走，去看看。」

一行人匆匆趕往前院待客廳。

隔著院子，顧馨之便看到熟悉的高大身影站在裡頭，右手虛攏身前，左手負於身後，依然是那副端肅嚴整的老幹部姿態，不像有急事。

她這般想著，便慢下腳步，讓許氏先進門——有事她先上，沒事按禮節，長輩先行。

許氏快步進廳，顧馨之緊隨其後。謝慎禮聽見動靜，轉過身。許氏快速掃他一眼，不見急切之色，也鬆了口氣，準備行禮。

謝慎禮卻先發制人，當先朝她深深一揖。「顧夫人。」

許氏嚇了一大跳，當即錯身避了他的大禮，惶然道：「謝大人突然前來，還如此大禮，可是、可是有何要事？」上回謝慎禮這般大禮，還是送她那亡夫骨灰回來……

謝慎禮直起身。「實在抱歉，在下剛剛得知宏毅昨天過來鬧事。」

許氏差點軟倒，顧馨之趕緊攙住她。

許氏乾笑。「是為了這事啊……」真是，嚇死她了。

謝慎禮遲疑了下，垂眸道：「也不算。」

「那坐下慢慢說。」許氏看向顧馨之，示意她行禮。

顧馨之暗自撇嘴，上前一步，福身。

低垂眼眸的謝慎禮卻繼續道：「聽宏毅說，顧夫人允了我與顧姑娘的親事——」

咚——

福身下去的顧馨之直接跪了。

第二十章

顧馨之的痛呼猶在嘴邊，整個人倏然騰空而起，安然落在椅子上。高大身影已蹲在自己跟前，修長手指伸出，卻在將將碰到她裙襬時停了下來。

那廂，許氏已然反應過來，急急上前問：「怎麼摔了？傷了沒有？」

謝慎禮順勢起身，後退兩步，道：「煩勞顧夫人看看，聽聲音，怕是摔著了。」

顧馨之頓時忘了他方才的異狀，只覺膝蓋疼得要命。她立馬嚶嚶嚶。「娘，好疼啊。」這可是石磚地板，她方才是真實打實跪下去的！疼死了嗚嗚嗚嗚嗚——當然，最好能乘機把那社死的話題岔開！

她嚷得真切，許氏信以為真，急得蹲下來，一把將她裙襬、褲腳拉起來——

謝慎禮來不及挪開視線，便被那瑩白小腿晃了眼，愣了下，才看向她的膝蓋。果真磕出一片紅腫，還滲出幾絲血痕。

顧馨之「哇」了聲。「流血了。」

許氏忙不迭喊人拿藥過來。

顧馨之一聽，顧不得裝疼，趕緊道：「沒事，這個等會兒就結痂了，上藥反而不好。」

這年頭可沒有消毒水、酒精什麼的，萬一感染了可怎麼辦。

微沈的男音響起。「用我的吧。」

迅速遞上藥盒的青梧已飛快退開，頭快埋進胸口，生怕看到不該看的東西。

謝慎禮修長的指節捏著木盒，遲疑了下，轉手遞給一旁的莊姑姑。

許氏「誒」了聲。「大人的肯定是好藥，那我們不客氣了……快拿來給馨之搽上。」

顧馨之迅速拉下裙襬褲腳。「不搽不搽，這麼點小傷。」

許氏按住她。「別鬧騰了，這位置，不搽藥，待會兒走路妳就得哭了。」同時示意莊姑姑動作快點。

莊姑姑飛快擰開盒子，挖了點碧瑩瑩的藥膏，就要往上抹。

顧馨之一看那顏色就想到黴菌毒素，哎喲哎喲的往後縮。「休想騙我，搽了也會疼，我不搽我不搽！」甚至打算把腳收起來。

許氏又好氣又好笑，伸手去拽她小腿，罵道：「都多大了，還怕疼！」

「啊！」顧馨之爬上椅子，提著裙襬打算從旁跳開。「救命啊！」

一隻手從旁伸過來，按在她肩背上，顧馨之頓時被迫坐回去。

別過頭望著外面的謝慎禮語氣淡淡。「冒犯了。」

顧馨之撲騰了幾下，絲毫起不來，頓時氣結。「你這是逼良為娼！」

謝慎禮看了眼愣住的許氏，提醒道：「顧夫人。」

許氏回神，看看避嫌般側過頭的謝慎禮，再看看鬱悶的顧馨之，忍不住笑。「好好好，煩勞你了。」

遂帶著莊姑姑，一起拉開顧馨之褲腳，抹上膏藥，顧馨之差點痛哭流涕。

待得三人終於落坐，已是一盞茶工夫後。

許氏看著謝慎禮，主動接上方才的話題。「我確實跟宏——謝大公子提了那麼一句。」她有些懊惱。「當時太過生氣了，竟把這種事情說出去，現在想想，確實不太合適。」

謝慎禮眼神掃向顧馨之。

顧馨之沒想到方才自己那般折騰，都沒把這話題糊弄過去。她沒辦法，只得雙手合十，朝謝慎禮不停做求神拜佛狀，努力表達出「我有罪但是請幫幫忙」的意思。

謝慎禮懂了。

他想了想，朝許氏道：「您是長輩，您以親事為由拒絕宏毅，是理所當然。倘若外邊有閒話，那也是宏毅的品性問題，怪不得您。」

許氏心裡舒坦了，又有些擔憂。「希望他不會在外多言。」

謝慎禮語氣淡淡。「他不敢。」

許氏想起面前這位可是謝家家主，當朝太傅，若無幾分手段……

但她隨即又擔憂上。「謝大人，即便我不反對，馨之嫁過您的姪兒卻是不爭的事實。以你們倆的關係，將來肯定會遇到許多非議。馨之是內宅女子，或許還好，你身為太傅……會不會……」

許氏舔了舔嘴唇，試探道：「娶個名門之後，是不是更為合適？」話說完了又緊張道：「當然，我不是反對你們的意思，經過了這麼些事，我現在只希望馨之平安喜樂，別的都是虛的。」

顧馨之眼皮一跳，又開始朝謝慎禮做抹脖子、求饒狀了。

謝慎禮眸中閃過笑意，面上卻絲毫不顯。他斟酌了下，慢慢道：「顧夫人對朝政之事不太了解，但，顧夫人認為，我這太傅，能做多少年？」

「這，應當能做許多年吧？」

謝慎禮頷首。「嗯，然後呢？」

許氏不明白。「然後什麼？」

顧馨之卻懂了，提醒道：「娘，謝大人今年才二十八呢。」

謝慎禮讚賞的看了眼顧馨之，耐心解釋。「我這般年紀便位列三公，往後是升無可升。倘若我再娶名門之後，不管是文是武，名聲定然更高。若我不犯事，穩坐太傅之位數十年，滿朝文武，是看我，還是看皇上？」

許氏怔住。

謝慎禮看了眼擠眉弄眼的顧馨之，接著道：「若是我與顧姑娘結親，私德不端的名聲怕是跑不了，倒也算是歪打正著了。」

許氏吶吶。「啊，竟是這樣嗎？」她想到什麼，臉色陡然變了。「你是想拿我家馨之當幌子？」

謝慎禮微哂。「顧夫人放心，在下再如何不堪，也不至於拿自己的親事開玩笑。」

許氏這才鬆口氣，顧馨之也鬆了口氣。

就聽謝慎禮接著道：「顧夫人，請恕在下多嘴，顧姑娘年初才和離，此刻議親，恐傷名聲，還是再晚些日子為好。」

顧馨之大喜，忍不住朝他豎起拇指。哥兒們，上道啊！

許氏連連點頭，她微赧。「對對，馨之亦是這麼勸我。是我著相了。」

謝慎禮頷首。「顧夫人理解便好。」頓了頓，他宛如不經意般。「上回妳們參加我恩師壽宴，彷彿也相看了幾家，找個機會推了吧。」

許氏「哎喲」一聲。「我竟把這事給忘了，得趕緊給徐家遞個信兒了。」

哎喲，意外驚喜啊！顧馨之眉飛色舞。

聊完正事，許氏鬆快許多。「謝大人這個點過來，是不是還不曾用晚膳？」

謝慎禮點頭。「確實不曾。」

許氏笑呵呵。「正好我們也沒，不介意的話，一起吧？」

「恭敬不如從命。」

三人遂移步飯廳，大家心情都不錯，晚膳雖然簡單，也吃得賓主盡歡。

飯畢，謝慎禮識趣告辭，顧馨之立馬說去送他。

許氏下意識瞪她，下一刻又想起這兩人的情況，頓時無奈。「行了行了，去吧去吧。」她朝謝慎禮行了個禮。「那我不送了，大人慢走。」

「顧夫人多禮了。」

顧馨之眉飛色舞。「走走走，謝大人，我送你出去！」

謝慎禮莞爾，他朝許氏點點頭，踱步向外。顧馨之立馬朝許氏揮手，歡快跟上。

許氏恨鐵不成鋼，朝身邊的莊姑姑低聲道：「這丫頭，人還沒嫁過去就這般黏著！」

莊姑姑笑著安慰她。「感情好是好事，總比上一回強迫的好。」

許氏愣怔，嘆氣。「我就是這麼想的……否則我哪至於鬆口。」

莊姑姑倒是擔心另一個問題。「姑娘剛從謝家出來，現在這情況，之後又要回謝家……往後抬頭不見低頭見的，姑娘怎麼辦？」

「我原來亦是這般想。但妳想，謝大人是長輩，馨之若是嫁過去，往日那些人，都得尊著她，這麼想，謝家也就不足為慮。而且，謝大人與謝家……」許氏含糊其辭。「反正也不住一起，不打緊。我現在就望著馨之後半輩子有人照顧有人疼惜。」

莊姑姑嘆氣。「也是。」

她們這邊閒話家常，另一邊，卻與她們所想的大為不同。

謝慎禮右手虛攏在腹前，踏著月色慢慢向前。

顧馨之因為方才磕了腳，走兩步跳兩下，完了還不忘回頭朝跟著她的水菱吩咐。「我跟謝大人說幾句話，妳別跟著。」

水菱不放心。「這天太黑了，奴婢要是退太遠了——」

她話未說話，手裡燈籠便被青梧奪了去。「好姊姊，這燈籠交給小的，小的定然不會讓您家姑娘磕著碰著。」

顧馨之點頭。「對對對，有青梧小哥呢，妳怕什麼。」

走在前頭的謝慎禮腳步一頓，淡淡掃了眼青梧。青梧頭皮一麻，立馬不敢再多話了。

謝慎禮看了眼烏漆抹黑的院子，停下腳步，道：「別送了，有什麼話直接說吧。」

「啊？」顧馨之下意識回頭看大堂。

謝慎禮道：「顧夫人離開了。」

「喔。」顧馨之回頭，確認水菱聽不清楚他們說話，才看向謝慎禮。

他正神色平靜的看著她，月華傾瀉而下，灑在他端肅冷峻的眉眼上透著幾分柔意。

顧馨之愣了下。

「顧姑娘，」謝慎禮定定的看著她。「妳不是有話要說嗎？」

「對的對的。」顧馨之回神，雙手合十，低聲道：「今晚真是多謝了，大恩大德，沒齒難忘啊！」

「我說的句句屬實。」

「嗯嗯，說實話跟沒拆穿我並不衝突，起碼我今年算是能清靜下來了。」顧馨之揮手。「今天欠你一次，以後你要是有需要，儘管找我，能幫上忙的，我肯定幫。」

顧馨之感謝完，看向他。「謝宏毅真去找你對峙了啊？」

謝慎禮淡淡的。「嗯。」

顧馨之「嘖嘖」兩聲。「這傻缺……你就不能給他找點事嗎？整天閒得到處晃悠，還來找我麻煩。」

謝慎禮點頭。「會的，這兩日就把他送走。」

顧馨之又拜他了。「好人一生平安！」

說完正事，顧馨之又忍不住嗨道：「真不考慮跟我來個假戲真做嗎？」

顧馨之被他無可奈何的神情逗得大笑，謝慎禮也不催，只站在那兒看她捂著肚子笑。

半晌，顧馨之終於緩過來，見他還傻站著，忍不住掐起蘭花，朝他拋了個媚眼，捏著嗓子道：「五哥哥當真如此絕情嗎？」

月光下，那如蘭若蝶的瑩白玉指晶瑩剔透，彎月般的眉眼既狡黠又魅惑……

謝慎禮眸中暗潮洶湧。

一夜安眠。

第二日，還沒等許氏給自家閨密寫信，那徐姨倒是先給她們送信了，約她們去城西的金華寺，參加浴佛節。

許氏「哎喲」一聲。「最近忙著製香雲紗，都把這個給忘了。」

「那浴佛節有什麼講究嗎？」顧馨之不信佛，對這個節日很是陌生，遂問許氏。問完她就覺要糟，趕緊看許氏。

許氏卻沒有察覺。「倘若是去寺廟，大都會舉辦洗塵法會，我們普通人家煮點烏飯送親朋好友，保大家強身健體、百病不生……以前妳還小，等妳大了點，妳爹又一直在戰場，我不好到處亂跑，都是做點烏飯了事，這回帶妳去開開眼界。」

顧馨之眨眼，撒嬌道：「娘最好了。」

「那當然。現在得趕緊準備南燭葉，妳也學起來。以前……以後這些可不能不懂了。」

顧馨之自然滿口答應。

許氏盤算起來。「得送好幾家呢，妳徐姨、張姨、秦姨……對了，妳說，柳山長家送不送好？」

顧馨之想了想。「也送吧，畢竟也參加過山長的壽宴，我們只管將心意送到，別的就不管了。」

「行——哎喲，還有謝家和陸家。」

顧馨之擺手。「謝家不送，謝家就送謝大人那邊。」

「不好吧？」許氏遲疑，他們往後還得結親呢。

顧馨之道：「我們的交情只論謝大人那邊的。他自己都別府獨居，就當他們分家了。」

「也對，聽妳的。」許氏本也不想跟那邊來往。

事情就這麼定了，顧馨之吩咐人準備南燭葉、糯米，能裝飯的大匣子，送的時候也不能光只送飯。反正都是要泡糯米，顧馨之便讓人多泡一點，順便做點烏糍粑。

轉天，兩人便帶著人剁南燭葉、泡糯米。烏飯明天出發前再蒸就好，糍粑倒是能提前就開始做。蒸熟的糯米搗爛，裹上花生餡或紅豆餡，捏成團，再滾一層炒熟的糯米粉，糯米糍粑就成了。

當晚早早歇息，第二天天不亮爬起來，這邊梳洗完畢，廚房那邊的烏飯也煮好了。

一匣子擺上一份烏飯，一份糯米糍粑，再添上些許新鮮瓜菜，禮品便齊活了。

顧馨之安排人趕早送出去，自己則收拾妥當，在天現魚肚白時，跟著許氏出發，前往城西金華寺。眼睛都快睜不開的顧馨之再次發誓要努力掙錢，搬到京城。

一路搖搖晃晃，終於趕在金華寺洗塵法會開始前抵達。徐姨特地等在寺外，接了她們便匆匆入內。

徐姨不光邀請她們家，另有一家也同行。人太多，加上法會要開始了，幾人草草行禮，便進了場。

浴佛法會在正殿前舉辦，浴佛節是佛家大節，信眾大都不會缺席，加上看熱鬧、求平安的人家，金華寺裡擠擠攘攘，幾無落腳之地。

顧馨之等人也擠在人群中——這還得益於徐姨提前讓僕人丫鬟在前邊占了位。這等法會大事，全民參與，也就沒有所謂的特權位置，全靠下人占位。

他們一行剛越過人群站定，法會便開始了。

莊嚴的佛頌聲中，僧眾捧著香，迎出佛像。大法僧率眾僧上香、展具、頂禮跪拜唱誦。圍觀信眾雙手合十，虔誠念佛。

顧馨之非常隨大流，跟著大夥兒一起合十念佛。她閉上了眼，沒發現徐姨另一邊的婦人暗中打量她。

請佛後是正式浴佛，鐘鼓齊鳴中，僧人將佛像置於金盆中，上香並三跪九拜，繼續唱誦經文。唱畢，大法僧上香叩禮，然後領著大眾同唱佛寶讚，接唱讚佛偈。

顧馨之哪裡會這些佛經，只得低誦「南無阿彌陀佛」混過去。

唱佛的時候，大法僧還會領著眾人繞佛行走。明明滿廣場的人，卻能秩序井然的走出一條長龍。繞佛完畢，大法僧又領著眾人唱念迴向文、三皈依，唱畢，浴佛法會便功德圓滿。眾人隨喜上香，然後便是隨意活動，或到其餘大殿進香，或遊覽寺廟，或到素齋堂用些素食。

徐姨拍拍手，拉過顧馨之，道：「我方才看妳唱得有模有樣的，妳是信眾，會唱那些佛經啊？」

顧馨之赧然。「不是，我就張嘴做做樣子。」

徐姨愣了愣，笑道：「妳倒是直白。」
顧馨之點頭。「在佛前哪裡敢打誑語。再說，心誠則靈嘛。」
「沒錯沒錯，我也覺得心誠則靈。」徐姨轉向另一邊。「方嫂妳說對不對？」
那位看著比徐姨和許氏都大上幾歲的方嫂笑道：「確實如此。」目光在顧馨之身上來回打量，似乎要看出什麼花兒。「顧姑娘不信佛嗎？還是可以信一信，人沾了佛氣，戾氣會少一點。」
顧馨之愣了下，笑笑不說話，只拿眼角去看許氏。許氏也微微皺著眉。
徐姨忙打圓場。「不信也沒什麼，不信佛的也不缺行善積德者，馨之這種性子，一看就大度隨和，不會天天挑事。」
不等方嫂接話，徐姨一手挽過許氏胳膊，另一手挽住方嫂，道：「走，我們一一上香一邊逛過去。這幾年金華寺修繕多回，還栽種了許多花木，景觀好了許多，不看可惜了。」
一行繼續前行。
徐姨帶了自家兒媳婦和小女兒，那位方嬸只帶了一閨女，加上顧馨之，總共四名晚輩落在後頭。
徐姨家兩位都是見過的，顧馨之也不算陌生，但不知有意還是無意，兩人相攜前行，讓她與方嬸閨女並行。顧馨之看身旁這位不過十六、七歲的小姑娘不停偷瞄自己，心裡鬱悶得要死。她不傻，這太明顯了。誰能想到，寺廟的浴佛法會，都能成為相看場所呢。

怪她放心太早……希望許氏還記得她有個擋箭牌來著。
話說回來，謝慎禮這擋箭牌確實選得好。只要將他擺出來，文不上狀元、武不及將軍，那都是不如他！唉，眼光都要被謝慎禮養刁了……
「那個，顧姑娘。」方家姑娘彷彿終於忍不住，好奇發問。「妳平日在家裡都是做些什麼呀？」
顧馨之笑笑。「幹活啊。春耕的時候我還幫著下田插秧呢。」當然，那是去玩的。
方家姑娘嚇了一跳。「怎麼不多找幾家佃戶？你們家買不起僕人嗎？」
顧馨之佯裝苦惱。「對啊，沒錢，我辛苦一點，就能多省點糧錢出來。」
方家姑娘信以為真，同情不已。「啊……日子這麼艱難嗎？」
前頭聽到幾句的徐姨女兒回頭，笑罵了句。「清清妳別聽她瞎說，她忽悠妳呢。」
方家姑娘愣了愣。「啊？」
徐姨兒媳婦笑著解釋。「她隔三差五還給我們家送魚送雞送菜呢，真這麼艱難，哪有東西送的？」
顧馨之笑道：「哎喲，那是我砸鍋賣鐵賄賂你們呢，回頭我家揭不開鍋了，就帶著我娘去吃你們家、住你們家。」
徐姨女兒跟兒媳齊齊笑了。「妳就貧嘴吧，看許姨回頭怎麼教訓妳！」
方家姑娘看看左右，咬了咬唇，問顧馨之。「妳為什麼騙我？」

顧馨之眨眨眼。「因為看妳可愛，想逗逗妳啊。」
方家姑娘登時紅了臉，哼哧半天，道：「妳平日都這樣說話的嗎？」
顧馨之笑咪咪。「差不多吧。」
方家姑娘抿了抿唇，壓低聲音。「妳名聲已經不太好了，為何說話還不注意些？這樣別人真的會誤會妳家境況很差，會嫌棄妳的。」
顧馨之笑容不變。「無所謂，世上傻子太多，照顧不來。」
方家姑娘這回聽出來了，這人罵自己傻子。小姑娘氣得瞪她，提起裙襬，快步繞過徐家那兩位，走到長輩們身後。
徐姨女兒皺了皺眉，放慢腳步，走到顧馨之身邊，壓低聲音。「妳做什麼這樣氣她？」
顧馨之攤手。「大概是因為，我看不上他們家？」
徐姨的女兒懂了，顧馨之這是看透真相了。
顧馨之拍拍她胳膊。「放心，這家也沒看上我。」
徐姨女兒看了眼前頭，再次壓低聲音。「誰說的，這次就是他們家主動約的。」
顧馨之詫異。「她方才那語氣，可不像啊。」
徐姨女兒輕咳一聲。「她就這性子，所以，挑了幾年，她兒子還打光棍呢。」
顧馨之可樂了，且看她找機會把這事給攪黃了！

第二十一章

因是浴佛節，皇上要陪信佛的太后參加浴佛法會，今日早朝只處理了些重大緊急的事，便早早散了，謝慎禮難得這麼早回府。

剛進門，許遠山笑咪咪迎上來。

「主子，顧家送禮過來了。」

謝慎禮解朝服的手一頓，問：「怎麼突然送東西過來？送的什麼？」

許遠山提醒。「今天浴佛節呢，顧姑娘特地差人送烏飯給您呢。」前面還說的是顧家，這會兒就變成了顧姑娘。

謝慎禮也沒指正他，聽說送的是應節禮品，神情放鬆些，繼續脫朝服。「那待會兒送些上來，我嚐嚐。」

許遠山道：「誒，還有糍粑，一併給您送來可好？」

謝慎禮挑眉。「怎麼還做糍粑了？」

許遠山笑咪咪。「顧家的人說了，顧姑娘覺得只有烏飯太單調了，就一併做了烏糍粑，吃得豐富些，康健亦能翻倍呢。」

謝慎禮暗忖，確實是她口吻。他接過青梧遞過來的常服套上，一邊問：「還送了什麼，一併說了吧。」

「還有些瓜啊菜啊，就是個添頭，回頭奴才讓人燒了。」

謝慎禮頷首，低頭繫腰帶。

許遠山跟在一旁，感慨道：「哎呀，這麼些年，主子都沒正兒八經收過節禮呢。顧家倒是有心。」

謝慎禮掃他一眼。「你這話可要得罪不少人啊。」他收的禮還少嗎？

許遠山忙擺手。「奴才不是這個意思……往日那些禮，不都送到東院，一送一大家子的分，咱這邊只能等他們分了送過來。」

「有何差別？」

許遠山撓頭。「唉，奴才也說不明白，就覺得，顧姑娘每回都送一點點，一看就是專給您吃用的，看著就舒坦。」

謝慎禮愣了下，突然想起那兩尾魚了。「是嗎？」

許遠山拍拍腦袋。「奴才就這麼一說，顧姑娘也不方便送啊。」

謝慎禮頓了頓，換好衣衫，整整衣袖，信步往外走。「顧家這幾日有什麼情況嗎？」

許遠山亦步亦趨跟著，聞言忍不住打趣。「主子這話說得，您前兒才跑了一趟呢，能有什麼事啊？這不，顧姑娘她們一大早就去金華寺參加浴佛法會呢。」

謝慎禮腳步一頓。「金華寺？城西那座？」

許遠山點頭。「我聽那徐管事是這麼說的。天不亮就出發呢，還是住太遠了。」

謝慎禮眸中閃過笑意，彷彿自言自語般。「怎的這般貪玩……」

許遠山聽到了，笑道：「小姑娘哪有不貪玩的，注意安全就好了。聽說浴佛節，那寺廟裡都是人山人海的，前些年聽說還有人被踩傷了。」

謝慎禮腳步一頓，停在書房門外。下一瞬，他道：「備馬。」

「不過顧家應該帶了人——啊？」許遠山愣住，再看身前，哪還有謝慎禮的身影。

謝慎禮打馬疾奔，很快抵達位於西郊的金華寺。浴佛法會剛結束，廟中四處都是參觀禮佛之人，熱鬧非凡。

謝慎禮將轡繩扔給青梧，獨自步入寺內。

他不知顧馨之此刻在何處，憶及那金明池那一回，他默了片刻，循著寺中各處的喧囂，依次找過去。途中遇到幾家相識的人家，還特地避開，省得惹來一番客套。

這一找，又是半個時辰。

直到他再次為了避人而躲入藏經閣一旁的小松林。

「小哥哥長得真俊俏，哪兒人啊？」軟糯甜聲隱約從林中傳來。「家中父母何在？」

謝慎禮一驚。他將近而立之年方亂心弦，那讓他因一個可能性，便丟了章法、不管結果衝過來的姑娘，竟然、竟然……

他寬袖一甩，大步走過去。松樹疏朗，碎光浮動，落在那肅穆五官上，明明滅滅，更顯冷意。

「你看我漂亮嗎？」那軟糯聲音猶自繼續，語氣是他熟悉的輕浮調侃。「這麼漂亮的小姊姊，想不想娶回家呀？」

謝慎禮他已看到那坐在樹下石凳、背對著這邊的熟悉身影。那株松木頗有年分，擋住了其他人，仍能看到一角青衫。

那軟甜嗓音帶著魅惑繼續。「我看你傻得很，把我帶回家好不好啊？」

眼看著那姑娘細腰軟塌前傾，彷彿要倒入旁人懷裡，謝慎禮怒不可遏，沈聲喝道：「顧馨之！」

「我做你媳——啊？」顧馨之坐直身體。「我怎麼彷彿聽見熟人的聲音……喔，應該是我幻聽了，這個點他應該還忙著呢。」

幾句話工夫，謝慎禮已行至她身後，他聲音沈冷。「在下再忙，盯著未婚妻，不讓其拈花惹草的工夫，也是有的。」

顧馨之立馬扭頭。「哎喲，真是你啊。」然後，方才聽到的話終於進到腦子裡，她呆住了。「你說什麼？你未婚妻拈花惹草？這麼刺激的嗎？」

謝慎禮狠狠盯著她。「這得問妳了。」

四目相對，顧馨之一臉不解。「哈？」

一道稚氣嗓音突然冒出來。「姊姊，妳竟然喜歡摘花草嗎？這不好。」

謝慎禮一頓，立馬上前兩步，越過那株蒼松，看見一名五、六歲著青衫的可愛稚童。

周遭有細碎的蟲鳴鳥叫，隔牆外是鼎沸人聲。松樹下，兩人一站一坐，一時無言。

那稚童仍然看著顧馨之。「姊姊，花花草草擺著多漂亮，妳不要去掐它們。」

顧馨之回神，扭頭回答。「沒有，我沒事掐花草幹麼？」

小孩不解。「那他為什麼這樣說妳？」

「他搞錯了。」至於是搞錯什麼，顧馨之也沒說。

誤會的謝慎禮掩唇輕咳，生平第一次有尷尬這種情緒。

「哦。」小孩似懂非懂。顧馨之摸摸他腦袋。

謝慎禮看著她看東看西，就是不看自己的臉，緊繃的情緒突然就鬆了下來，逕自上前，在最後一張石凳上落坐。

顧馨之順勢又摸了把小孩的手，頭也不抬問：「你怎麼在這裡？」

謝慎禮竭力維持淡定。「咳，過來參加浴佛法會。」

顧馨之挑眉。「謝大人竟也有這般閒情逸致？」

謝慎禮右手擱在石桌上，看著她的側顏，認真解釋道：「今日浴佛節，皇上去陪太后，早朝下得早，得空便過來看看了。」

顧馨之不吭聲了。

謝慎禮見她依舊不轉過來，挑了挑眉，看向那稚童。小男孩拿那雙黑溜溜的大眼睛看著他，看起來並不怕生。「這是誰家孩子？」

顧馨之搖頭。「不知道。」顧馨之解釋道：「我經過藏經閣時，看到他一個人亂轉，身邊沒有大人，怕他走丟了。」頓了頓，又補了句。「我讓水菱去前邊找知客僧了，估計待會兒他家人就會尋過來了。」

謝慎禮惱了。「妳身邊只帶一個人已經很不妥當了，妳還讓她離開？下回再遇到事情，直接就近找僧人，或者，託那些侍從較多的人家跑個腿。」

「哦。」

顧馨之老老實實的，謝慎禮便教訓不下去了。他想了想，轉了個話題。「怎麼就妳一個人？顧夫人呢？」

顧馨之眨眨眼，飛快掃他一眼，反問。「你怎麼知道我娘也在？」

謝慎禮不隱瞞。「府裡收到妳家的浴佛節禮，妳家管事說的。」

「哦。」顧馨之邊聽他說話，忍不住又揉捏了把小孩肉嘟嘟的臉頰。

小孩不樂意了，他老氣橫秋的說：「姊姊，妳捏疼我了。妳這麼粗魯，我是不會娶妳的。」

顧馨之忍不住又搓了一把，笑罵道：「打是情罵是愛知道嗎？疼才說明我喜歡你呢！」

小孩掙扎。「妳騙我，我不信。」

顧馨之繼續搓搓搓，嘴裡還恐嚇。「我不光要捏你搓你，我還要把你綁回去，關起來，不聽話不給飯吃！」

小孩震驚。「妳是壞人！」

「對啊對啊，反正你就一個人，沒有人知道我把你抓走了！」顧馨之嗯嗯點頭，張開雙手，嗷嗚一聲。「抓回去了就把你吃掉！」

小孩哇的一聲哭了。「我不喜歡妳了，我要回家！」

顧馨之繼續嚇他。「沒有了，你再也回不了家了，以後要吃飯，就得每天掃地刷碗做飯下田，還得伺候我吃飯！」

小孩哇哇的哭。「妳這個壞人，我不喜歡妳——」

「寶哥兒！」著急喊聲陡然響起。

「少爺！」

一行人飛奔過來。

顧馨之了然，坐直身體，讓出哇哇大哭的小孩。

一名婦人飛奔過來，一把將小孩擁入懷裡。「嗚嗚嗚寶哥兒，嚇死娘了！」

小孩也轉哭為笑。「娘！」

一群人湧過來，將小孩與婦人團團圍住，又是安慰又是詢問，七嘴八舌、亂七八糟。坐在旁邊的顧馨之略感不適，剛要起身退開，胳膊被人輕輕握住。

「來。」男人略沈的嗓音從上方傳來。
顧馨之頓了頓，順勢起身，跟著退開幾步。待她站定，謝慎禮便鬆了手，恢復那單手虛攏身前的端肅姿態。
顧馨之撇了撇嘴。
「姑娘！」水菱匆匆過來，看到謝慎禮，愣了下，忙福身。「謝大人。」
謝慎禮微微頷首。
顧馨之問：「怎的這麼快？」
水菱笑道：「沒去到前邊呢，剛拐過文殊菩薩殿，就看到這家子慌慌張張在找人，奴婢就上前問了幾句。」
顧馨之點頭。那應當不是冷落孩子，估計是孩子調皮自己跑丟了。
那廂，一堆婦孺都哭完了，也問清楚了情況，一年輕婦人拉著小孩走過來，朝顧馨之福身。「寶哥兒調皮，幸得姑娘幫忙照看……我夫家是禮部——」
「小事而已，夫人不必放在心上。」顧馨之打斷她，看了眼仍在抽噎的小孩子，笑道：「我倒是嚇了他幾句，希望夫人不要怪罪。」
那年輕婦人眼眶仍紅著，卻忍不住笑起來。「是該嚇嚇，省得這般大膽，到處亂跑。」
她方才已經仔細問過，自然知道顧馨之怎麼嚇孩子的。
寶哥兒不樂意了，噘著嘴道：「我哪有亂跑，你們一下就走遠了，我追不上啊。」

「還敢說！回去再教訓你！」年輕婦人再次看向顧馨之。「我們家寶哥兒得姑娘照顧，姑娘總得給我們留個地兒，回頭好讓寶哥兒親自登門道謝吧？」先前顧馨之打斷她的家門自報，倒是讓她好感倍長。

「有緣總會遇上。」顧馨之搖搖頭。不過舉手之勞，沒得讓人破費的。她也不想挾恩相交，那非她本意。

那年輕婦人還待再說，顧馨之不想再掰扯，朝她們福了福身。「我這邊還有事，就不多留，諸位告辭。」說著便轉身離開，水菱忙不迭跟上。

那年輕婦人愣了愣，猶自想追上來。「姑娘——」

謝慎禮伸手攔了下，淡聲道：「夫人留步。」

他身形高大，面容冷峻、氣勢凜然，那夫人一時不敢上前。

謝慎禮見她不追了，微微頷首，寬袖翻飛，轉身跟上前邊的姑娘。幾人一前一後走出小松林，踏入喧鬧的廟牆內。

廟裡遊人依舊很多，男人大步一跨，便來到她身側。

路還是那條路，人還是那麼多人，顧馨之卻突然發現好走了許多，連水菱也輕鬆了點。因為方才那些意外，謝慎禮出現時的詭異狀況，好像也揭過去了。顧馨之看了眼身側高大的身影，抿了抿唇，戳了他胳膊一下。

謝慎禮詢問般低下頭，顧馨之下巴朝某個方向一揚，率先前行。

謝慎禮也不問，直接跟上。

一行左繞右拐，來到一處院角，除了幾株大樹，別無他物。

許是覺得這處景致單調，並沒有遊人。顧馨之停下腳步，扭頭看謝慎禮，下巴朝外努，問：「你不是要逛浴佛法會嗎？現在趕緊去啊。」可別再跟著她了。

謝慎禮隨口道：「法會已然結束，隨意逛逛便好。」

顧馨之瞪他。「那你自己逛去。」

謝慎禮看了眼水菱，道：「妳身邊連個靠譜的人都沒有，我不放心。」

水菱縮了縮脖子，下意識看向顧馨之，卻發現她家姑娘的臉不知是熱的還是怎的，竟然漫上一層淺紅。

那廂，顧馨之猶自嘴硬。「你這叔叔管得還挺寬的。」

謝慎禮沈默了。

顧馨之得理不饒人。「謝叔叔這麼有空，還是多管管天下事，省得太傅的位置都坐不穩當。」

謝慎禮看著她。「妳是為方才的事情生氣嗎？方才沒發現妳是在逗弄小孩，誤會妳了，我很抱歉。」

顧馨之耳根發熱，硬著頭皮道：「沒有誤會，我就是這麼輕浮浪蕩的人，謝叔叔若是看不慣，只管離開。」

謝慎禮嘆息。「顧姑娘慎言。」

顧馨之睨他。「我是不是這樣的人，謝叔叔不是最清楚嗎？」

謝慎禮盯著她通紅的耳朵，神色軟和下來，問：「妳害羞了？」

顧馨之羞怒。「你不要顧左右而言他。」

謝慎禮想了想，眼神掃向水菱，再朝遠處一望。水菱心一凜，看了眼自家姑娘，默默退後十來步，站到來時的小徑上。

謝慎禮這才收回視線，看著顧馨之道：「妳知道我不是這個意思，我只是，一時情急，妳秉性如何，我自問已十分了解。」

「你了解個屁！」顧馨之瞪了眼叛徒水菱，試圖離開。

謝慎禮長腿一跨，堵在她前邊。「顧姑娘——」

顧馨之急退兩步，嚷道：「你想幹麼？你你你你你你別忘了你快要訂親了！」這話可是他親口說的！

謝慎禮點頭。「嗯，明年訂親。」

顧馨之的怒氣頓時湧上來。「那你還……」來招惹她？她明眸冒火，怒瞪這廝。「你既然要訂親，為何還在這裡胡說八道？你的規矩呢？你的禮儀呢？你的書難道都讀到狗肚子裡去了嗎？」

「我前兒與未來岳母討論訂親時間，妳不是也在嗎？妳以為我的訂親對象是誰？」

顧馨之大驚。等等，是她想的那樣嗎？

謝慎禮盯著她飛快漫上紅暈的臉，晃了晃神，才慢慢開口。「我年歲不小了，至多拖到明年，若是時機成熟，我想提前。」

提前？提前什麼？她才不要不明白的被嫁掉！

顧馨之咬牙切齒。「我喊你一聲叔叔呢，你好意思、好意思……跟我議親？」

謝慎禮眸中閃過笑意，溫聲提醒。「妳喊我五哥哥的時候，也不見得羞赧。」

顧馨之震驚。「我那是開玩笑，開玩笑的！」「你明知道那是為了給謝宏毅添堵。」她就不信這廝不知道！

謝慎禮點頭。「無妨，以後可以喊。」頓了頓，補充道：「暫時只能私下喊，我們畢竟尚未訂親，壞了妳名聲就不好了。」

顧馨之很是抓狂。「謝大人、謝叔叔，你為什麼——不是，我為什麼要跟你訂親？你若是想報恩、想照顧我們母女，送錢送人送什麼都行，別搞這種以身相許的套路！」

謝慎禮挑眉。「妳以為我只是想報恩？」

顧馨之瞪他。「不然呢？」

謝慎禮想了想，道：「妳若是這麼想也行……殊途同歸。」

去他的殊途同歸。顧馨之氣結。「那我是不是還得多謝謝大人？」

謝慎禮還真的思考了一番。「妳若真想謝，就把婚期提前吧。」

顧馨之震驚。「有沒有人說過你臉皮好厚？」

謝慎禮點頭。「經常。」

謝慎禮看著她，道：「我並不是一個看重臉面的人，往後妳可以多了解。」

顧馨之道：「我以為，注重規矩的人，會注重臉面。」

謝慎禮似乎頓了頓，斟酌了下，才慢慢道：「我注重規矩，是因為在規矩範圍內行事，能減少許多麻煩。」

顧馨之不太明白。「所以，你平日裡的規矩，只是嘴上說說？」

謝慎禮搖頭。「當然不。以身作則，旁人方無可乘之機。」

顧馨之悟了，朝他豎起拇指。「嚴以待己，嚴於律人。是個狼人啊！」

謝慎禮不解。「狼人何解？」

顧馨之隨口道：「比狼人狠一點，不就是狼人了嗎？」

果然，謝慎禮又是一臉無言。顧馨之看他這樣就想笑，剛彎起唇，又想到兩人現在尷尬的情況，立馬抿住嘴。

謝慎禮看出來，道：「想笑就笑，我這裡沒有不准笑的規矩。」

顧馨之白他一眼。「有也不關我事。」

謝慎禮點頭稱是。「所以，當笑則笑。」

這下換顧馨之無言。他贏了。

不過，連番對話下來，她方才的羞意已然消退不少。

顧馨之道：「我現在要去找我娘了，你自己逛去吧。」

「嗯，送妳過去。」

顧馨之沒轍了。「以後的事以後再說，我娘現在跟兩家友人在一塊兒，你這樣出現算個什麼事？」

謝慎禮挑眉。「妳我在寺裡偶遇，我擔心姑娘安危，送妳過去，有何問題？」

顧馨之用死魚眼看他。「你覺得沒問題就沒問題啦？我不要，你離我們遠點。」

謝慎禮點頭，伸手。「好。顧姑娘請。」

顧馨之狐疑的看他兩眼，謝慎禮果真退開幾步，讓出小徑，神情溫和的看著她。

顧馨之試探性往前走兩步，謝慎禮只看著她，並沒有任何動作。顧馨之一喜，立馬加快腳步，衝向小徑口的水菱。

「走走走。」她拽起水菱胳膊。

水菱還未反應過來，便被拖著往前走，她下意識回頭。

只見那位謝太傅正慢條斯理的跟在後頭，彷彿察覺她的目光，平日裡冷肅威嚴的修長雙眸淡淡掃她一眼，視線在她被拽住的胳膊上掠過，又再次回到她家姑娘身上。

水菱心中凜然，忙不迭掙開顧馨之，小聲道：「姑娘，奴婢扶著您。」

顧馨之也不強求，順勢鬆開。「快走快走。」

「不等等謝大人嗎？」

顧馨之回頭，對上男人沈靜溫和的黑眸。

他口中的「不送」，就是隔著三步遠嗎？看來，這位謝太傅不光臉皮厚，還很頑固。

顧馨之翻了個白眼，扭頭。「不管他，我們趕緊走。」

當然，也就這麼一說。等她們再次鑽進寺中，速度還是被迫慢了下來。

顧馨之察覺到那人亦步亦趨的跟著自己，想說話又憋了回去……這裡太吵了，說話也不方便，算了。

就這樣，三人一前一後，穿院過殿，來到寺廟北邊的誦經堂。

許氏等人正在這裡聽經誦經。

顧馨之覺得自己是異世魂魄，怕有什麼影響，就借故跑出去遛達。就這樣，還惹得那位方嬸嘀咕了兩句，許氏權當沒聽見，只吩咐她注意安全，任她去玩了。

顧馨之沒想到遛達一圈，撿了個孩子，還撿了個太傅回來。

誦經堂這邊，人少了許多，也安靜了許多。

裡頭的誦經似乎還未結束，顧馨之轉頭問：「謝大人不去別處逛逛嗎？」

謝慎禮正掃視四周，聽了此言，轉回頭來看她。「顧夫人比妳還早知道親事，妳擔心什麼？」

顧馨之提醒道：「裡頭還有兩位夫人。」

謝慎禮懂了，略有些失望。「罷了，那我先離開，回頭再找妳商議親事。」

「我還沒想清楚呢，你別拿話套我。」顧馨之現在滿腦子混沌，壓根兒不知道事情怎麼會這個走向，她得回去理理再說。

謝慎禮非常體貼。「那在下恭候佳音。」

顧馨之翻了個白眼，擺手。「快走快走。」

謝慎禮無奈。「如今妳倒是嫌棄──」

「馨之妳回──謝大人？」

兩人循聲望去，才發現許氏一行出來了。

第二十二章

許氏一臉詫異，下階迎上來，徐姨、方嬏等人自然跟上。

顧馨之皺了皺眉，壓低聲音提醒他。「你快走，有位夫人有些煩人。」

謝慎禮心下微訝，神情卻不動，朝許氏、徐姨頷首。「顧夫人、劉夫人。」

徐姨夫家姓劉，是武將出身，自然也是認得謝太傅的，連忙跟著許氏一起福身行禮。

「謝大人。」

謝慎禮的視線移向最右邊那婦人。那位婦人一直不說話，只不停拿眼睛在他與顧馨之間來回打轉，神情似有不悅。顧家這幾個月與劉夫人來往頗多，顧馨之口中的「煩人」應當不是劉夫人，所以，是這位？

謝慎禮心下急轉，神情便淡了幾分，只問道：「恕在下眼拙，請問這位夫人是……」餘下姑娘、年輕媳婦，自然不在他打招呼的行列裡。

許氏也不太清楚，徐姨連忙介紹。「這位是翰林院方大人的夫人。」

方嬏這才收了打量視線，微笑行禮。「謝大人萬福。」

謝慎禮微微頷首權當回禮。「方夫人。」

方嬏還待說上幾句，他已然轉過頭去，與許氏說話。

「今日浴佛節，趁著有空來金華寺沾沾佛氣，想不到竟遇上顧姑娘，倒是幸甚。」這也算是解釋了他為什麼與顧馨之在一塊兒了。

方嬸笑容僵了僵，許氏沒發覺，只笑著對謝慎禮道：「怪不得……大人是剛來？」

「確實。」謝慎禮點頭，順勢看向誦經閣裡頭。「不知誦經法會……」

許氏意會。「裡頭的誦經會已結束了，我們幾個留了片刻，向禪師請教了些問題，才拖到這會兒的呢。」

謝慎禮面露遺憾。「那真是可惜了。」

許氏看了眼低頭垂眸做端莊樣的女兒，微哂，問道：「我們接下來要去嚐嚐金華寺的素齋，不知謝大人可有興趣同行？」

謝慎禮婉拒。「既然誦經會已然結束，在下四處逛逛，就不打擾諸位雅興了。」

許氏笑道：「好，那我們便失禮告辭了。」

謝慎禮拱手。「諸位夫人慢走。」

眾人福身告辭。

顧馨之暗鬆了口氣，若無其事跟上許氏，臨走還不忘瞪了眼謝慎禮。他挑了挑眉，目送她離開。

一行人踏出誦經閣所在的院落時，方嬸猶自回頭看了眼，發現那位謝太傅仍站在那兒，望著她們。

不難發現，這位謝大人的目光，是落在顧家姑娘身上。她登時皺眉。

用過素齋，金華寺之行便算結束了，方嬸率先告辭離開。

她前腳剛走，許氏便拉住徐姨，趕緊跟她說：「我家馨之的事情算定下來了，以往託妳的事，作罷了。」

徐姨詫異。「哎喲，這麼快就定了？不多看幾家？」

許氏笑笑。「不了，這家……也挺好的。」

徐姨頓時皺眉。「要是勉強就算了吧？咱不差那點時間，多看幾家。」

許氏搖頭。「不了，這家……唔，情況有點複雜，等徹底定下來再告訴妳。」

「行，等妳們定下來跟我說一聲。」徐姨壓低聲音。「既然沒確實定下，妳就多跟我去吃幾趟宴席，說不準就有更合適的呢？」

「到時再說吧……」許氏哭笑不得，看了眼裝乖的顧馨之，她皺了皺眉對徐姨道：「今兒怎麼回事？怎的也不跟我打聲招呼？」

徐姨「唉」了聲。「怪我怪我。昨兒我婆婆突然跟我提起這事，我也是懵的。」

許氏不懂。「怎麼跟妳婆婆搭上關係了？」

徐姨無奈道：「這位方夫人父親是御史臺中丞，跟我婆婆有那麼點表親關係，知道我跟妳交好，就找上門來了。」

許氏皺眉。「這家……？」

徐姨打斷她。「妳認認臉就好了，這家啊，妳就別考慮了。」

許氏頓時好奇。「怎麼說？」

徐姨壓低聲音。「這家是出了名的小心眼，要是兒子教得好，也不是什麼大問題。關鍵是兒子也養歪了，這要是把姑娘嫁進去，那就是結仇了。」

許氏了然。

謝慎禮目送顧家車馬離開，才去尋了青梧，打馬回城。剛進門下馬，青梧還沒來得及迎上來，就聽前頭扔下一句吩咐——

「查一查翰林院方家。」

顧家的關係網他清楚得很，劉夫人徐氏是許氏的舊識他也知道，可這翰林院方家是怎麼回事？

「是。」青梧應道。遲疑了下，他小心翼翼道：「主子，這翰林院是清貴衙門，應當不會有什麼問題才對，主子您是想查哪一方面？」他沒跟著謝慎禮進金華寺，對這命令便有點摸不著頭腦。

謝慎禮也不責怪，淡聲解釋道：「查查他們家是怎麼跟劉家搭上關係的。」

以顧馨之的性子，竟然會私下嫌這位方夫人煩……可見是有事。再看今兒這情景，三家夫人各帶女兒媳婦，怎麼看怎麼像在相看，他眸中閃過不悅。

第二日，青梧便將事情查清楚，如實稟了上來。

竟真是在相看。

謝慎禮放下毛筆，拂了拂衣袖，淡聲開口。「顧家那邊怎麼說？」

明明是晴暖的春末時分，書房裡竟生生沁出幾分冷意。

青梧頭皮發麻，腦袋壓得更低了。「聽說顧家當天就託劉家回絕了，那方家夫人發了好大一通脾氣，砸了許多東西。」

謝慎禮身上冷意微散。

青梧抹了把汗。「主子，這方家還要再查下去嗎？」

謝慎禮擺手，再次捏起毛筆，隨口道：「不必了。」既然拒了親事，那就不必再查，這事便算過去了。

過了浴佛節，謝慎禮再次忙碌起來。等他聽說雲來的商隊將顧家要的布料帶回來時，離浴佛節已過了好些天。

謝慎禮琢磨著，顧馨之的鋪子該開張了，他得找個時間去見見小姑娘。隔了這許多天，她應當想清楚了吧？

他這般想著，開始想著手裡事情，哪些能往後挪一挪……未等他挪出時間，他就被御史參了。

參他之人，正是那位方夫人之父，御史臺中丞荊大人。

許氏覺得打金華寺回來，她那女兒就有些魂不守舍，回回喊人要喊好幾遍。

比如現在。

「馨之。」許氏微微揚聲。

顧馨之「啊」了聲，扭過頭來。「怎麼了？」

許氏盯著她。「發生什麼事了？」

顧馨之茫然。「哈？什麼什麼事？」

許氏開始猜測。「是不是家裡出了什麼問題？是沒錢了？還是鋪子出問題了？天啊，是不是預定的布料——」

「慢著慢著。」顧馨之連忙打斷她。「娘，咱家好好的，您瞎想什麼呢？」

許氏擔憂不已。「妳不要瞞我，若不是出了大問題，妳怎麼會這樣？」

顧馨之眨眼，低頭看看自己。「我怎樣了？也沒穿得破破爛爛、也沒吃得寒磣，怎麼就讓您覺得咱家不行了？」

許氏憂心忡忡的看著她。「妳這幾天不太對勁啊，喊妳都聽不見，心都不在這裡。」

顧馨之驀然紅了臉。「什、什麼鬼，我的心怎麼不在這裡了？娘您不要說這種讓人誤會的話！」

許氏略感無奈。「啊？妳想到哪兒去了呢？」

顧馨之慢半拍反應過來，有點尷尬。「沒，我哪有想什麼……」

許氏更是生疑。「家裡沒有出問題，鋪子也沒有出問題……」腦中靈光一閃，她豁然開朗。「那天在金華寺，妳跟謝大人吵架了？」

顧馨之連忙擺手。「沒有沒有，他那性子，怎麼可能跟人吵架啊？」

許氏更擔心了。「這又不是那又不是的，那妳這幾天是在想什麼？」

顧馨之回神，支吾道：「真、真沒事。」

許氏朝她胳膊就是一巴掌，氣憤道：「妳還瞞著、妳還瞞著！」她瞬間開始哽咽。「妳就是娘的命根子，妳若是有事，妳讓娘怎麼活下去？有什麼事不能說出來？娘就是幫不了妳，娘也不想讓妳一個人憋著操心……」

顧馨之頓時心軟了，一把摟住她。「娘，要真有事我怎麼可能會瞞您？我真沒事……」

「那妳這幾天怎麼回事?!」

顧馨之猶豫。

許氏眼淚落下來了。「是不是娘太沒用？」

「不是不是。」顧馨之嘴快。「那什麼，謝大人想把親事提前來著——」

不對，重點是這個嗎？她應該說，這門親事，是假的，是她開玩笑鬧的！顧馨之舔了舔唇，試圖再度開口。「不是，他——」

「哎喲。」許氏卻大鬆口氣，拍著胸口大喘氣。「嚇死我了，我還以為出什麼事呢。」

許氏抹掉眼淚後，想了想，道：「他著急也是應該，他今年都要三十了吧？」

顧馨之下意識反駁。「哪有，才二十八。」

許氏白了她一眼。「不差這兩歲的。」

顧馨之嘟囔。「二字頭跟三字頭聽起來差很多啊。」

許氏沒好氣。「行了行了，不提這個行了吧，還沒嫁就知道幫著說話。」

「我哪有！」她分明是為廣大二十多歲的小年輕喊冤。

許氏不想搭理她，轉而提起話題。「謝大人怎麼突然說要提前？前幾天不還說要替妳的名聲著想，推到年後嗎？」

顧馨之瞬間收聲。這讓她怎麼解釋？面對許氏不解的目光，她結結巴巴。「我、我怎麼知道？那、那會兒人多——對，我們就說了幾句話，我沒來得及問呢。」

喔不是，她應該說，這親事只是場意外，她不能挾恩將就。

「這樣嗎？那待會兒給謝大人寫封信，問問情況，或者約他見個面。」

顧馨之急忙擺手。「不不不，謝大人日理萬機，哪有空見我？我還有事，先走了！」話未說完，人已經走到門口。

「誒，妳回來！」

顧馨之頭也不回。「我餓了，我去看看廚房中午做什麼啊——」

後面顧馨之說什麼已徹底聽不見了，許氏愣住，放下手，扭頭問莊姑姑。「她這是怎麼了？」

「奴婢不知……」莊姑姑同樣愕然，又想了想，抿唇笑道：「方才不是說謝大人想要提前成親嗎？怕是，害羞了？」

許氏眨眨眼。「不是都成過一回親了嗎？不至於吧？」

莊姑姑笑道：「哪能一樣呢，上回是盲婚啞嫁，面都沒見過，這回可是情投意合呢。」

許氏想想也是。「唉，都怪我當年太草率了。」

莊姑姑見狀，忙安慰她。「也算是陰差陽錯了，否則，姑娘跟謝大人怎麼會——咳咳，這親事也定不下來呢。」

許氏這才展顏。「也是，希望以後都好好的。」

「會的會的。」莊姑姑笑道：「姑娘如今都硬氣了不少，肯定能把日子過好的。」

「嗯，這會兒倒是像她小時候的性子，硬氣得很，嘴巴還索利……怪我，那幾年夫君上戰場，我光把她拘在家裡，倒把她壓成麵團了。」

莊姑姑輕咳。「前些年估摸著是跟您學的……如今姑娘的性子，倒是更像老爺。」

許氏也不生氣，只是感慨。「確實。我這人啊，也就老爺護著了……」

眼看許氏又要傷感，莊姑姑忙道：「如今也有姑娘護著呢。」

許氏頓時又開懷了。「也對——哎喲，那丫頭怎麼跑了，我這毛巾又出了新花色，想讓她看看呢！」

顧馨之也沒跑遠，她跑出屋子，找了個陰涼的犄角旮旯坐下，隨手摘了朵不知名野花，開始發呆。她覺得謝慎禮要娶她，純粹是為了恩情。

當年為了讓謝宏毅娶她，好讓她將來能安享餘生，謝慎禮那手筆，多震撼啊。現在發現利誘不靠譜、別人也不靠譜，他決定自己上，估計也不是什麼大問題。

也不知道她爹跟謝慎禮是什麼過命的交情。

那什麼「殊途同歸」，指定是在騙她吧？但要是直接跟許氏坦白，這門親事說不定就要黃了……她……

好吧，她確實有那麼一點點捨不得……

都怪謝慎禮太優秀，把別的相親對象比到泥裡去，才讓她這般猶豫的——身高腿長的大帥哥，還文成武就，誰不喜歡呢，對吧？

這局面，真讓人頭禿。

顧馨之氣悶不已，拽著花瓣撒氣。

「姑娘！」

顧馨之嚇了一跳，扭頭瞪過去。「做什麼！嚇死人了！」

香芹無辜。「喊您好幾回了……」

顧馨之扔掉花，懶洋洋。「說吧，什麼事？」

香芹如實稟告。「李大錢說，雲來那邊的商隊回京了，想問問您什麼時候方便，去看看布呢。」

顧馨之驚喜。「到了？那還等什麼，現在就去！」

收了布，她那鋪子就能開張了，當然不能耽擱。顧馨之風風火火走出去。「張嫂，跟我娘說一聲，我帶香芹進城看布，不用等我用膳了。」

「誒，曉得了！」

香芹忙撒腿跟上。「姑娘等等奴婢！」

一行人匆匆出發，抵達京城，已是近午。顧馨之索性先找地兒用了午飯，才前往雲來南北貨行。

雲來如今也算是她的熟地方了。

上一回的湖州之行，加上顧馨之託了他們商隊運送布料，隔三差五都要帶人過來詢問情況，每回都會順勢買幾件得用的物品，順便還談了幾單合作……雲來的管事們她基本都混了個臉熟。

這回過來，她照舊一路打著招呼進門。

「張管事，好久不見啊。」

那位張管事看到她，張了張口，卻只道：「顧姑娘日安。」

顧馨之閃過一抹狐疑，張管事平日可熱情了，今天怎麼了？她眼角一掃，看到簾子後鑽出來一身影，忙道：「小李管事下午好啊，前些日子聽說你添丁了，恭喜啊。」

小李管事一僵，乾笑著看著她。「顧、顧姑娘來了啊，多謝您惦記著，還給小的孩子送禮，太客氣了……那什麼，小的還有事，先去忙了。」

顧馨之正要說什麼，就看到熟面孔跟著從簾子後出來，忙迎上去。「哎喲李管事，可算見著你了！」

李管事，就是上回帶著商隊去湖州的管事。

「顧姑娘……」李管事笑得有幾分不自然，拱了拱手，乾巴巴打了個招呼，哼哧半天，才道：「那什麼，咱們去看看布吧。」

這幫人怎麼回事？她今天也沒多長個眼睛鼻子什麼的吧？

顧馨之滿頭霧水，跟著她一起來的李大錢等人也是不解。

眼下也不是詢問的時候，一行人跟著李管事鑽進鋪子後方，來到某間上鎖的屋子前。李管事掏出鑰匙開了鎖，請眾人入內。

屋裡堆滿了箱籠，有些箱子上了鎖，有些則是用簡單竹筐裝著，上罩防水油布。

李管事掏出一串鑰匙，遞給李大錢。

過了這麼會兒，他許是已經緩過來，臉上也恢復了往日的笑容。「顧姑娘，您要的布，都在這裡，您看看，有沒有什麼不對的。」

想了想，他還提醒了句。「小的對布料不算了解，雖然查過一回，但難免有不到位的地方，姑娘還是仔細點，若有問題，儘管提來，小的可以去湖州找他們算帳。」

顧馨之點頭。「多謝李管事提醒。」

李管事躬了躬身。「那小的在外頭候著，您有什麼吩咐，喊一聲便得了。」

「好。」

李大錢等人已經開始動手，或拉開油布、或打開箱子。

箱籠的是貴點的綾羅綢緞，油布包裹的是一般百姓都用得起的棉麻。光這麼看，箱籠都收拾得挺好的，沒有水漬、污漬，路上應該都照顧得挺周全。

顧馨之很滿意，從左側開始，沿著箱籠順時針開始檢查。布料的厚度、針腳、線頭、染色……全都要看過。她的身家全砸在這批布上，倘若出了差錯，她是要賠死的。所以她半點不敢掉以輕心，一點點看過去。

她還特地帶了照看鋪子的兩家人，一邊檢查，一邊小聲給他們解釋，為什麼要這樣看，哪些布料應該注意什麼東西，哪些適合做內衫，哪些適合做袍子……不一而論。

如此一來，驗收就更慢了。

好在雲來的人也不催促，中途甚至還讓人送來茶水點心，一副讓他們安心查驗的模樣。這麼一來，倒襯得管事們之前的態度越發詭異了。

待顧馨之將全部布料查驗一遍，已過去近一個時辰。

布料確實不錯，一通查驗，基本都沒有問題，不管是湖州那邊的布行，還是雲來商行，都盡了心了。

顧馨之轉了轉痠疼的脖子，低聲朝李大錢吩咐。「回頭給李管事送份禮。」

李大錢會意。「是，小的明白了。」

顧馨之看看左右。「都收拾好，一會兒直接帶走。」

「是。」

將這裡交給李大錢等人，顧馨之慢吞吞走出屋子。李管事仍守在外邊，正站在廊下與人說話，那人背對著這邊，又被柱子擋著，看不清是誰。

想必是鋪子裡的人吧。

顧馨之隨意想著，走過去。「李管事。」

「誒，小的在。」李管事忙不迭走出來，拱手。「顧姑娘看完了？可有問題？」

顧馨之笑道：「這回——」

柱子後的人轉過身來。面容冷俊，身姿端肅，不是謝慎禮是哪位？

看到顧馨之，他冷肅的眉眼瞬間轉暖。「查好了？怎的聽說查了很久，是不是有什麼問題？」

顧馨之詫異，下意識問了句。「你怎麼在這裡？」頓了頓，她撓腮道：「沒有問題，我這不是瞎操心嘛……畢竟我這是小本生意，要是出問題，我賠不起的。」

謝慎禮神情溫和。「不擔心，若是出了問題，讓老李他們跑一趟就是，定然不會讓妳虧了。」

這讓她怎麼接話？顧馨之瞪了這廝一眼，轉向李管事。「李管事，這回辛苦你了，布都沒問題，我直接讓大錢他們運回去了。改明兒讓大錢請你吃頓飯！」

「誒誒，姑娘客氣了。布料沒問題就好。」李管事笑容可掬，邊偷覷了眼謝慎禮。「沒什麼事的話，那小的先去忙活了。」

顧馨之還沒開口呢，謝慎禮便頷首。「去吧。」

謝慎禮掃了眼有點緊張的香芹，朝顧馨之道：「正打算找妳。」

顧馨之不解。「有事？」

謝慎禮似有些無奈。「沒事不能見見妳？」

顧馨之有點承受不住這般直白。

謝慎禮看著她耳根慢慢漫上紅暈，神情越發溫和。「不過，確實是有事。」

顧馨之力持鎮定。「哦，說吧，什麼事？」

「不著急。這裡不方便，換個地兒再說。」

顧馨之疑惑，這裡是雲來後邊的庫房院，連個人影都見不著，哪裡不方便了？

——未完，待續，請看文創風1178《老古板的小嬌妻》2

觀雁㊧

馴夫大吉，
妻想事成

8/1
出版

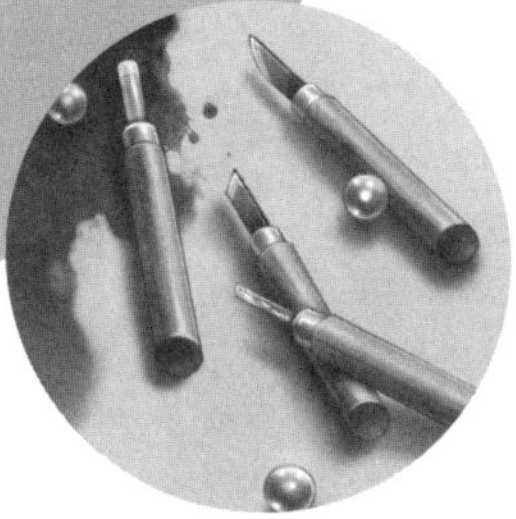

莫名其妙嫁進山村，又被夫君當成抓犯人的誘餌，
她氣得連跟不跟他睡同張床都要考慮了，何況圓房？
哼，想嚼舌根的儘管嚼去。他行不行，可不是她的問題啊～～

文創風 1183-1184 《飾飾如意》 全二冊

一穿越就捲進騙婚的軒然大波，現成夫君還是縣衙的前任神捕譚淵，
蘇如意的小膽子要嚇爆了，雖然她將功補過，和譚淵一鍋端了那群騙子，
但欠債還錢天經地義，為了向譚家贖回賣身契，她只好努力賺銀子啦。
身為手工網紅，做點小工藝品難不倒她，卻因小姪子的生日禮物出糗——
她打算刻個彈珠檯，搬來木板想請譚淵幫忙鋸，竟不慎手滑而抱住他，
嗚……這下除了騙婚，居然還調戲人家，她簡直想挖個洞把自己埋了。
彈珠檯讓小姪子跟小姑玩得欲罷不能，看樣子手作飾物確實商機無限，
可譚淵不著痕跡的誇獎和曖昧，卻讓同居一室的她莫名心跳起來——
這腹黑傢伙對她到底有什麼企圖？她一點都不想在古代當人妻耶，
等存夠了錢，她就要跟他一拍兩散，包袱款款投奔自由嘍～～

8/8
8/15
出版

琉文心 著

百年修得同船渡，
千年修得共枕眠

他自小受盡母妃的虐待，不給吃喝、動輒打罵都是常態，
最令他痛苦的是，母妃極愛趁他睡著後將他嚇醒，
為此，他即便遠離母妃多年、長大成人了，依然飽受失眠之苦，
可說也奇怪，每每在救命恩人沈家七娘身邊，他都能熟睡到天明，
救命之恩大過天，他無以為報，想來只好以身相許了……

文創風 1185-1188《翻牆覓良人》全四冊

沈文戈乃鎮遠侯府的嫡女，在家中是被父母及六位兄姊疼寵的寶貝，
奈何情竇初開，只一眼就瘋了似地愛上那縱馬奔馳的尚家郎君，
即便家人反對，她依舊毅然決然地嫁入尚家，可還沒洞房他就出征了，
因為愛他，她堂堂將門虎女在夫家被婆婆搓磨、苛待三年都受了，
好不容易盼到他返家，他卻帶回一楚楚可憐的嬌柔女子，要她接納，
於是，她只能獨守空閨，眼睜睜地看著他倆恩愛數年，直至死去，
幸好，上天給了她重生的機會，這回她絕不再活得這般卑屈了！
為了和離，她開創先例將夫家告上官府，一如當初非君不嫁的轟轟烈烈，
大不了不再嫁人，她都死過一次了，還怕壞了名聲這種小事嗎？
自從回娘家後，她養的小貓就老愛翻牆去隔壁鄰居宣王家蹭吃蹭喝，
害得她這個貓主人也不得不三天兩頭地架梯子爬牆找貓去，
結果爬著爬著，她甚至翻過牆去和鄰居交起朋友，一顆心也落在他身上，
後來她才曉得，原來他竟是當年與她前夫一同在戰場上被她救下的小兵，
他的嬤嬤說，他是個別人對他好一點，就恨不得把心都掏出去的人，
所以他對她好，全是為了報恩？還以為他是良人，原來是她自作多情了……

為流浪貓狗加油 和貓寶貝 狗寶貝 廝守終生(一定要終生喔！)的幸福機會

對人來說，貓寶貝狗寶貝只是生活的一部分，
但妳（你）對牠們來說，卻是生活的全部，領養前請一定要考慮清楚——

▲ 溫和親人的拳擊小子——咪魯古

性　　別：男生
品　　種：米克斯
年　　紀：1～2歲
個　　性：非常親人
健康狀況：已結紮，已施打第一劑疫苗，愛滋白血快篩陰性
目前住所：台北市士林區（動物醫院）

本期資料來源：郭小姐

『咪魯古』的故事：

志工們執行公費TNR（誘捕、絕育、放回原地）時遇上一枚親人的小朋友，穿著白襪，頸繫白圍兜，嘴角幾點宛若喝完牛奶忘記擦去的奶漬，故取名咪魯古，是日文「牛奶」的意思。

咪魯古當初在山區流浪，有人會餵食，所以個性溫和親人，飲食上不挑嘴，即使是新手爸比媽咪也能輕易與牠培養感情。平日牠最愛玩逗貓棒，據可靠情報指出，若論貓咪們玩逗貓棒的本事，咪魯古絕對有潛力奪下「拳王」寶座，或許也可進一步挑戰金氏世界紀錄認證——被貓生耽誤的拳擊界新星，似乎也不是白日夢呢！

未來的小拳王咪魯古正在摩拳擦掌找家中，歡迎直撥手機0930088892或是加Line ID：ws26651801，經紀人郭小姐將帶領您親身體驗咪魯古的魅力，也可當場小試身手與牠切磋一下，但請小心別被牠一記左上勾拳KO啦！

認養資格：

1. 認養人須年滿27歲（未足歲但有十足自信照顧好者，也可以試試），全家同意養貓，租屋需要室友與房東同意，大台北優先（其他區域有誠意可談）。
2. 不關籠、不遛貓、不放養，必須同意施做門窗防護。
3. 請妥善照護，給予一切必要的醫療。
4. 須同意簽有法律效用的認養寵物切結書，並出示身份證件，領養前會進行家訪。
5. 須同意送養人日後之追蹤探訪，對待咪魯古不離不棄。

來信請說明：

a. 個人基本資料：姓名、性別、年齡、家庭狀況、職業與經濟來源等。
b. 想認養咪魯古的理由。
c. 過去養寵物的經驗，及簡介一下您的飼養環境。
d. 若未來有結婚、懷孕、出國或搬家等計劃，將如何安置咪魯古？

文創風
1177

老古板的小嬌妻 1

國家圖書館出版品預行編目資料

老古板的小嬌妻 / 清棠著. --
初版. -- 臺北市 : 狗屋出版社有限公司, 2023.07
冊 ; 公分. --（文創風 ; 1177-1179）
ISBN 978-986-509-438-6（第1冊 : 平裝）. --

857.7　　112008677

著作者　清棠
編輯　黃暄尹
校對　黃薇霓
發行所　狗屋出版社有限公司
地址　台北市104中山區龍江路71巷15號1樓
電話　02-2776-5889～0
發行字號　局版台業字845號
法律顧問　蕭雄淋律師
總經銷　知遠文化事業有限公司
電話　02-2664-8800
初版　2023年7月
國際書碼　ISBN-13　978-986-509-438-6

本著作物由北京晉江原創網絡科技有限公司授權出版

定價280元
狗屋劃撥帳號：19001626
網址：love.doghouse.com.tw　E-mail：love@doghouse.com.tw